세상의 모든 부모에게 쓰는 내내,
끝난 후에도 참 많이 미안했다.

하지만 분명한 것 하나,
나도 누구도 결국은 부모들이 걸어가는
그 길위에 놓여있단 거다.

전혀 다른 길 위에 놓여있는 게 아니라.

노희경 입니다
2016. 7.

디어 마이 프렌즈

디어 마이 프렌즈 1

초판 1쇄 발행 2016년 7월 6일
초판 14쇄 발행 2022년 10월 11일

지은이 노희경
소설 구성 이성숙 노을
펴낸이 金湞珉
펴낸곳 북로그컴퍼니
주소 서울시 마포구 와우산로 44(상수동), 3층
전화 02-738-0214
팩스 02-738-1030
등록 제2010-000174호

ISBN 979-11-87292-24-1 04810
979-11-87292-22-7 (세트)

노희경 원작 소설

디어 마이 프렌즈

Dear My Friends

1

북로그컴퍼니

작가의 말

우리가 사랑하는, 사랑했던,
순간은 버리고 싶은
우리 부모들의 이야기

작가가 되어서 이렇게 잔인해도 되나. 드라마의 결말을 쓰며, 내 잔인함에 내가 소름이 돋았다. 아무리 포장해도 이 드라마의 결론은, 부모님들 자식들에게 의지하지 마세요, 우리 살기 바빠요, 그러니 당신들은 당신들끼리 알아서 행복하세요, 우리는 이제 헤어질 시간이에요, 정 떼세요, 서운해하지 마세요, 어쩔 수 없잖아요, 그것 아닌가 싶었다. 그래서 세상의 모든 부모에게 쓰는 내내, 끝난 후에도 참 많이 미안했다.

하지만, 분명한 것 하나, 나도 누구도 결국은 부모들이 걸어간 그 길 위에 놓여 있단 거다. 전혀 다른 길 위에 놓여 있는 게 아니라.

드라마를 함께한 친애하는 나의 늙은 동료 배우 선생님들, 완이를 내세워 내뱉은 살벌한 작가의 꼰대 뒷담화에 맘도 아리셨을 건데, 너그러이 괜찮다 받아주신 것, 눈물 나게 감사한 마음이다. 더러는 아파서, 불편해서, 이 드라마를 보고 싶지 않다고 하는 시청자도 있는데, 당신들은 당신들의 불편한 얘기를 온몸으로 마주하고 서서, 표현하면서, 얼마나 막막하고 두려우셨을까. 가슴이 먹먹하다. 그리고 배운다. 나도 당신들처럼 어떤 미래가 닥쳐도 내 앞에 주어진 길을 피하지 않고 당당하고 치열하게 걸어가리라. 도망치지 않으리라. 웃음도 잃지 않으리라.

대본을 소설 작업해준 이성숙 작가와 노을 작가에게 고마운 마음이다.

노희경

차례

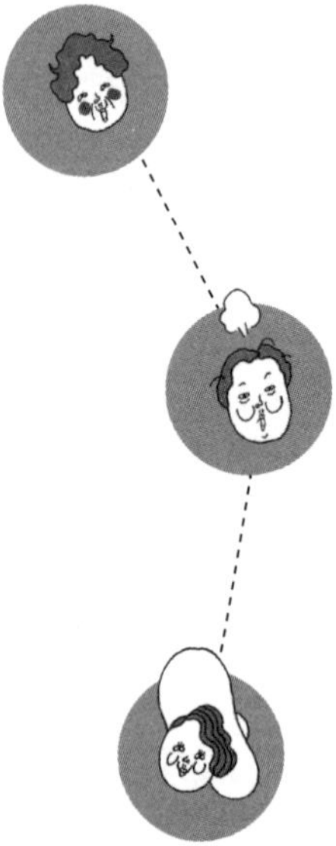

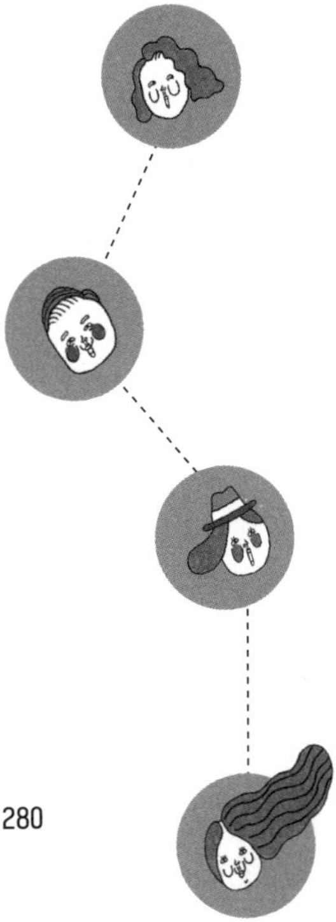

프롤로그

내가 그녀들의 이야기를 쓰게 되리라곤 꿈에도 생각지 못했다. 생각은커녕 냉정하고도 극렬한 저항이 내 안에 똬리를 틀고 있었다.

할머니 이야기로 신춘문예에 당선해 데뷔 작가라는 직함을 얻었고, 지금은 번역에 매달려 겨우 작가로서 명맥을 이어가는 처지지만 그녀들의 이야기만은 사절이었다. 엄마가 수없이 미끼를 던지며 나를 자극해도 난 끄떡하지 않았다. 그녀들의 인생을 들여다보고 싶은 호기심도, 그걸 핑계로 그녀들과 얽히고 싶은 호감도 없었다.

그런 나의 저항은 아주 분명하고 단호한 두 가지 이유에서 비롯되었다. 첫 번째 이유는 육십 대와 칠십 대를 아우르는 엄마의 동문들, 소위 '꼰대'라 불리는 세대에 대한 불편함과 답답함 때문이었다.

'돈에 목메고, 남의 자식 상관없이 내 자식에게만 목숨 걸고, 기존의 질서를 부여잡고 변화를 두려워하며, 결코 사회적 문제를 약자의 편에서 사고치 않으며(사회복지를 노인복지로 국한 지어 규정하는), 젊은이를 경쟁 상대로 여기거나 방해하며, 자기만 옳다고 주장하면서 나이가 권력인 듯 착각하는 자, 끝없이 훈계만을 늘어놓는 지혜 없는 다만 늙은 자.'

이것이 그들 세대에 대한 나의 생각이었다. 이런 선입견이 그녀들의 인생에 대한 작은 관심조차 도망치게 만들었다.

두 번째 이유로, 나는 그 무엇보다 엄마 하나만으로 충분히 벅찼다. 엄마는 내 인생의 닻이었으니까. 세상으로, 삶으로 열린 드넓은 바다를 향해 돛을 올리고 모험 가득한 항해를 열망하는 나를 정박시키는 닻. 삶의 모험을 포기하고 기꺼이 닻을 내린 건 나 자신이었지만 언제나 그 중심엔 엄마가 있었다. 엄마에게 엮인 여타의 관계 속으로 들어가는 일은 내게 닻의 무게를 가중시켜 엄마의 바다 속으로 침몰해 버릴지 모른다는 위기감을 주었다.

그럼에도 불구하고 나는 지금 그녀들의 이야기를 시작하려고 한다. 고백건대 이 글을 쓰기 시작한 건 엄마를 위해서가 아니었다. 순전히 나 자신을 위한 일이었다. 내가 살기 위한, 나 스스로를 일으켜 세우기 위한 몸부림이었다는 걸 이젠 안다.

그녀들의 삶을 엿보고 얽히게 되면서 나는 깨달았다. 내 인생의 닻은 엄마가 아닌 나 자신이었다는 것을. 꼰대라고 생각했던 그들에게 우리 젊은것들만큼, 아니 그 이상일지 모를 가슴 설레는 사랑이 있고, 농익은 우정이 있고, 관계를 끌어안는 유연함과 지혜가 있다는 것을.

우리 엄마 난희 씨, 희자 이모, 정아 이모, 영원 이모, 충남 이모, 최고령 막내 동문인 우리 할머니 쌍분 여사!!

그녀들의 삶은 여전히 모험과 열정과 사랑으로 가득한 현재진행형이다. 바로 내일 그녀들 앞에 죽음이 기다리고 있을지라도.

미안하지만,
난 당신들이 궁금하지 않아요

싱크대에 설거지 거리가 산처럼 쌓여 있다. 마감이 코앞인 원고를 던져두고 중국집 주방에서 설거지나 하다니. 직원이 손을 다쳐 일손이 부족하다는 엄마의 전화에 득달같이 뛰어나와 설거지를 하고 있지만, 원고 걱정으로 마음은 천근만근이다.

"왜 싫어? 뭐가 싫어?"

게다가 엄마는 지금 내 인내심의 한계를 시험하고 있다. 엄마 동문회에 또 같이 가잔다. 미안하지만 그 제안만은 사양이다.

"그냥 싫어. 내가 내 동문회도 안 가는데, 엄마 동문휠 뭐 하러…."

어릴 땐 돌봐줄 사람이 없어 엄마 손에 이끌려 다녔고, 커서는 엄마 운전기사로 불려 다녔다. 두서없고 정신없는 엄마 동문회에 앉아 있자면, 스트레스를 받는 사람은 오직 나뿐이었다. 엄마 말이라면 거절 한 번 안 하던 딸이었으니 그 정도 불편쯤은 감수했다. 하지만 끝도 없이 이어지는 엄마의 요구가 이제는 점점 버겁게 느껴진다. 아무리 사소한 부탁이라도 엄마의 영역으로 나를 끌어들이는 일은 불편하다.

"말하는 싸가지 봐라. 엄마 동문회 가면 뭐 팔다리가 부러지냐? 희자 이모랑 정아 이모 모시고 가야 되는데, 그 먼델 차 없이 걸어가리?"

엄마는 막 튀겨낸 탕수육을 그릇에 옮기며 나를 모진 딸로 몰아갔다.

"탕수육 두 개!"

엄마가 쐐기를 박듯 감정을 담아 홀에 대고 소리쳤다. 이쯤 되면 내가 한발 물러서는 게 그동안의 패턴이었지만 오늘만큼은 양보할 마음이 안 든다.

"그러게 음주운전을 왜 해갖고 면헐 잃어? 미쳤어, 진짜! 내가 낮술 먹고 차 몰고 다녔어봐, 아주 날…."

"처잡아 죽였지!"

어느새 싱크대 옆으로 다가온 엄마가 설거지통에 손을 담그며 객쩍게 웃는다. 엄마도 할 말이 없었나 보다. 엄마는 협박조로 이어지던 작전이 안 먹히자 이젠 온화한 얼굴에 사랑스런 미소까지 띄우며 나를 살살 꼬드기기 시작한다.

"엄마가 엄마 친구들 취재해서 글 쓰라고 얘기했잖아. 완아, 글 써봐. 할머니도 오신다니까 보고 겸사겸사 좀 좋아? 너 데뷔할 때 할머니 얘기 얼마나 좋았어? 이번엔 장편으로 엄마 친구들 얘기 써. 집집마다 아주 파란만장…."

이건 딸을 통한 대리만족을 넘어 엄마의 아바타가 되길 바라는 요량이다. 엄마는 자신의 꿈이 작가였으니, 네가 대신 작가가 되라며 일찌감치 내 직업을 점찍어주었다. 물론 나도 작가가 되고 싶어 이 길로 들어서긴 했지만 엄마 입에서 작가라는 말이 나오기 전까진 내 자신이 평생 글을 쓰기 위해 머리를 쥐어뜯는 고행의 길로 들어서리라곤 한 번도 상상하지 않았다.

작가가 된 걸 후회하거나 원망하지는 않는다. 하지만 이 이야기 써라, 저 이야기 써라 참견하는 건 아무리 데뷔 작가 타이틀을 벗어나지 못한 처지라도 작가적 자존심이 허락하지 않는다.

"막장이지, 개막장."

나는 말꼬리를 자르며 접근 금지 의사를 분명히 했다.

"언제까지 번역만 할 거야? 그러지 말고 한번 써봐. 너 희자 이모 남편… 돌아가신 거 알지?"

엄마가 미끼를 던지고 있다.

"어제 돌아가셨어? 일 년도 더 된 일을 새삼스럽게."

내 무덤인 걸 알면서 그 미끼를 덥석 물 내가 아니다. 관심 없는 얼굴로 설거지에만 집중하자 엄마가 더욱 신선한 미끼 하나를 흔들었다.

"근데 너 그건 모를걸? 희자 이모 남편… 벽장 속에서 죽었다!"

나도 모르게 고개가 엄마를 향했다. 제법 솔깃한 얘기다. 미스터리 영화에 나올 법한 이야기. 엄마가 승리를 확신하는 표정으로 싱긋 웃는다. 그 표정에 나는 퍼뜩 정신을 차린다. 그러고는 전혀 궁금하지 않다는 듯 다시 설거지통으로 시선을 옮겼다.

"안 물 안 궁!"

뭔 소리냐는 듯 나를 보는 엄마에게 덧붙였다.

"안 물어봤고 안 궁금하다고. 난 절대 엄마 동문회 안 가. 재작년 엄마 집에서 다들 모였을 때 완전, 완전 질렸어. 그 말 많고 술만 먹음 아무나 개새끼 소새끼 하는 준이 아저씨 꼴도 보기 싫고, 그 아줌마 누구야? 그 머리숱 없고 눈 찢어진, 입만 열면 자기 자식들 욕하는…."

"미리 이모?"

"그래, 그 미리 이모도 완전 싫어."

뭐가 우스운지 엄마가 깔깔거리며 웃는다.

"잘됐네. 둘 다 돌아가셨는데."

나는 황당한 얼굴로 엄마를 돌아보았다. 엄마는 아무렇지 않게 잔뜩 쌓인 스테인리스 밥공기에 밥을 퍼 담으며 말을 이었다.

"정말이야. 준이 오빠 지난겨울 자기 집 계단에서 낙상해서, 미리 언닌 이번 겨울 심장마비로. 꼰대들이 그래. 밤새 안녕, 그 말이 괜히 나온 말인 줄 아니? 동문회 한 번 열 때마다 초상난 사람이 줄줄이야. 지금 못 만나면 또 누가 언제 죽을지 몰라."

엄마는 눈물 날 이야기를 담담하게 늘어놓았다. 엄마 친구들이 벌써 밤새 안녕을 말하는 나이가 된 걸까? 그런 얘길 담담하게 하는 엄마가 오히려 짠하게 느껴졌다. 하지만 흔들리는 마음을 다잡고 엄마에게 내 뜻을 확실하게 전한다.

"협박해? 그리고 늙은 꼰대들 얘길 누가 돈 내고 읽어? 요즘 애들은 제 부모한테도 관심 없어."

"너처럼?"

엄마는 요지부동인 내게 잔뜩 약이 올라 비아냥거린다.

"그래, 나처럼! 말을 해도, 꼭… "

모진 딸로 몰아가는 엄마가 서운해 나도 삐딱하게 받아친다.

"야, 년아! 그러지 말어. 그 이모, 아저씨들이 너 어릴 때 얼마나 잘했는데. 엄마 젊어 일할 때 툭하면 너 데려다 옷 사줘, 밥해줘, 재워줘, 얼마나들 잘했니? 이제 다 컸다고 어른들 구박하고 그럼 못써, 년아!"

엄마는 말도 안 되는 생떼를 쓰고 있다.

"내가 언제 어른들을 구박해?"

답답한 마음에 내 목소리도 높아졌다. 그때, 홀을 향해 뚫린 큰 주방 창으로 희자 이모가 빼꼼히 얼굴을 들이밀었다.

"어머, 우리 완이네!"

평생을 공주님처럼 우아하게 살아온 희자 이모 앞에서 엄마한테 바락바락 소리치는 모습을 보인 게 민망해, 나는 부러 활짝 웃으며 큰 소리로 이모를 반겼다.

"어머머머, 이모!"

희자 이모는 반갑게 손을 흔들고는 주방으로 오기 위해 잠시 창에서 사라졌다. 그러자 엄마가 재빨리 내게 다가와 속삭인다.

"야, 진짜 가증스럽다 너. 엄마 친구들 싫다며?"

"내 성질대로 해봐? 엄마 당황하게 본색 한번 제대로 드러내?"

정색을 하며 받아치자 엄마가 슬그머니 꽁무니를 뺀다.

희자 이모는 파리에서 막 돌아온 귀부인처럼 하늘거리는 머플러에 트렌치코트 차림으로 우아한 미소를 지었다. 나는 희자 이모를 힘껏 끌어안고는 아기를 어르듯 몸을 흔들었다.

"이모, 보고 싶었어. 필리핀에서 언제 왔어요?"

"한 달. 언제 봐도 너무 예쁘다… 우리 완이."

희자 이모가 웃으며 내 얼굴을 쓰다듬는다. 아무 걱정 없이 살았을 것 같은 이모 얼굴을 보자 좀 전에 엄마에게 들은 얘기가 떠올랐다. 희자 이모 남편은 어쩌다 벽장 안에서 돌아가셨을까?

일 년 전, 그러니까 희자 이모가 남편의 장례식을 치르고 집으로 돌아온 날 그녀는 안 들어도 될 말을 들었다고 한다.

그날 이모는 발인을 끝내고 돌아와 상복을 갈아입지도 않은 채 안방 한쪽에 이불을 깔고 누워 있었다. 정신없이 장례를 치르느라 몸과 마음은 녹초가 되었지만 잠도 오지 않아 하염없이 열린 벽장만 바라보았다. 벽장 안에는 요강과 이불이 늘 있던 자리에 그대로 놓여 있었다. 그림자처럼 함께 있던 남편만이 그곳에 없었다. 너무나 허망하고 어처구니없는 죽음이었다.

그때 거실에서 술상을 마주하고 둘러앉아 있던 세 아들 내외의 목소리가 뒤섞여 들려왔다.

"네 형수 말이 틀렸냐? 전에 너도 툭하면 그랬잖아! 아버지보다 엄마가 먼저 돌아가셔야 한다고!"

"그 말이 농담이지, 그게 진담이냐?"

"암마, 입은 삐뚤어졌어도 말은 바로 하라고, 솔직히 엄마가 할 줄 아시는 게 뭐 있냐? 평생 공주신데."

"다 필요 없어! 엄마 내가 모셔! 형들한테 안 맡겨!"

"네가 왜 엄말 모셔? 내가 장남인데 네가 왜?"

살짝 열린 문틈으로 아들들의 말 한마디 한마디가 선명하게 들려와 이모 가슴을 쳤다. 아들 셋이 서로 엄마를 모시겠다며 동네가 시끄럽게 감동적인 말싸움을 벌였지만, 이모 귀에는 오직 한마디 말만 맴돌았다. 아버지보다 엄마가 먼저 돌아가셨어야 하는데…. 아버지보다 엄마가 먼저 돌아가셨어야 하는데….

"뭔 소리야, 그게. 나더라 죽으라 소리야, 살라 소리야."

한 달 후, 이모는 둘째 아들이 있는 필리핀으로 떠났다. 남편 죽은 집도 싫었고, 맞벌이하는 아들 내외를 거들 수도 있으니 눈칫밥은 안 먹겠다 싶었다. 하지만 이모의 꿈은 필리핀에 간 지 얼마 지나지 않아 산산이 부서졌다. 맞벌이하는 둘째 아들 집에는 이미 자기 역할에 너무나 충실한 메이드들이 있어서, 물 한 잔 당신 손으로 먹지 못하게 했다. 물병을 들면 물병을 뺏어 물을 따라주고, 조금 더러운가 싶어 걸레질 한번 할라치면 걸레도 뺏어갔다. 취미로 마당에 꽃이나 길러볼까 해도 물 조리개까지 뺏어 가버리니, 정말 자신이 아무것도 할 줄 모르는 바보가 된 기분이더란다.

한번은 메이드의 아기가 밖에서 코를 흘리고 있기에 너무 예뻐 옷섶으로 코를 닦아줬더니, 메이드가 큰일이라도 난 것처럼 "쏘리 맘!" 하며 아기를 안고 뛰어가버렸다. 그 순간 희자 이모는 자신의 모든 호의가 메이드들의 일자리를 위협하고, 다만 미안하게 만드는 행동일 뿐이라고 느꼈다. 매일 아침 인사 한 번 없이 나가는 아들 내외에게 서운한 마음이 들기까지 하자, 결국 한국행을 결심했다.

'아들아 며늘아, 엄마 서울 가. 걱정 마. 네 엄마 혼자 살 수 있어. 행복하렴. 엄마도 행복할게.'

이모는 간단한 쪽지 한 장 남겨두고 필리핀을 떠나 다시 서울로 돌아왔다. 그때 이모는 자신이 참 실망스러웠단다. 그래서 공항에 내려 짐을 찾으며 다짐했다. 혼자 살리라!

집으로 가는 공항버스가 도착하자 이모는 트렁크를 짐칸에 넣어주려는 기사에게 소리쳤다.

"혼자 살 수 있어요! 아니, 호, 호… 혼자 할 수… 있어요!"

이모는 큰 트렁크를 굳이 스스로 짐칸에 넣고는 버스에서도 좌석에 앉지 않고 당당하게 서 있었다. 자신이 강하다는 걸 증명하고 싶어서. 충분히 혼자서 잘 할 수 있다는 걸 스스로에게 확인시키고 싶어서. 고속도로에서는 서서 갈 수 없으니 빨리 앉으라는 기사의 호통을 듣고 겨우 좌석에 앉긴 했지만 말이다.

자리에 앉자마자 핸드백 안에서 전화벨이 요란하게 울렸다. 막내아들 민호였다.

"엄마 뭐야? 말도 없이? 필리핀에서 작은형 난리 났어.

나 공항 가는 길인데, 엄마 지금 어디야?"

민호 목소리에서 이모가 읽은 건 걱정보다는 짜증이었다.

"집 가는 버스."

"자식 괴롭히는 것도 아니고 뭐하는 거야, 지금? 아빠랑 살던 집 청소도 안 해 귀신 집구석 됐는데 거길 왜 가? 어디야 거기? 내가 모시러 갈게. 엄마 혼자 그 집구석 가서 뭘 어쩐다고? 암것도 못하면서!"

"엄마가 왜 암것도 못해? 내가 내 집 가는 게 왜 널 괴롭히는 거야? 나도 할 수 있어. 혼자 살 수 있어, 나도!"

아들 고함 소리에 이모도 버럭 소리를 지르고는 전화를 끊었다.

그렇게 희자 이모는 서울로 돌아왔다.

시장 초입에 자리한 엄마의 중국집은 나름 맛집으로 소문이 나 식사 시간엔 문전성시를 이루었다. 덕분에 전쟁통 같은 점심시간만 넘기면 대부분 하루치 재료가 떨어져 일을 마무리한다. 옛날 같으면 시장에서 장을 봐 와서라도 장사를 더 했을 엄마지만 삼 년 전 쓰러진 뒤로는 재료가 떨어지면 미련 없이 장사를 접는다. 인생 아등바등 살 필요 없다는 걸 엄마는 죽음의 문턱에 다녀와 뼈저리게 느낀 것이다.

설거지를 마치고 집에 돌아와 샤워를 하고 나오니 엄마에게 전화가 왔다.

"넌 네 몸을 씻어 조지냐? 내려와. 정아 이모 왔어."

정아 이모는 희자 이모의 단짝 친구이자 엄마의 초등학교 동문 선배다. 순하고 어질기만 한 정아 이모를 보면 짠하면서도 왠지 정이 간다. 나는 젖은 머리에 모자를 눌러 쓰고 후다닥 편의점으로 달려갔다. 냉장고에서 흑맥주 하나를 꺼내 볼에 대보니 깜짝 놀랄 만큼 차갑다. 딱 마시기 좋은 온도. 나는 만족스러운 얼굴로 세 병을 꺼내 들었다.

가게에 들어서자 엄마와 이모들이 반색한다. 나보다는 흑맥주를 더 반기는 표정이다. 나는 괜히 장난기가 발동해 엄마와 이모들이 앉은 테이블에 맥주 두 병을 내려놓고 남은 한 병을 마구 흔들었다. 그러자 정아 이모가 몸을 잔뜩 움츠리며 손사래를 쳤다.

"하지 말어, 돈 아깝게. 하지 마."

상대가 약점을 보이면 장난은 더 신나는 법. 나는 맥주병을 더욱 힘차게 흔들며 엄마와 이모들에게 다가갔다.

"하면? 하면 어쩔 건데? 이 술 내 돈 주고 샀어. 내 맘이야. 할마씨들이 말이야, 얌전히 노시지 대낮부터 술이나 먹고…. 놀자며? 놀고 싶나? 놀아줘볼까?"

내가 거들먹거리며 다가가자 이모들은 몸을 움츠리면서도 즐거워 깔깔 웃었다.

"야, 하지 마. 너 깡패처럼 왜 그래?"

"야, 야, 네 엄마한테 해."

"너, 엄마한테 뿌리기만 해. 오늘 네 초상날인 줄 알아?"

엄마는 으름장을 놓으며 슬슬 도망간다. 그래도 이런 장난이 싫지 않은 듯 얼굴에 웃음기가 감돌았다.

"딸년 죽인다는 소리가 왜 그렇게 쉬워, 엄만?"

어린 시절 친구들끼리 짓궂은 장난을 치듯, 나는 엄마에게 맥주를 뿌리고 엄마는 그걸 피해 도망 다니고, 이모들은 그 모습을 보며 웃겨 죽겠다며 그렇게 한바탕 신나게 웃었다. 엄마가 내 머리채를 잡아 자리에 앉히는 것으로 소동이 마무리되자, 희자 이모가 빙그레 웃으며 정아 이모에게 말했다.

"내가 사준 옷 입었네."

"입었지!"

정아 이모가 귀엽게 웃으며 애교를 부렸다. 엄마는 정아 이모가 들고 온 보따리를 뒤적이다가 자리에 돌아와 앉았다.

"또 자식들 집에서 먹다 남은 음식 챙겼지? 이불은 버려도 되겠네."

자식들 집에서 챙겨 온 허름한 이불 보따리와 반찬 보따리, 그리고 트렌치코트와 어울리지 않는 이모의 낡은 신발과 추레한 바지가 눈에 들어왔다. 정아 이모의 유일한 사치는 희자 이모가 사준 트렌치코트와, 소녀 시절 이모의 우상 전혜린이 좋아했다던 흑맥주 한 병이 전부다. 흑맥주 역시 번번이 다른 사람이 사줄 때나 누리는 사치였지만 말이다.

정아 이모는 교수 남편을 둔 첫째 딸, 이혼한 둘째 딸, 어린이집을 운영하는 셋째 딸, 그렇게 딸만 셋인데 매주 서너 번씩 딸내미들 살림을 해주며 시간당 만 원을 받는다.

첫째 딸 순영은 대학원에 다니는데, 어쩌다 일하러 간 이모와 시간이 맞아 한 집에 있더라도 매번 안방에서 등을 돌린 채 잠만 잔다. 몸이 약해 그런가 보다 싶어 깨우지는 않지만 얼굴 한번 보여주지 않으면서 빨래 돌리면 시끄럽다, 청소기 돌려도 시끄럽다 짜증을 내는 통에 눈치 보느라 일도 제대로 못한다.

이혼하고 혼자 사는 둘째 딸 호영은 정아 이모를 완전 파출부 취급하고, 셋째 딸 수영은 어린이집이 바쁠 때는 갓난아기 양육과 살림까지 정아 이모에게 맡긴다. 그러면서도 애한테 이거 먹이지 마라 저거 먹이지 마라, 전화를 걸어 사사건건 간섭을 해댄다.

이모가 세 딸네 집을 돌며 일해서 버는 돈은 주당 삼십만 원. 그 돈은 고스란히 요양원에 있는 친정엄마에게 들어간다. 하지만 정아 이모는 불평불만 한 번 없이 늘 행복하단다. 그 이유는 이모의 고단한 인생을 한 방에 날려줄, 남편 석균 아저씨의 꿈같은 약속이 있기 때문이다. 이탈리아 로마를 출발해 전 세계를 돌고 다시 시칠리아로 돌아오는 둘만의 세계 일주. 정아 이모는 매일 밤 티브이에 나오는 해외 여행 프로그램을 보며 고단한 하루를 위로받는다.

"기다려라, 시칠리아. 곧 내가 간다. 히히히."

시들어 빠진 오이를 먹으며 그날도 정아 이모는 티브이 앞에서 행복한 꿈을 꾸고 있었다. 그 바람에 석균 아저씨가 퇴근해 들어오는 줄도 몰랐다. 아저씨는 인상을 잔뜩 찌푸리며 거실의 큰 불을 끈 뒤 작은 불을 켰다. 아저씨는 동전 한 푼 허투루 새어나가는 걸 못 보는 성격이다.

"너, 나 없을 때 노상 이러고 있냐? 불 다 켜놓고 티브이 보고…."

이모가 부리나케 일어났다.

"일찍 왔네?"

오이를 씹으며 이모가 히죽 웃어 보였지만 아저씨는 대꾸도 없이 티브이부터 껐다.

"오이는 뭐야?"

"시든 거 버리기 그렇잖아."

"왜 그걸 돈 주고 사서 시들게 해? 정신머리가 빠져도 천년은 빠진 여편네."

아저씨는 소파 위에 놓인 누룽지 바구니를 보더니 도저히 못 참겠다는 듯 빽 소리를 지른다.

"밥을 왜 맨날 눌려?"

"늙어서 눌려. 젊을 땐 내가 쌀 한 톨 눌리는 거 봤어?"

"뭐든 먹어 조지지, 먹어 조져."

아저씨의 혀 차는 소리를 들으며 이모는 주방으로 갔다. 식탁에는 아저씨의 저녁 식사가 차려져 있었다. 소박한 밥상임에도 아저씨는 또 시비를 걸었다.

"반찬이 왜 세 가지냐?"

이모는 어깨를 움츠리며 반찬 그릇 하나를 집어 냉장고에 넣었다.

"돈이 썩어나서 세 가지 했네. 낼 자셔, 낼."

'줘도 지랄이네.'

이모는 자신에게만 들리게 욕을 내뱉었다. 좀생이 남편의 지청구는 하루 이틀 일이 아니니 마음에 담을 것도 없다. 그보다는 아까 보던 여행 프로그램을 못 보는 게 아쉬워 거실 쪽을 힐끗거렸다.

"혼자 먹을 수 있지?"

이모가 눈웃음을 지으며 애교를 떨었다. 하지만 아저씨는 밥만 먹으며 무뚝뚝하게 한마디 한다.

"앉아."

"시칠리아 여행 프로 하는데…."

미련을 버리지 못하고 중얼거려보지만 눈을 부릅뜨는 아저씨 기세에 이모는 식탁 의자에 엉덩이를 붙였다.

"근데… 당신 일 언제 그만두고 우리 세계 여행 가? 십 년 전 공장장 그만둘 때도, 이 년 전 공장 수위 그만둘 때도 간

대놓고 안 갔잖아. 이번 아파트 수위 그만두면, 그땐 진짜 가는 거다!"

이모가 아저씨의 밥숟갈 위에 김치를 얹어주며 다시 애교를 부렸다.

"그 다음 말은 내가 대신 해줄까? '당신이 일 더 한다고 해서 내가 양보한 거 알지? 나 진짜 많이 참은 거 알지? 당신 부모님 똥 기저귀 찰 때까지 봉양해, 당신 팔 형제들 빨래해가며 밥해주고, 시집 장가 다 보내주고 다 건사해. 근데도 나 세계 일주 안 데리고 가면 진짜 당신 사람도 아니다, 알지?'"

이모가 평생 입에 달고 살던 레퍼토리를 아저씨가 술술 읊어댔다. 이모는 그게 우스워 깔깔 웃었다. 남편이 잘 기억해주어 안심이 되었던 것이다.

"웃기는…."

아저씨는 눈을 부릅떴다. 웃는 아내가 싫지 않았지만 좋은 내색도 삐딱하게 하는 버릇이 몸에 배어 늘 뚝뚝하다. 이모는 밥을 먹는 아저씨를 물끄러미 보다가 또 살살 애교를 피웠다.

"근데 당신 돈 얼마 있어? 오억? 십억? 공장장 퇴직금 탄 거, 이래저래 번 거 다 하면 많지? 난 울 엄마 요양원비 내고 육백 있는데. 당신 십억 더 있지?"

"고만 안 하냐!"

누가 돈을 달라고 한 것도 아닌데 아저씨는 밥알을 튀기며 소리를 질렀다.

이모는 좀생이 남편이 얼마나 많은 돈을 꿍쳐두었는지 알지 못한다. 다만 꽤 많은 돈을 저금해두었을 거라 짐작할 뿐이다. 남편에게 오억이 있든 십억이 있든 상관없다. 그저 세계 일주 가자던 약속을 지키기만 하면 그만이다. 세계 일주 생각에 이모 얼굴에는 절로 미소가 떠올랐다.

"동문회에 자긴 봉이 씨, 장민 씨랑 가? 차는 당신이 몰아?"

"당연히 내가 몰지! 대학 나오면 뭐해? 운전도 못하는 것들이…."

"나 이번 주 도로연수 끝난다! 우리 세계 일주, 차로 하자! 둘이 번갈아서, 붕!"

이모는 엄마 요양원비 내고 남은 돈으로 최근에 면허까지 땄다. 순전히 세계 일주를 위한 대비로.

"그러다 뒤져."

아저씨는 한껏 들떠 있는 이모 기분에 기어코 초를 친다. 소싯적 곱기도 고왔던 정아 이모를 졸졸 따라다니고 '쟤는 내 거다!' 소문을 내가며 이모를 차지한 집념의 사나이가 석균 아저씨다. 그렇게 이모를 데려와 온갖 고생 다 시켜놓고, 이제는 이모가 자잘한 돈 한 푼 쓰는 것에도 열불을 낸다.

엄마와 희자 이모는 석균 아저씨가 빈말할 사람은 아니라며 정아 이모의 세계 일주를 철석같이 믿고 있지만, 과연 짠돌이 석균 아저씨가 행여나 그래줄까? 나는 글쎄, 라고 본다.

지금 나는 슬로베니아에 있는 연하와 영상통화 중이다. 오늘따라 연하는 등을 돌리고 앉아 있다. 노트북 화면에 가득 찬 그의 등이 애틋하게 나를 자극한다. 문득 그를 안고 싶어진다. 하지만 나는 연하에게 그 말을 하지 않는다. 그를 안아줄 자신이 없기 때문이다.

지난 삼 년간 연하는 단 한 번도 내게 왜 떠났냐고 묻지 않았다. 나 또한 그 일에 대해 아무 말도 하지 않고 있다. 오랜 친구처럼 시시덕거리며 통화하는 것이 우리에게 남겨진, 그리고 우리가 할 수 있는 사랑의 전부다. 그렇게 삼 년의 시간이 흘렀지만 불쑥불쑥 차오르는 그에 대한 그리움으로 나는 종종 휘청거린다. 하지만 여전히 이를 악물고 버티는 중이다.

한국과 일곱 시간 차이가 나는 슬로베니아. 연하는 입맛도 없고 소화도 잘 안 돼 베이컨 쿠키로 점심을 대신했다는 말을 아무렇지 않게 했다. 나는 속이 쓰렸다. 바보 잘 좀 먹지…. 그러나 그런 속내조차 연하에게 들켜선 안 된다. 분위기를 바꿀 겸 엄마 동문회 얘기를 꺼내려는 순간 희자 이모와 정아 이모에게 연달아 문자가 날아왔다. 족히 스무 개는

되어 보이는 하트와 함께 내일 동문회에 데리고 가줘서 고맙다는 내용이 담겨 있다. 기가 막혀 득달같이 엄마에게 전화를 걸었다.

"엄마, 내가 언제 엄마 동문회에 이모들 모시고 간댔어? 내가 언제? 원고 마감이라고 몇 번을 말해! 잡지 글은 글이 아냐? 엄마, 엄마?"

엄마는 잡지 나부랭이에 실리는 건 글도 아니라며 내 감정을 긁어놓더니 친구들과 콜라텍에서 노느라 바쁘다고 일방적으로 전화를 끊었다.

내가 씩씩거리자 대충 상황을 짐작한 연하가 그러지 말고 어머님 도와드릴 겸 동문회에 나가고, 어른들께 배울 게 있으면 배우고 오란다. 나는 코웃음을 쳤다.

"뭘 배워? 배울 게 있어야 배우지! 만나기만 하면 싸움박질하시지, 사람만 없음 뒷담화 작렬이시지, 삐치시지, 우시지, 땡깡 피우시지. 나이만 드심 어른이니? 노인과 어른은 분명히, 엄연히 달라!"

"설마 어른들 앞에서도 그렇게 버릇없이 말하진 않지?"

연하가 어린 여동생 대하듯 다정하게 물었다. 나보다 다섯 살이나 어리지만 이럴 땐 정말 오빠처럼 느껴진다.

"물론, 참지."

내가 작게 웃으며 대답하자 연하는 뭐가 우스운지 어깨를 흔들며 소리 없이 웃고 있다. 흔들리는 연하의 어깨를 보니 문득 예쁘게 웃고 있을 연하의 얼굴이 그립다.

"카메라 좀 바로 해봐봐. 얼굴 좀 보자."

"싫어."

연하는 약 올리듯 몸을 더 틀어 화면 밖으로 완전히 빠져나갔다.

"왜?"

서운해 물으니 연하가 카메라 앞으로 살짝 고개를 내밀며 작게 웃었다.

"너… 애타라고."

그러고는 다시 카메라를 돌려 얼굴을 감춘다. 나쁜 자식… 이런 식으로 내 애간장을 녹이다니.

"셋 센다. 그때도 네 얼굴 안 보여주면 화상 끊는다. 하나… 둘, 셋…."

그때 침대 위에 놓여 있던 전화가 울렸다. 화면에 동진 선배 이름이 뜨는 걸 보고 나는 급하게 전화를 받았다.

"어, 선배."

그는 나의 대학 선배이면서 지금 내가 일하고 있는 출판사 편집국장이다. 물론 어디까지나 공적인 측면과 겉으로 보기에 그렇다는 말이다. 슬로베니아에서 돌아와 연하 때문에 휘청거릴 때 나는 위로가 되어줄 사람, 연하에 대한 추억을 함께 곱씹을 대화 상대가 필요했다. 그때 내 곁에 있던 동진 선배는 내게 필요한 역할을 다 해주었고 어느새 애인인 듯 애인 아닌 애인 같은 사람이 되었다.

휴대폰 너머로 공 부딪치는 소리와 함성이 요란했다. 동진 선배는 회사 직원들과 책거리를 하러 당구장에 와 있다고 했다.

"뭐야, 자기들끼리 책거릴 하고?"

"올래? 아무래도 애들 흥분해서 밤샐 거 같은데?"

전화기 넘어 동진 선배 목소리가 나를 유혹했다.

"싫어. 안 가. 둘만이면 좋은데 떼거진 싫어."

동진 선배는 잠시 말이 없었다.

"왜 대답이 없으실까?"

내가 되묻는 순간 '헤이!' 하고 노트북에서 연하가 나를 불렀다. 힐끗 화면을 보니 기껏 보여달랄 땐 약만 올리던 연하가 화면 속에서 나를 보고 있다.

"나 좀 사라지게 해줘."

연하는 내가 동진 선배와 통화하는 게 불편한 모양이다.

"네가 나가."

"난 네 아바타잖아. 의지가 없지."

연하가 어깨를 으쓱한다.

"그럼 기다려. 통화하고."

"딴 남자랑 통화하는 거 듣기 싫어. 당장 꺼."

우리가 아무리 친구 사이처럼 굴어도 어쩔 수 없이 감정이 불거져 나오는 때가 있다. 연하도 지금 그런 순간인 모양이다. 나는 말없이 노트북을 껐다. 화면에서 연하가 사라졌다. 연하와 나, 우리 사이는 딱 이 정도를 유지해야 한다.

"어떡해, 나?"

동진 선배에게 물었다.

"오지 마."

잠시 고민하던 동진 선배는 결국 둘만의 데이트를 거절했다. 나는 아쉬운 마음에 잠시 끊어진 전화를 바라보고 있었다. 그때 엄마에게서 문자가 왔다.

'내일 같이 가.'

어이가 없어 쓴웃음이 나왔다. 언제나처럼 부탁이 아닌 통보였다. 하지만 이번만큼은 어림없다.

휴대폰을 내려놓고 작업을 하기 위해 안경을 쓰는데, 다시 전화가 울렸다.

"영원 이모?"

반가운 마음에 목소리가 한껏 올라갔다.

영원 이모는 한때 엄마와 가장 친했던 친구다. 둘 사이에 무슨 일이 있었는지 지금은 소원한 사이가 되었다. 어쩌면 그 이상일지도 모른다. 영원 이모 얘기만 나오면 날카롭게 곤두서는 엄마를 보면 둘 사이에 제법 큰 일이 있었던 게 분명하다.

둘 사이가 어떻든 영원 이모는 엄마 친구들 중 내가 가장 좋아하는 이모다. 이모는 젊은 시절부터 쭉 배우로 활동하다 미국으로 이민을 갔는데, 내가 미국에서 유학할 때 수시로 나를 찾아와 챙겨주었다. 가끔 촬영을 하러 한국에 들어오곤 하는데 이번에 아주 들어오게 됐다며 내일 동문회에 갈 거란다. 일단 너만 알고 있으라고, 내일 보자는 이모 말에 나는 그러자고 대답하고 말았다. 그렇게 완강하게 버텼건만 늘 그랬듯이 결국 엄마 뜻대로 된 셈이다.

시간이 모든 걸 해결해준다고?

노친네들을 차례로 태워 동문회 장소로 가는 길은 결코 순조롭지 않았다. 내가 살아오면서 갈고닦은 수양이 조금만 부족했어도 그녀들을 길바닥에 버리고 말았을 것이다.

희자 이모는 약속 시간에 아무 생각 없이 미사를 드리고 있었다. 내가 도로에 불법 정차를 하고 씩씩거리자 엄마는 부리나케 성당으로 뛰어 들어갔다. 희자 이모는 신부님 앞에서 느긋하게 영성체를 받아먹는 중이었다. 엄마는 자리로 돌아오는 이모에게 기가 찬 듯 속삭였다.

"나와 있으랬지? 콱!! 언니만 아님 진짜…. 치매야? 동문회 갈 사람이 여기 왜 있어?"

"미사는 봐야지."

이모는 너무나 당연하다는 듯이 말했다.

"영성체 받아먹음 끝난 거지. 가자."

"고해성사 해야 되는데…."

이모는 못내 아쉬운 듯 자리에서 미적거렸다.

"죄를 짓질 말어. 난 평생 고해성사 할 게 없네. 가방은 또 뭐니, 피난 가?"

엄마는 희자 이모의 커다란 가방을 뺏어들고 겨우 성당을 빠져나와 이모를 차에 태웠다. 운전면허 학원으로 이동해 운전 연수 중인 정아 이모까지 무사히 픽업하고 나니 차 안이 시끌벅적해졌다.

희자 이모는 휴대폰에 좋은 노래가 있다며 이 노래 저 노래 찾아 틀어대고, 정아 이모는 먹을 걸 자꾸 내 입에 넣어주며 운전을 방해하고, 엄마는 귀가 잘 안 들리는 할머니와 통화하며 모시러 가네 마네 소리를 지르는 통에 정신이 하나도 없었다. 게다가 좁은 국도에서 추월을 해보겠다고 뒤에서 들어갔다 나왔다 신경을 건드리던 차가 난폭하게 끼어드는 바람에 깜짝 놀라 차선을 이탈해 급정차를 하고 나니 꾹꾹 누르고 있던 화가 터지고 말았다.

"야, 이 새끼야! 이 미친! 뭐 저런, 미친… 개… 그지가. 걸레! 쪼다! 야, 너 죽을래?"

나는 차에서 내려 멀어지는 운전자한테 고래고래 소리를 질렀다. 엄마가 차창 밖으로 놀란 얼굴을 내밀었다.

"야, 넌 무슨 걸레 물었어? 어디서 욕 지랄이야!"

"엄마는 무슨 전활 그렇게 해? 할머니 가는귀먹어서 말귀 못 알아듣는 거 몰라? 할머니가 알아서 오신다 그러면 네, 하면 될 걸 굳이굳이…. 내가 정신 시끄러 운전을 어떻게 해? 사고 나면 엄마가 책임질 거야!"

정아 이모가 내 눈치를 보더니 희자 이모에게 음악을 끄라고 속삭였다. 희자 이모가 아차 싶었는지 음악을 끄고 나를 타일렀다.

"완아, 차 타."

그제야 이모들에게 미안한 마음이 들었다.

"죄송해요, 이모들. 아까 그 개그지가 난폭 운전을…."

"나도 봤어, 쌍놈의 새끼."

정아 이모가 시원하게 욕을 날렸다.

"개그지, 쌍새끼!"

희자 이모도 덩달아 욕을 보탰다.

"운전이나 해. 꼴통 그만 부리고."

나는 엄마에게 눈을 흘겨 보이고, 차에 타 시동을 걸었다. 차를 막 출발시키려는데 희자 이모가 갑자기 배가 아프단다.

"이모, 여기서 십 분만 가면 휴게소야. 좀만 참아요."

"언니, 나가."

엄마가 내 말은 무시하고 주변을 살피더니 희자 이모를

재촉했다.

"어딜 나가?"

내가 어이없어하는 건 안중에도 없이 이번엔 정아 이모가 희자 이모를 끌고 나갔다.

"나가자, 나가자."

"나가면 어쩌게, 이 난장에서? 이모, 여기서 십 분만 가면…."

엄마가 내 팔을 치며 핀잔을 주었다.

"너도 이모들 나이 돼봐. 밑이 헐거워 대소변이 참아지나. 암것도 모르면서."

"엄마!"

어느새 엄마는 이모들을 데리고 풀밭 쪽으로 가고 있었다. 나는 아침부터 이어진 어이없는 상황에 지쳐 운전석에 몸을 기대고 눈을 감고 말았다.

그렇게 한참을 기다리다 사이드미러를 보니, 저쪽 나무 밑에서 두 이모와 엄마가 함박웃음을 지으며 걸어오는 게 보였다. 볼일을 본 뒤 시원해진 희자 이모가 옆에 피어 있던 꽃을 꺾어 와 엄마와 정아 이모 귀에 꽂아주자, '뚱내 나' '미친년같이 뭐야?' 하며 퉁박을 주더니 이내 서로를 보며 천진난만하게 웃어댔다. 저 노친네들을 데리고 오늘 안에 동문회에 도착할 수나 있을까 싶어 한숨이 나왔지만, 귀에 꽂은 꽃만큼이나 환하게 웃는 그녀들의 얼굴에 나도 슬그머니

웃음이 났다.

우여곡절 끝에 동문회가 열리는 엄마의 고향 근처 야외 카페에 도착했다. 엄마의 동문 선배인 충남 이모가 운영하는 카페였다. 예술성이 충만하진 않지만 아기자기한 공예작품이 전시된 카페 정원에서 충남 이모의 정성스런 손길이 느껴졌다.

엄마는 도착하자마자 사륜오토바이를 타고 동문회에 온 외할머니를 보러 갔다. 외할머니는 칠순이 넘은 나이에 초등학교에 입학해 한글을 배우고 졸업까지 해 엄마와 이모들의 후배가 되었다. 그리고 막내 동문 자격으로 해마다 열리는 동문회에 꼬박꼬박 참석하신다.

이모들도 각자 흩어져 오랜만에 만나는 친구 혹은 선배들에게 인사하러 다니기 바빴다. 겨우 놓여난 나는 홀로 차에 남아 숨을 몰아쉬었다. 카페를 가득 메운 노인들 사이에 끼여 있는 내 청춘이 기가 차다 못해 가련하게 느껴졌다.

똑똑똑. 차창 두들기는 소리에 고개를 돌려보니 석균 아저씨가 차 앞에 서서 나를 노려보고 있었다.

"넌 왜 어른 보고 인살 안 해?"

차 문이 닫혀 있어도 아저씨 목소리는 쩌렁쩌렁하다. 나는 어색하게 웃으며 차창을 내리고 고개 숙여 인사했다.

"아… 안녕하세요, 아저씨?"

"시집갔냐?"

석균 아저씨가 내뱉는 이런 식의 질문은 정말 끔찍하게 싫다. 내 근황이 궁금해서 묻는 게 아니라, 아직 결혼 안 한 나를 힐난하려는 의도가 너무 분명하기 때문이다. 기분은 상했지만 나는 최대한 예의를 갖춰 아직 못 갔다고 대답했다.

거기까진 참아줄 만했는데 아저씨가 작가라면서 책은 썼느냐, 대학 나와서 넌 대체 뭘 하냐며 염장을 지르는 통에 기가 질리고 말았다. 점점 화가 치밀어 확 돌아가버릴까 생각하고 있는데 엄마가 다가와 석균 아저씨를 끌어안았다. 아저씨는 엄마를 떼내려 몸을 흔들면서도 아직 끝나지 않은 잔소리를 해댔다.

"애는 왜 매번 끌고 다녀? 어려서도 커서도!"

"누가 끌고 다녀? 제가 제 발로 왔지. 여기 노인네들 취재한다고. 곧 책 낼 거거든."

엄마가 나를 보며 윙크했다. 어이가 없어 그저 엄마를 보고 있자, 엄마는 아저씨에게 빨리 오라 말하고는 할머니를 향해 뛰어갔다. 아저씨는 기어코 꼰대다운 한마디를 남기고 카페로 걸어갔다.

"불알도 안 달린 게 차는 몰고…. 꼴값을 떨어."

멀어지는 아저씨를 보며 나는 절레절레 고개를 저었다. 난 어른들 대부분이 싹 다 싫지만, 특히 석균 아저씨가 제일로 꼴 보기 싫다. 아저씨랑 함께 사는 정아 이모가 존경스럽고 안쓰럽기까지 하다.

카페 안은 옹기종기 모인 노인들이 저마다 이야기보따리를 푸느라 시끌벅적했다. 나는 테이블을 돌며 부족한 술과 안주를 서빙하면서 듣기 싫어도 들리는 말들에 진력이 날 지경이었다. 그런데 기자 이모가 다짜고짜 나를 끌고 가 자리에 앉히더니 살아온 이야기를 늘어놓았다.

"너 내 얘기 써라. 내가 너도 알다시피, 이혼한 아들에 뇌성마비 딸 있던 거 잃고, 이날 이때껏 맘 편한 날이 없었다. 내가 첨에 시집을 속아서 왔다. 동네 언니 하는 말만 듣고 선을 본 게 잘못이었지. 총각인 줄 알았는데 결혼을 세 번이나 한 사람인 거야. 시집살이 개집살이라고, 시집 안 간 시누이 둘, 장가 안 간 시동생 둘, 이혼해서 돌아온 시손, 시어머니, 시아버지, 우리 식구까지 열 식구 다 내가 밥 해 먹였다."

어쩔 수 없이 들어주고는 있지만 구구절절 노친네 고생한 이야기가 지겨워 자리를 뜨고 싶은 마음이 간절했다. 그때 기자 이모 친구가 끼어들었다.

"나는 죽어라 여적 일만 하며 살았다. 결혼해 남편이 양복점에서 일했는데, 일하는 기술자가 스무 명이 넘었어, 내가 그 기술자들 도시락을…."

"넌 왜 남 얘기하는데 껴!"

기자 이모가 버럭 화를 내며 말을 끊었다.

"네 얘기가 뭔 재미가 있어?"

"왜 내 얘기가 재미없어? 우리 시댁 식구들이 돼지머릴 좋아했어! 내가 그래서 마장동 도살장에서 사흘이 멀다 하고 드런 돼지머릴 사다 삶는데, 어떤 날은 돼지 눈알이 툭! 어떤 돼진 사 오면 혀가 쑥 빠지고, 돼지 이빨엔 고춧가루가 덕지덕지. 너 돼지 고환 먹어봤냐?"

기자 이모의 질문에 나는 비위가 상해 고개를 저었다. 그 때 구원자처럼 희자 이모가 다가왔다.

"기자야, 왜 더럽게 돼지머리 삶는 걸 말해. 완이 서울 애라 비위 상하누만."

"너, 비위 상하냐? 이모가 너한테 돼지머리, 고환 얘기해서?"

"아녜요, 이모"

나는 겨우 웃으며 대답했다. 다행히 희자 이모가 내 구원자 역할을 이어나갔다.

"너 술 많이 취했다. 기자야, 우리 가자, 가!"

"그래, 나 술 취했다. 어쩔래! 너 내 남편 초상 때 왜 안 왔냐? 왜 안 왔어? 나 못살아 안 왔냐?"

"얘 또또 자격지심 발동하네. 그땐 내가 일이 있었잖어."

"뭐, 자격지심? 내가 무슨 자격지심이 있냐? 내가 무슨 자격지심이 있어?"

겨우 그 자리를 빠져나왔지만 이번에는 자격지심의 갑인 석균 아저씨의 이야기를 들어야 했다.

"넌 무슨 말을 그렇게 해! 정치하는 놈이 이놈 저놈 다 도둑놈이지, 괜찮은 놈이 어딨어? 아, 내가 정치하는 놈 중에 도둑놈 아닌 놈, 딱 한 놈 봤다. 육이오 때 맥아더 장군 버금가는 아군 장군이셨다는데, 김 자, 정 자, 오 자 되시는 분으로서, 내가 천구백육십오 년 군대 갔을 때 운이 좋아 그분 운전병을 했다. 아무튼 그분이 정치에 입문을 하셨는데…."

지루하게 이어지는 아저씨의 연설을 친구가 끊었다.

"야, 그 말 말고 너 세계 일주하는 얘기나 듣자."

"세계 일주?"

아저씨는 마치 처음 듣는 얘기인 것처럼 되물었다.

"정아가 너랑 세계 일주 간다고 자랑질하던데."

"미쳤냐? 내가 돈지랄로 세계 일줄 가게. 돌아도 유분수지. 내가 번 돈 다 먹어 조지며."

나는 석균 아저씨의 말에 기가 막혔다. 정아 이모가 그 여행을 얼마나 간절하게 기다리고 있는지 잘 알고 있기에 마치 내 일인 것처럼 화가 났다.

"김정오 장군 얘길 마저 하면…."

"야, 그 얘기 그만하고 술이나 마셔!"

친구가 아저씨의 말을 또 잘랐다.

"왜 중학교 나온 놈은 뭐 대학 나온 놈한테 연설 좀 하면 안 되냐?"

"석균아 자식아, 왜 그러냐 또?"

친구들의 만류에도 아저씨는 목소리를 높였다.

"내가 초등학교 때 전교 회장이었어! 내가 왜 중학교밖에 못 갔냐. 울 아버지가 군수사업 한다고 전답 팔아서 여수에 내려가…."

"고만해요! 동문회 와서 연설은."

마침 술을 가져온 정아 이모가 아저씨를 만류했다.

"뭐냐, 남편 말하는데!"

아저씨가 호통을 쳤지만 이모는 대꾸도 없이 희자 이모가 있는 자리로 돌아갔다.

"석균 씨 콤플렉스는 여전하다. 나한테 말 안 시키는 것도 내가 전문대 졸이라 그렇지?"

아저씨 하는 양을 지켜보고 있던 희자 이모가 정아 이모에게 말했다.

"아니까 다행이다. 내가 저 사람하고 살면서 고등학교 졸업장 있는 게 얼마나 죄가 되던지…. 그냥 안됐다, 생각해."

"그렇게 생각하니 산다. 참 소자는 왜 안 왔대? 한식이 오빠랑?"

"안 보임 죽은 거지 뭘 물어?"

"아…. 우린 담에 여기 다시 올까?"

"나는 올라고. 왜 넌 안 오게?"

정아 이모가 묻자 희자 이모가 살짝 웃는다.

나는 잠시 한가해진 틈을 타 카페 밖으로 나와 담배를 태웠다. 조금이나마 숨통이 트이는 기분이었지만 사방에 깔린 노친네들 눈을 피해 피우는 담배이다 보니 조바심이 났다. 재빨리 구강탈취제와 향수를 뿌린 뒤 카페로 들어가자 충남 이모가 나를 툭 건드렸다. 담배 피운 걸 들켰나 싶어 화들짝 놀라는데, 이모가 구석을 가리키며 말했다.

"저거 멋지지? 천짜린데 박 교수가 난 특별히 칠백에 줬어."

충남 이모가 가리킨 곳에는 온갖 사진과 그림 그리고 도자기가 여기저기 놓여 있었다. 그중 이모가 말하는 천짜리는 도자기인 듯싶었다.

"저거, 다 저 밖에 있는 인간들한테 돈 주고 샀어?"

나는 이모의 교수 친구들이 이모 몰래 하던 험담이 떠올라 화가 났다. 오늘 카페엔 동문들 말고도 이모의 교수 친구들이 손님으로 와 있었는데, 이모가 내준 고급 와인을 공짜로 마시면서도 대놓고 이모를 비웃었다.

'너는 때마다 사진이나 사주지. 내 도자긴 딱 세 점 샀다. 자기가 무슨 르네상스를 이끈 이탈리아 메디치 가문 흉낼 낸다고…. 내 건 사주지도 않으면서.' '공짜 술을 사잖아.'

'돈 많은 무식한 여편네. 저번 날은 나한테 신라 서산마애삼존불상이 최고라드라. 서산이 신라냐? 백제지. 무식이 판을 친다니까 아주.' 그들이 이렇게 천박한 말들을 나누는 줄은 꿈에도 모르고 충남 이모는 내게 순진하게 말한다.

"당연하지. 가난한 예술가며 지식인들 작품 공짜로 받는 게 말이 돼?"

나는 작게 심호흡을 하는 것으로 그 가난한 예술가와 지식인들에게 치미는 화를 가라앉혔다.

"이모, 돈 있으면 집에 티브이랑 소파나 바꿔! 지식인은 무슨… 양아치지. 이모, 저 인간들하고 놀지 마. 그냥 울 엄마랑 희자 이모, 정아 이모랑…."

"난 꼰대랑 놀기 싫어."

이모가 내 말을 잘랐다. 같이 늙어가는 동년배 친구 사이면서 당신은 아니라는 듯 단호하게 말하는 이모가 우스웠다.

"이몬 꼰대 아니시고?"

"내가 왜 꼰대니? 난 처녀데!"

시집을 안 간 거하고 꼰대가 무슨 상관이라고…. 영원히 젊은 정신으로 살고 싶어 하는 이모의 마음은 이해하겠지만 그 대가가 너무 잔인해서 한숨이 새어나왔다.

"영원 이모는 언제 와요? 나 이모 보려고 온 건데."

더 이상 말하기 싫어 화제를 돌렸다.

"너 영원이 오는 거 어떻게 알아?"

"이모가 전화했지. 자기 온다고 오라고. 참 이몬 어떻게 알아요? 서프라이즈라던데?"

"난 걔 절친이잖니."

하는 말마다 참 얄밉고 말문 막히게 하는 이모다. 방금 꼰대들하고 놀기 싫다더니 영원 이모는 친구라고? 그것도 절친?

그때 밖에서 왁자지껄한 소리가 들려 돌아보니 마침 영원 이모가 카페 마당으로 들어서고 있었다. 여전히 라인이 살아 있는 몸매에 꼭 맞는 투피스, 멋진 선글라스를 끼고 있는 영원 이모는 영락없는 배우였다. 이모는 선물꾸러미를 들고 함께 온 남자를 동문들에게 남자친구라고 소개했다. 사람들은 '우리 배우님 오셨네.' '저번에 시에프 새로 찍은 거 봤어.' 하며 영원 이모를 반겼다. 나는 멀리서 그런 이모를 지켜보며 기분 좋게 웃었다.

"역시 멋있어, 영원 이모."

멀찌감치 앉아 맥주를 마시고 있던 엄마는 곱지 않은 시선으로 영원 이모를 보고 있었다.

"저건 또 왜 여길 기어와? 에잇, 술맛 떨어져."

엄마가 자리를 박차고 일어났다. 희자 이모는 걱정스러운 듯 정아 이모를 바라보며 조심스레 말을 건넨다.

"어머, 어쩌니? 난희 아직도 영원이 싫은가 봐."

"싫음 뭐 어째. 재도 동문인데. 삼십 년도 더 된 일인데 난희도 어지간하다, 진짜."

정아 이모가 멀어지는 엄마의 뒷모습을 보며 답답한 표정을 지었다.

"언니! 희자 언니, 정아 언니!"

그때, 영원 이모가 달려와 울먹이며 두 이모를 부둥켜안았다. 정아 이모는 내심 반가워 웃으면서도 괜히 우리 엄마에게 마음이 쓰여, 멀리 앉아 있는 할머니를 향해 턱짓했다.

"저기, 엄마한테 먼저 인사드려."

영원 이모는 이모들이 모두 엄마라고 부르는 우리 할머니를 끌어안고 눈물을 흘렸다.

"엄마, 내가 지난달에 미국서 녹용 보냈는데 받았어? 내 편지도 받았고?"

눈가가 촉촉해진 할머니는 고개를 끄덕이며 영원 이모의 얼굴을 쓰다듬어주었다.

"엄마도 여적 모르나?"

희자 이모가 친모녀처럼 다정한 두 사람을 보며 정아 이모에게 물었다.

"그러게. 알면 저리 반가워 안 하실 건데…."

정아 이모는 고개를 끄덕이며 말끝을 흐렸다. 그러고는 영원 이모가 데리고 온 남자친구를 보며 또 남자를 바꿨다느니 하며 수군거렸다.

그 순간에도 나는 엄마가 왜 영원 이모와 멀어져 마치 원수 보듯 하는지, 다른 이모들이 영원 이모를 보며 왜 수군거리는지 알 수 없었다.

밤이 되자 대부분의 어른들이 돌아가고 카페엔 몇몇 사람들만 남아 있었다. 그런데 엄마는 돌아갈 생각은 않고 읍내에 나가 술을 사 오겠다며 고집을 부렸다.

"술 떨어졌음 그냥 끝내지. 엄마, 우리 그냥 가자, 어?"

"내가 왜 그냥 가. 영원이 년이 가면 모를까?"

그때, 영원 이모가 불쑥 우리 옆으로 다가왔다.

"어떻게 하냐? 영원이 년은 안 갈 건데?"

영원 이모가 웃으며 너스레를 떨자 희자 이모는 놀라 딸꾹질을 하고, 정아 이모와 나는 난감한 얼굴이 되었다.

"낯짝 두껍다. 네가 내 앞에서 어떻게 웃냐? 나 돌아올 때까지 꺼져라."

엄마는 벌떡 일어나 가시 돋친 말을 내뱉고는 꼭 술을 사러 가야겠다며 희자 이모와 정아 이모까지 앞장세워 밖으로 나갔다. 영원 이모가 미안해 어쩔 줄 모르는 나를 다독였다.

"내가 네 엄마한테 죽을죄 지은 게 있어. 암말 말어."

죽을죄라니. 도대체 무슨 일이 있었던 걸까? 내가 아는 이모는 죽을죄를 지을 만큼 모진 사람이 아니었다. 나는 답답한 기분으로 엄마를 따라갔다.

차를 몰고 읍내로 가는 내내 나는 엄마를 몰아붙였다. 나 유학 갔을 때 해마다 찾아와서 용돈 주고, 고민 상담해주고, 바쁜 엄마보다 더 엄마같이 살갑고 정성스럽게 대해준 이모한테 왜 그러냐고. 그렇게 친했다더니 삼십 년 가까이 찬바람이 부는 이유나 알자고. 하지만 엄마는 읍내의 작은 마트에 도착할 때까지 입을 꾹 다문 채 화난 얼굴로 나를 노려보기만 했다.

마트에서 술을 한 보따리 사 들고 차로 돌아오니 엄마와 이모들이 무언가를 뚫어져라 쳐다보고 있었다. 고개를 돌린 나도 놀라 눈이 휘둥그레졌다.

"영원이 이모 보이프렌드?"

영원 이모가 남자친구라고 소개했던 남자가 마트 건너편 작은 모텔 앞에서 젊은 여자와 격렬히 입을 맞추고 있었다. 이모들도 놀랐는지 수군거렸다. 순간 엄마가 휴대폰을 꺼내더니 그들의 사진을 찍어댔다.

"엄마!"

엄마는 말리는 내 손을 밀치고 기어코 사진을 몇 장 더 찍은 뒤, 희자 이모와 정아 이모에게 소리쳤다.

"언니들, 나 말리지 마! 오늘 영원이 기지배 내 손에 죽었어. 완아, 너 차 몰아!"

무슨 당당한 일을 했다고 엄마는 의기양양했다. 영원 이모가 어떤 죽을죄를 지었는지는 모르지만 이건 아니었다.

이건 싸구려 파파라치들이나 하는 몰상식한 사생활 침해였다. 나는 참을 수 없어 엄마에게 손을 내밀었다.

"휴대폰 이리 내."

엄마는 내 태도가 심상치 않음을 느꼈는지 차 문을 열고 뛰쳐나가더니 마침 달려오는 택시를 잡아탔다.

이미 늦었다! 부리나케 카페로 달려갔지만 상황은 돌이킬 수 없었다. 영원 이모가 엄마 휴대폰에 찍힌 사진을 유심히 들여다보고 있었다. 엄마는 그런 이모를 보며 고소하고 재밌다는 듯 고약한 웃음을 지었다.

"그러게, 이번엔 좋은 놈 좀 만나지. 유부남에 연하남에 이젠 바람피는 놈까지."

엄마가 저렇게 독한 말을 내뱉다니… 믿기지 않았다. 달려가 영원 이모 손에 들린 엄마 휴대폰을 빼앗았다.

"미안, 이모."

이모는 담담히 자신의 휴대폰을 꺼내더니 전화를 걸었다. 엄마는 아직도 끝나지 않았는지 '일 보러 간다며 모텔엔 왜 가, 그치?' 하며 영원 이모 약을 올렸다.

"이모, 전화는 나중에…."

엄마 때문에 기어코 일이 터지겠구나 싶어 나는 영원 이모를 만류했다. 이모는 내 손을 뿌리치고 남자친구에게 전화를 걸었다. 그런데 상대가 전화를 받자, 이모는 전에 없이 밝은 얼굴로 웃었다.

"어, 친구. 축하한다. 와이프랑 화해했네?"

곧 한바탕 전쟁 같은 악다구니가 휩쓸고 가겠구나 긴장하던 사람들은 해맑게 웃으며 통화하는 영원 이모를 보고 어안이 벙벙한 얼굴이었다. 특히 엄마는 가여우리만큼 당황하는 기색이 역력했다.

"어떻게 알긴. 평생 의리 있는 내 친구 제보로 알았지. … 긴말 말고 와이프랑 서울 올라가. 너 따라 지방까지 와서 비는데. 어, 그래그래, 뜨거운 밤, 굿 잠!"

통화를 마친 영원 이모는 딱하다는 표정으로 엄마를 보다가 못 박듯 말한다.

"말귀 못 알아들었구나? 애인 아니고 보이프렌드. 친구."

당황한 엄마만큼 내 얼굴도 화끈거렸다. 그 남자가 영원 이모의 애인이 아닌 보이프렌드여서 너무 다행이었지만 악의가 담긴 엄마의 유치한 고자질은 주워 담을 수 없었다. 엄마도 어지간히 창피했는지 할머니에게 모셔다드릴 테니 집에 가자며 꽁무니를 뺐다.

영원 이모가 밖으로 나가려는 엄마 팔목을 잡았다.

"나랑 술 한잔하고 풀고 가."

"뭘 풀어!"

이모 손을 거칠게 뿌리친 엄마는 눈물이 그렁해져 가슴 속에 쌓아두었던 말들을 토해냈다.

"대체 뭘 풀어! 네가 사람이야? 내가 물었지! 숙희 년이랑 내 남편이 아무래도 이상하다고! 근데 네가 뭐랬어? 절대 그럴 일 없다 그랬지. 다 알면서! 네가 그 거짓말만 안 했어도, 내가 내 집 안방에서 내 남편이랑 숙희 년이랑 나뒹구는 꼴은 내 눈깔로 안 봤을 거 아냐! 내가… 내가 널 얼마나 믿었는데! 네가 어떻게 그렇게 날 따돌려?"

나는 뒤통수를 한 대 얻어맞은 듯 멍해졌다. 그 순간 엄마의 유치하고도 말도 안 되는 행동들이 모두 용서가 되었다. 아무리 세월이 지났어도 엄마에겐 지워지지 않는 모욕과 배신의 상처였으리라는 걸 짐작하고도 남았다. 나도 이렇게 기가 막힌데 엄마는 오죽했을까.

"그래, 오늘 이 집에서 누구 하나 죽어 나가든, 화해를 해서 손잡고 나가든 양단간에 결판을 내! 더럽게 몇십 년을 개지랄로…."

충남 이모가 엄마와 영원 이모 사이에 끼어들었다. 그때 전화벨이 울리는가 싶더니 충남 이모가 구석에 떨어져 있던 휴대폰을 집어 들었다.

"야, 숙희 전화."

전화기를 받아든 영원 이모 얼굴에서 핏기가 사라졌다. 숙희라면 아빠와 바람을 피웠던 바로 그 장본인이다. 순간, 원망이 가득 담긴 엄마 눈에서 불길이 일었다.

"진짜 이게! 너, 아직도 내 남편이랑 놀아났던 숙희랑 노냐! 나한테 개랑 끝냈다며? 거짓말이 특기냐?"

엄마가 영원 이모에게 달려들어 다짜고짜 머리채를 쥐어 잡았다. 순식간에 벌어진 상황에 놀라 모여 있던 사람들이 우르르 달려들어 겨우 엄마를 떼어놓았다. 이제 한숨 돌리려나 싶었던 순간, 영원 이모는 또 다른 누군가에게 머리채를 잡혔다. 우리 할머니 쌍분 여사였다.

집으로 돌아가는 길, 엄마는 차창에 머리를 기댄 채 말이 없었다. 삼십 년이 지났어도 엄마는 그때 느꼈던 배신감과 모욕을 여전히 생살 헤집는 상처처럼 느끼는 모양이다. 시간은 아무것도 해결해주지 못했다.

그런 엄마가 짠하면서도 영원 이모의 머리채를 잡아 흔든 건 너무했다는 생각이 가시지 않는다. 그 북새통에 내 마음까지 심란해졌다.

"분명히 말하는데, 난 오늘로 엄마 동문회 오는 거 마지막이야. 다신 안 와. 한 번만 더 오자 그러기만 해봐, 아주."

엄마가 차창에 기댔던 고개를 들었다.

"오자 그럼 어쩔 건데, 네가? 말해봐. 내가 동문회 또 오자 그럼 어쩔 건데, 네가?"

분이 가시지 않은 엄마를 내가 건드리고 말았다. 엄마는 드잡이하듯 나를 몰아붙인다.

"내 사발이는? 사발이…."

할머니가 충남 이모네 카페에 두고 온 사륜오토바이를 찾으며 끼어들었다.

"할머니나 돌아보셔요. 엄마 자꾸 치잖아!"

엄마를 잘못 건드렸다 싶어 내가 얼른 말을 돌렸다.

"네가 내 딸이야, 영원이 딸이야?"

엄마는 또 어처구니없는 말로 생떼를 쓴다. 나서서 엄마 편을 들어주지 않은 게 서운했던 모양이다. 답답한 마음에 엄마를 빤히 보니, 엄마는 기어코 내 대답을 듣고야 말겠다는 기세로 쳐다본다.

"엄마한테는 엄마 아빠도 있고 나도 있는데, 영원 이모는 혼자잖아."

엄마 심정을 충분히 이해할 수는 있지만 잘했다고 말할 순 없었다.

"내가 딸이 있음 뭐해! 네년이 내 편이 아닌데!"

내 말이 서운했는지 엄마가 심통을 부린다. 할머니가 할 말이 있는 듯 다시 엄마 어깨를 툭툭 친다.

"왜요, 왜!"

엄마가 마지못해 고개를 돌리자 할머니는 말없이 꼭 쥐고 있던 주먹을 내밀어 펼쳤다. 세상에! 할머니 손바닥에 머리카락이 한 줌이었다.

"좋겠다. 할머니가 딸처럼 생각하던 영원 이모 머리 뜯어 줘서. 신나?"

엄마는 아무런 대꾸도 없이 창을 열어 할머니가 쥐고 있던 머리칼을 날려 보냈다.

시간이 모든 걸 해결해준다는 말은 새빨간 거짓말이다. 삼십 년이 지났어도 그때의 상처가 생생하게 아픔으로 올라오는 엄마가 그렇듯이.

그런 엄마 모습이 나를 절망스럽게 했다. 연하를 떠나온 지 삼 년. 난 여전히 그 시간에서 한 발자국도 헤어 나오지 못하고 있다. 영겁처럼 느껴지는 삼 년의 시간을 단 한 가지 희망으로 견뎌왔다. 시간이 해결해줄 거라는 믿음으로. 시간이 지나면 아픔도 사랑도 먼 추억이 되고 먼지처럼 가벼워지는 날이 올 거라는 부질없는 믿음으로.

델마와 루이스처럼

희자는 오늘도 〈델마와 루이스〉를 보고 있다. 이 영화는 봐도봐도 재밌다. 성격이 너무 다른 두 친구는 마치 정아와 자신 같고, 통쾌하게 남자를 골리는 장면들은 속을 후련하게 해준다. 그리고 자동차 한 대로 길게 뻗은 길을 시원하게 달리는 두 여자의 모습은 그녀가 꿈도 꿔보지 못한 자유를 향한 질주 같아서 자신도 모르게 가슴이 설레었다.

그녀가 영화에 빠져 습관처럼 한 손으론 걸레질을, 다른 한 손으로는 테이프로 바닥의 먼지를 찍어내고 있는데 민호에게 전화가 왔다.

"어, 민호야. … 엄마 이제 방 청소하고 저녁 먹으려고. … 무말랭이도 있고 갈치도 있고…. 밥 먹고? 설거지해야지! 텔레비전도 보고. 안 심심해. … 알았어, 운동할게. 알았어. 성당 가서 봉사도 알아보고. 알았어, 안 심심하게 놀게. … 안 아퍼. 왜 그래? 엄마 혼자서도 잘 있는데…. 그래, 잘자. 어."

희자는 전화를 끊고 혼자 구시렁거린다.

"얘는 왜 시키지도 않은 내 걱정을 사서 하면서, 나 때문에 피곤하다 그래? 내 아들이래도 참 이상한 애야."

일어나 냉장고에서 아이스크림 하나를 꺼내 먹다가 움찔해 시계를 보니 여덟 시다. 종종걸음으로 창가로 가 커튼을 살짝 열고 길 맞은편 삼 층짜리 다세대주택 옥상을 올려다본다. 아니나 다를까. 그 외국인 남자가 또 웃통을 벗고 운동 중이다. 그러다 희자 쪽으로 고개를 돌리더니 씩 웃는다. 희자가 오싹한 기분에 커튼을 여미는데, 때마침 거실 등이 '팍!' 하며 나가버렸다. 희자는 깜짝 놀라 후다닥 창가에서 떨어져 벽에 등을 기대섰다. 그렇게 맘을 추스르고 다시 커튼 틈으로 밖을 보니 그 남자가 이젠 대놓고 그녀 쪽을 보며 낄낄 웃는다.

"하루 세 번씩 꼭 저 지랄로 날 보고 웃네, 미친놈. 늙은이 혼자 산다고 무시하는 거지, 저게."

그는 정확히 하루 세 번 아침 여덟 시, 오후 세 시, 저녁 여덟 시에 그녀 집을 넘보며 음흉한 웃음을 날린다. 오늘은 그 외국인 때문에 전등까지 나간 것 같아 영 불안하고 찝찝

하다.

밤이 깊어 방 안의 불과 티브이를 모두 켜놓고 잠자리에 들었지만 잠이 오지 않는다. 눈을 감고 몇 시간째 뒤척이자니 지난번 석균과 기자가 하던 말이 계속 머릿속을 맴돌았다.

'그 말이 사실이었구나. 남편 벽장에서 굶겨 죽였다던 소리가.'

가슴이 조여와 눈을 뜨니 새벽 세 시다. 그래도 자야 한다. 억지로 다시 눈을 감자 이번엔 쾅쾅쾅 문을 두들기는 소리가 들려 화들짝 눈을 떴다. 뚫어지게 문을 바라보는데 그녀를 놀리기라도 하듯 밖은 다시 조용하다.

눈을 감으니 이번엔 죽기 전날 남편의 마지막 모습이 떠오른다. 남편은 평소처럼 요강을 들고 벽장에 들어갔다. 그러고는 좁은 벽장 안에 누워 신호를 보내듯 고개를 끄덕였다. 수도승처럼 처연하고 덤덤한 얼굴이었다. 그녀는 늘 그랬듯 벽장문을 닫아주고, 바깥 문고리에 수저를 꽂았다. 그게 남편과의 마지막이 되리라곤 상상도 못했다.

희자는 벌떡 일어나 머리맡에 두었던 휴대폰으로 정아에게 전화를 걸었다. 몇 번의 신호가 울리고 정아가 잠이 덜 깬 목소리로 전화를 받았다.

"왜… 왜 희자야?"

"정아야, 기자가 내 남편 벽장에서 죽은 걸 어떻게 알았을까? 난 말한 적이 없는데. 혹시 너니?"

"내가 왜 그런 소릴 해? 자요 자. 희자야, 지금 새벽 세 시야."

"석균 씨가 나 의부증이라 그러던데, 설마 너도 그렇게 생각하는 건… 아니지, 정아야?"

급한 일이 아닌 걸 눈치챈 정아가 피곤한 듯 말한다.

"희자야, 나 내일 일 가야 돼."

희자는 부루퉁한 채 전화를 끊었다.

겨우 새벽에 잠이 들었지만 아침 일찍 잠에서 깬 희자는 주방에서 토마토 주스 한 잔을 따라 마시고, 섬유근통과 저혈압 약을 한 움큼 집어 먹고는 거실 창의 커튼을 활짝 열었다. 건너편 건물에 사는 젊은 외국인 남자가 어김없이 그녀를 빤히 보며 웃는다.

'얘도 날 무시하나? 남편 없다고 깔보나?'

희자는 이 남자가 이만저만 신경 쓰이는 게 아니다. 자신을 무시하고 깔보는 것인지, 혹시 할머니 혼자 사는 집이라고 도둑질을 해 가려고 엿보는 것인지 불안하기 짝이 없다. 희자는 커튼을 확 닫아버렸다.

하소연이나 하려고 정아에게 전화를 걸었지만 아침 식사 준비로 분주한 듯 자기 말을 건성으로 듣는 통에 마음이 상하고 말았다. 희자는 뭐라도 하자 싶어 집 안을 살폈다. 어제 나가버린 거실 등을 보다가, 직접 갈아보자 마음먹고 싱크대 수납장에서 새 전등을 꺼내 왔다. 식탁 의자를 거실로 가져온 뒤 의자에 올라가 겨우 전등을 빼냈다. 그러고는 새 전등을 끼워 맞추느라 한참을 아등바등했다. 이마에 송골송골 땀이 맺히고 팔이 부들거렸지만 포기하기 싫었다.

소켓과 전등이 아귀가 맞지 않아 한참을 헤매다가 겨우 불이 켜졌다. 생전처음 혼자 힘으로 등을 갈았다. 뿌듯함이 가슴에서 차올랐다. 나도 혼자 살 수 있어. 희자는 스스로가 대견해 얼굴이 환해졌다.

기분 좋게 의자에서 내려서는데 내딛는 발을 삐끗하는 바람에 그대로 넘어지고 말았다. 엎친 데 덮친 격으로, 방금 갈아 끼운 전등도 번쩍번쩍 빛을 내더니 '팍!' 소리를 내며 터졌다. 깨진 전등 파편이 바닥에 떨어지며 손등이며 발등에 상처를 냈다. 여기저기 맺힌 피를 보며 희자가 울먹였다. 겨우 해냈다고 생각했는데 안 하느니만 못한 일이 되고 말았다.

정아에게 전화했지만 받지 않았다. 결국 바쁘다던 민호가 일을 접고 달려왔다. 희자는 또다시 자식에게 폐를 끼치고 만 자신이 한심하기 짝이 없었다.

민호는 깨진 전등 파편을 치우고 새 전등을 달아준 뒤, 희자 몸을 살피며 상처 난 부위마다 반창고를 붙여주고 '호' 하며 입김까지 불어주었다. 그녀는 자신을 어린애 다루듯

하는 아들이 싫지 않았다.

"이제 괜찮아."

민호는 피곤한 얼굴을 하고도 그녀를 보며 환하게 웃었다.

"으이그… 귀여워."

민호는 거실 바닥에 팔을 벌리고 누워 제 팔을 툭툭 치며 옆에 와 누으라는 시늉을 했다. 희자는 절뚝거리며 민호 옆으로 가 팔을 베고 누웠다. 민호가 이마에 입을 맞추며 씩 웃는다.

"오랜만에 누워본다, 그치?"

"그러네."

"바로 못 와서 미안해 엄마. 하늘이 보낼라 그랬는데… 같이 사는 장모님 정기검진이…."

민호는 혹시 그녀가 서운해할까 봐 늦은 이유를 늘어놓는다.

"말하지 마. 낮잠이나 한숨 자고 가. 일 많다며."

"그러게. 졸리네. 어제 밤늦게까지 일하고 새벽부터 일이 많아서. 엄마, 하늘이가 엄마 좋아하는데 장모님을 집에서 모시니까…."

어지간히 피곤했는지 민호는 말을 맺지 못하고 스르르 눈을 감았다. 희자는 그런 아들을 안쓰럽게 바라보며 얼굴을 쓸어주었다.

"알아. 풍 맞은 친정엄마 모셔야지. 하늘이 임신도 했는데 힘들겠다. 네 엄마도 다른 병은 몰라도 풍이랑 치매는 걸리지 말아야 할 건데."

민호는 그새 잠이 들어 코까지 골기 시작했다. 희자가 민호 가슴을 토닥이며 자장가를 불러주었다. 민호가 어릴 때 좋아하던 노래다.

"엄마 손잡고 나들이 갈 때 먹어본 솜사탕. 훅, 훅, 불면은 구멍이 뚫리는 커다란 솜, 사, 탕."

민호가 짧은 낮잠을 자고 돌아간 뒤 얼마 지나지 않아 정아가 왔다. 정아는 전화를 받지 못한 게 미안했던지 아이스크림을 내밀며 웃었지만, 희자는 새침하게 쏘아볼 뿐이었다.

"내가 왜 네가 있는데 난희한테 전화해서 오라 그래야 돼? 물론 난희도 안 오고, 민호가 왔지만."

"내가 전화했는데 네가 안 받은 거지. 전화 두 번이나 했구먼."

"네가 먼저 내 전화 씹었잖아."

"잘못했어. 이거 먹어."

희자는 정아가 내민 아이스크림을 가만히 보다가 엉뚱한 말을 했다.

"너, 내 남편 벽장에서 죽은 거 기자한테 말했어?"

"또 또…."

정아가 그녀 얼굴을 어이없는 듯 바라본다. 희자는 더 얘기했다간 정아에게 통박만 맞을 것 같아 그 얘기는 접기로 한다. 한정 없이 받아주고 사람 좋은 정아지만 아니다 싶을 땐 바늘구멍 하나 내주지 않는 철벽이라는 걸 희자는 잘 안다.

정아가 거실 소파에 가 앉자 희자도 아이스크림을 먹으며 옆에 가 앉는다. 티브이 화면에서는 영화 〈델마와 루이스〉가 흘러나오고 있다.

"이 영화는 봐도봐도 재밌지?"

델마와 루이스가 차를 타고 고속도로를 신나게 질주하는 장면을 보며 희자가 물었다.

"별로. 여자들이 담배나 뻑뻑 피고 총 들고 사람 죽이고… 아휴, 난 무서워."

"정아야, 우리 델마와 루이스처럼 여행 가자. 이 집 팔아서."

"네 애들이 이 집 팔아 나랑 여행 간다면 아이고, 어머니 잘하셨네 하겠다."

"돈 다 쓰면 죽을 때 될 건데, 애들이 뭐라 하건 알게 뭐야."

그러더니 희자가 생각났다는 듯 정아 옆에 다가앉았다.

"근데, 넌 정말 네 남편이 신혼여행 때 약속한 둘만의 세계 일주, 할 거 같아? 만약 네 남편이 안 가면?"

"나라도 가야지."

정아는 영화에서 시선을 떼지 않으며 중얼거렸다.

"갈 거야 나는. 혼자라도. 내가 울 엄마 평생 지지리 궁상으로 살다가, 결국엔 오 년 전 뇌출혈로 쓰러져 요양병원에 처넣던 날, 하늘에 두고 맹세했네. 난 엄마처럼 절대 요양원에서 갇혀 죽을 날 기다리진 않아야지… 난 죽을 때 죽더라도 길 위에서 죽어야지…."

"길 위에서…. 멋있다. 나랑 같이 죽자."

"죽을 때라도 따로 죽어. 평생을 뭐한다고 붙어 다녀?"

여전히 영화에서 눈을 떼지 않는 정아를 보며 희자는 왠지 짠한 생각이 들었다.

"네 엄마도 참… 없는 집안에서, 당신 혼자 밭일 들일하셔서 남동생들도 안 보낸 고등학교를, 너는 당신처럼 살지 말라고 보내놨는데…. 네 엄마 꼴이나, 네 꼴이나… 도긴개긴이다."

평생 남편 형제 여덟 뒷바라지에 시부모님 병수발, 그리고 딸들 뒷바라지까지 정아 인생도 지지리 궁상으로 치면 친정엄마 못지않았다.

"그러게. 울 엄마 소원이 죽고 나서 훨훨 나는 새 되는 건데… 죽으면 그리 되시려나."

희자는 다시 영화에 시선을 돌리며 중얼거렸다.

"근데… 진짜 꼭 너랑 나 같다. 델마와 루이스가."

그때, 희자와 정아는 며칠 후 자신들이 세상에서 쓰레기처럼 버려진 델마와 루이스 같은 처지가 되리라곤 결코 꿈에도 상상하지 못했다.

시계가 세 시를 가리키자 희자는 벌떡 일어나 거실 커튼을 열었다. 역시나 맞은편 외국인 남자가 옥상에서 러닝셔츠 차림으로 이쪽을 보며 씩 웃고 있다.

"도저히 못 참겠네, 저놈."

희자는 커튼을 도로 닫고 정아에게 와보라고 손짓했다. 영화에 집중하던 정아가 희자 옆에 와 섰다. 희자는 커튼을 슬쩍 걷고는 턱으로 맞은편 위를 가리켰다.

"저기."

정아 눈에 이쪽을 향해 씩 웃는 외국인 남자가 들어왔다. 희자가 의미심장하게 속삭였다.

"미국 놈 봤지?"

"미국 놈은 모르겠고, 서양 놈이긴 하네."

"쟤가 날 맨날 본다. 아침 여덟 시, 오후 세 시, 밤 여덟 시 정각에."

"설마. 늙은일 왜?"

희자가 실없는 소리를 한다고 느낀 정아는 도로 소파에 앉아 영화에 시선을 돌렸다.

"늙은이니까 보는 거지. 참 많이 늙었네, 만만하네, 해치기 딱 좋네, 그래서."

"얼라리여."

정아는 희자의 과민 반응이 황당하게 느껴졌다.

"안 그러면 왜 꼭 매일 정각 아침 여덟 시, 오후 세 시, 저녁 여덟 시에 날 들여다보겠어? 무슨 이유로?"

"커튼 닫아. 괜히 커튼 열어 보며 그런 소릴 하네. 에고… 별나."

"내가 별나? 덩치 산만 한 놈이 매일 커튼 너머로 날 보는 게 별나지?"

"내 보기에 그놈은 너 안 보고 길 보네! 길!"

희자는 자기 걱정은 안 해주고 오히려 별나다고 하는 정아가 서운했다.

"아, 그럼 내가 과민하고 예민하고 별나서 괜히 트집을 잡고 그러네."

희자의 말투에서 삐치기 일보 직전임을 눈치챈 정아가 재빨리 티브이를 끄고 벌떡 일어났다.

"에이, 쌍놈의 잡것! 왜 늙은일 쳐다보고 지랄이야, 그게! 내 이놈을 그냥…. 나와! 가서 따지게. 이 잡놈의 새끼!"

정아는 아무리 아니라고 말해봐야 받아들일 희자가 아니란 걸 잘 알고 있다. 희자를 데리고 가서 확인시키지 않으면 두고두고 말도 안 되는 얘길 계속할 것이다.

"정아야, 정아야. 거기 가서 너무 큰소린 내지 말자. 우리 교양 있게. 응? 교양 있게."

정아가 나서주자 마음이 놓인 희자가 따라 나섰다.

맞은편 다세대 건물 계단을 힘겹게 오르며, 희자는 그간 그 외국인이 어떤 만행을 저질렀는지 정아에게 하나하나 빼먹지 않고 이야기했다. 그놈이 윙크를 하니까 전등이 깨졌다느니, 밤에 집에 와서 노크를 하고 도망갔다느니. 정아가 듣기엔 모두 억지스런 이야기일 뿐이었다.

"지금은 안 그랬는데 보통 땐 웃통을 벗고 날 본다."

"볼 만해?"

"울퉁불퉁, 젖이 너만 해."

희자가 질색을 하며 싫은 표정을 지었지만 정아는 '거, 볼 만하겠네.' 하고 깔깔 웃었다.

다세대 건물 삼 층에 이르자 꽤 넓은 건물 한 채와 소박한 야외 정원이 가꿔진 옥상이 나왔다. 정아가 건물 출입문에 있는 초인종을 눌렀지만 안에선 기척이 없었다.

"왜 안 열어? 방금 전까지 있더구만."

정아가 중얼거리자 희자가 대번에 확신에 찬 목소리로 대꾸했다.

"거봐, 피하잖아."

이상하다 생각한 정아가 다시 초인종을 누르려는 순간, 벌컥 문이 열렸다. 기척 없이 문이 열리자 정아와 희자도 놀랐지만, 남자 역시 느닷없는 할머니들의 방문에 퍽이나 당황한 기색이었다.

"왓?"

정아는 외국 남자가 영어로 대꾸하자 당황했지만, 이내 당당하게 따져 물었다.

"그쪽에서 이 할머니 봤어요?"

남자는 한국말을 잘 모르는지 '왓?' 하고 되묻기만 했다. 그러자 흥분한 희자가 서툰 영어로 따졌다.

"디, 디, 디쥬 씨 미! 에브리데이… 오, 온 타임. 쓰리… 어클락, 에이엠… 피엠!"

남자는 무슨 소린지 모르겠다는 듯 자신을 가리키며 '미?' 하고 물었다.

"아이 리브… 정아야, 앞집이 뭐니? 아… 암튼, 디쥬 씨 미! 앤… 유 노크 마이 하우스! 예스터데이!"

남자는 희자 말을 들으며 곰곰이 무언가 생각하더니 이내 웃으며 '컴온!' 하고는 안으로 들어가버렸다. 희자는 겁에 질린 얼굴로 싫은 기색을 했다.

"왜 들어가, 우리가 거길!"

"영어로 해. 한국말 잘 모르나 본데."

"네버… 고!"

희자는 집 안에 대고 꽥 소리치고는, 정아에게 들어갈지 말지 물었다. 정아는 힐끔 집 안을 들여다보다가, 이내 호기심이 일어 한 발짝 발을 들여놓았다.

"들어가보자. 문 열어놓고 들어가면 되지."

정아는 현관을 들어서며 다시 안을 향해 소리쳤다.

"컴? 아이 컴?"

정아 뒤를 따라 희자도 조심스레 집 안으로 들어섰다. 남자의 집 벽엔 사진이 잔뜩 걸려 있는데, 모두 웃고 있는 노인들 사진이었다. 백인, 흑인, 동양인, 원주민 등 전 세계 인종을 거의 다 모아놓은 것 같았다. 여기저기 걸린 사진과 여러 대의 카메라 그리고 한쪽에 스튜디오처럼 꾸며놓은 환한 방은 누가 봐도 사진작가의 집이었다.

"미쳤나 봐, 늙은이들 사진을. 잡아다 죽여서 저랬나?"

"잡아다 죽인 사람들이 어떻게 웃어? 사진작가네. 카메라도 많고. 영정사진 찍나?"

잔뜩 겁을 먹은 희자와 달리 정아는 흥미롭게 사진을 둘러보았다.

"컴온!"

베란다에서 남자가 그녀들을 불렀다. 희자와 정아가 베란다로 나가보니 남자가 베란다 난간에 서서 맞은편을 가리켰다.

"룩앳댓!"

그가 가리킨 곳은 희자의 집 담장 밑이었다. 그곳에서 새끼고양이 한 마리가 그릇에 담긴 우유를 핥아먹고 있었다.

"내가 우유 주면… 베이비 와. 매일 오전 여덟 시, 오후 세 시와 여덟 시에."

남자는 영어로 천천히 설명하면서 손가락 세 개를 펼쳐 보였다. 그러니까 매일 세 번 고양이에게 우유를 준다는 말이었다. 그러고는 희자를 보며, 절대 당신을 본 게 아니라고 못을 박듯 말했다. 희자는 고양이를 한 번 보고 담장 너머 제 집 마당과 거실 창을 쳐다보고는 고개를 저으며 베란다를 나가버렸다.

"헤이, 픽처? 픽처!"

남자가 뒤도 돌아보지 않고 나가는 희자를 향해 소리쳤다. 뒤에 남은 정아가 그의 어깨를 톡톡 치며 물었다.

"픽처? 네가 나 찍어? 공짜? 프리? 픽처 프리? 언제, 웬? 웬? 지금… 나우?"

"오케이."

남자는 고개를 끄덕이고 거실로 들어가더니, 카메라를 들고 와 한쪽 스튜디오에 놓인 의자를 가리켰다.

"앉아?"

정아는 공짜로 영정사진을 얻게 생겼으니 횡재했다 싶으면서도, 말이 안 통하는 외국인 남자와 단둘이 있는 게 무섭기도 했다. 그래도 설마 죽이기야 하겠어, 생각하며 시키는 대로 카메라를 향해 활짝 웃었다.

정아가 사진을 찍고 돌아오니, 희자는 소파에 앉아 골똘히 생각에 잠긴 얼굴이었다. 정아는 그런 희자가 답답하면서도 한편으론 걱정스러웠다.

“너 성당 나가서 봉사해라. 운동을 하던가. 혼자 집구석에 있다가 사람 이상해지겠어.”

“넌 그놈이 고양이 봤단 말을 믿니? 고양이 새끼가 어떻게 매일 하루 세 번, 같은 시간에 거길 와? 고양이가 시계 차?”

희자가 또 말도 안 되는 억지를 부리기 시작하자 정아가 정신 차리라는 듯 목소리를 높였다.

“희한한 세상, 시계 차는 고양이도 있나 보지!”

“나도 밥 먹는 시간이 헷갈리는데 고양이가 어떻게 알아? 그럼 전에 그 새끼가 나한테 윙크해서 전등이 깨진 건 뭐고? 어젯밤 노크한 건 뭐고!”

“치매야? 왜 그래 너? 치매면 병원 가. 나 호영이네 가야 돼.”

정아는 희자의 말도 안 되는 생떼를 들어주는 데 지쳐버렸다. 희자가 서운해하는 걸 뻔히 알았지만 정아는 웃옷을 찾아 걸쳤다. 그러자 희자도 따라서 웃옷을 걸친다.

“웃옷은 왜?”

“네가 나 치매라며? 그럼 하루라도 빨리 정신병원 가야지! 같이 가. 난 남편도 없고 자식보다 너니까, 네가 가줘야지!”

속상한 얼굴로 울먹이는 희자를 보자 정아는 마음이 약해졌다.

"오늘은 호영이 집에 회사 사람들 온대. 내가 밥해주러…."

"네가 말했지? 기자한테 내가 남편 벽장에 가둬 죽였다고, 네가 말했지?"

정아는 너무 어이가 없어 대꾸할 말을 찾지 못한 채 희자를 바라보기만 했다.

"다음 주 수요일 너 일 없지? 그때 우리 둘이 병원 가 치매 검사 받자. 난 나보다 네가 더 걱정되니까."

희자는 통보하듯 말을 던지고 안방으로 들어가더니 자리에 누워버렸다.

"그래, 가자 가! 같이! 으이그, 뭔 소릴 못 하네!"

정아는 고개를 절레절레 저었다. 그러다 문득 세월이 뭔가 싫었다. 육십 년 넘게 사귀어온 희자는 여리고 섬세한 친구이긴 했어도 이렇게 약하고 누군가에게 한정 없이 매달리는 아이는 아니었는데. 나이가 들고 갑작스레 혼자가 된 뒤로, 불안해 보일 만큼 약해진 친구의 모습에 짠한 마음이 들었다.

삶은
우리를 배반한다

영원 이모의 화랑 앞에 차를 세워두고 동진 선배와 나는 실랑이 아닌 실랑이 중이다.

"치사하다. 삼십 분만 기다려. 나 금방 나와. 집까지만 데려다줘. 더 이상 안 붙잡아."

선배를 그냥 보내기 아쉬운 마음에 나는 억지떼를 쓰고 있다.

"천하의 바람둥이가 마지막 전쟁터의 보루처럼 죽기 살기로 지켜줄 때 고마운 줄 알아, 인마."

따뜻한 웃음을 머금은 얼굴이지만 나는 알고 있다. 경계를 넘나드는 감정을 다잡기 위해 선배가 애쓰고 있다는 것을.

"난 지켜달라 바란 적 없는데…."

나는 내심 서운한 마음에 입을 삐죽이며 말꼬리를 길게 늘어뜨렸다.

"여기 오다 미국에서 온 전화 받았어. 작은애가 아파 병원에 간대. 집에서 전화 기다렸다 결과가 어떤지 전해 듣고 싶어. 시끄러운 길거리가 아니라."

선배의 진지한 설명에 아차 싶은 마음이 든다.

"… 미안. 어서 가."

주차장을 빠져나가는 선배의 차를 물끄러미 바라본다.

나에게 선배는 어떤 존재일까. 연하를 떠나온 뒤 나는 미치도록 외로웠다. 외로움이 나를 잠식시킬 것 같아 두려웠다. 기댈 사람이 필요했다. 그럴 때 동진 선배를 찾곤 했다. 연하를 버렸다는 강한 죄책감은 앞으로 다시는 제대로 된 사랑을 해서는 안 된다는 강박을 만들었다. 그럴 때도 동진 선배를 만났다. 그는 가정이 있는 사람이니까. 그러고 보니 지난 삼 년 동안 나는 내 편의와 욕구를 위해 동진 선배를 곁에 두었던 것 같다. 만약 동진 선배가 없었다면 내가 망가지지 않고 그 시간들을 버틸 수 있었을까? 자신할 수 없다. 분명한 것은 선배는 나를 버티게 해주는 든든한 사람이고 아직은 내가 그를 필요로 한다는 것. 그리고 지금의 나를 가장 잘 알고 이해하고 받아줄 수 있는 사람이라는 것이다.

선배의 차가 시야에서 완전히 벗어났을 때 문득 이런 생각이 들었다. 만약 선배가 유부남이 아니었다면 우리 관계는 어떻게 되었을까. 연하를 잊고 선배 품에 온전히 안길 수 있었을까.시답잖은 망상에 헛웃음이 나왔다.

"너 유부남 꼬셔?"

화들짝 놀라 돌아보니 충남 이모가 의혹이 담긴 눈으로 나를 보고 있다. 언제부터 지켜보고 있었는지 모르지만 동진 선배와 나를 의심하는 눈초리다.

"미쳤어, 이모?"

나쁜 짓을 하다가 들킨 사람처럼 얼굴이 화끈거렸지만 짐짓 아무렇지 않은 듯 받아친다. 그러자 이모가 갑자기 손을 내민다.

"전화 좀 줘봐. 전화길 집에 두고 와서."

뭔가 개운치 않은 기분이 들었지만 휴대폰을 꺼내 잠금을 해제하고 이모에게 건넸다. 그런데 내가 하는 양을 가만히 지켜보던 이모가 '아니, 됐다.' 하더니 화랑으로 들어가버렸다. 노친네 변덕에 한숨이 새어나왔다. 나는 휴대폰을 다시 가방에 넣고 화랑 안으로 걸음을 옮겼다.

영원 이모가 차를 준비하는 사이 화랑을 둘러보며 나는 이모의 안목에 감탄했다. 뉴욕의 작은 갤러리를 옮겨놓은 듯 최근 예술가들의 발랄하면서도 재기 넘치는 작품들이 가득했다.

"뭐한다고 일 바쁜데 날 찾아와? 힘들게."

영원 이모가 차를 건네며 따뜻하게 웃어주었다.

"와야지. 내가 사랑하는 이모 머릴 할머니랑 엄마가 동시에 뜯어놨는데…. 미안, 이모."

"우린 그냥 아웅다웅 그러며 보는 거야. 나 어려서 첩년 딸이라고 애들이 손가락질해도, 네 엄마는 나랑 놀아주고 걔들 패주고…. 네 할머니도 우리 엄마 편들며 동네 아줌마 머리 여럿 뜯었어. 어제 일은 일도 아냐."

"고마워, 그렇게 생각해줘서. 미국 살면서 한국 나와 가끔 영화랑 시에프만 찍은 줄 알았더니, 언제 이렇게 좋은 작품들을 많이 골라놨냐? 진짜 안목 있다!"

"재도 먹고살아야지. 근데 완아, 너 네 엄마한테 분명히 전해라. 한 번 더 영원이한테 손대면 내가 가만 안 둔다고."

말없이 사과만 먹던 충남 이모가 끼어들었다. 이모는 검정고시학원에 다니느라 일주일에도 몇 번씩 서울에 올라온다. 물론 그 동네에도 학원이 있지만, 자기가 중졸인 게 탄로 날까 두려워 굳이 서울 학원에 다닌다. 오늘도 학원을 마치고 화랑에 들른 모양이다.

"언닌 또 뭔 말을 할라 그래?"

영원 이모가 나무랐지만 충남 이모는 멈추지 않고 말을 쏟아냈다.

"옛날에 허구한 날 난희랑 어머니가 아버지한테 맞고 피

터져 너희 집 가면 너랑 네 엄마가 옷 주고 밥 주고…. 그걸 기억하면 난희가 백번 너무하지! 난희가 별나. 그게 뭐든 집착이 강해. 소유욕도!"

엄마를 몰아붙이는 충남 이모의 말이 듣기 좋을 리 없었다. 아까부터 불편하던 내 마음이 조금씩 짜증으로 바뀌고 있었다.

"울 엄마가 뭘 또 그렇게 집착이, 소유욕이 강해, 이모!"

"걔는 영원이가 좋이거나 제 건 줄 알아. 옛날이나 지금이나 얘가 나랑 친한 꼴도 못 봐. 너도 네 엄마 답답해하잖아! 네 엄만 너도 자기 장난감인 줄 알걸."

"언니 나랑 끝낼래? 왜 안 해도 될 말을 해!"

영원 이모가 듣다못해 언성을 높였지만 충남 이모는 아랑곳하지 않았다. 충남 이모는 언젠가 영원 이모에게 자신의 가장 큰 단점은 무식한 거랑 생각 없는 거라고 말했단다. 상대가 어떻게 받아들일지 따져보지 않고 툭툭 말을 뱉는 그녀는, 악의는 없어도 너무 솔직한 게 탈인 사람이었다.

"네 아빠, 바람난 숙희랑 도망가려고 했을 때, 영원이가 무릎 꿇어도 안 되니까 결국엔 숙희 남편한테 가서 고자질해, 숙희가 집에 감금당해서 도망 못 간 거야. 결국엔 쫓겨났지만! 얘가 네 엄마 땜에 가장 친한 친구 이혼까지 시킨 애야! 네 아빠가 죽을 때까지 네 엄마랑 너랑 산 건 다 얘 덕이야. 너라도 알고 있어!"

내가 왜 이 말도 안 되는 얘길 알아야 하는지 알 수 없었다. 아빠가 한때 엄마 친구와 바람을 피웠다 해도 내겐 좋은 아빠였다. 그 기억까지 구겨진 휴지 조각으로 쓰레기통에 던져버리려는 충남 이모의 말을 참을 수가 없었다.

"이모나 제대로 아셔요! 울 아빠가 엄마랑 산 건 내 덕이야! 십 년 전 아빠가 사고로 돌아가시기 전에, 바람난 여자랑 도망가고 싶었는데 자는 내 모습이 너무 예뻐서 못 갔다고 고백하셨어! 알지도 못하면서!"

"맞아! 네 아빤 널 제일 사랑했어! 여자보단 딸! 여자 중엔 숙희!"

그녀의 마지막 말에 나는 완전히 넋이 나갔다. 아빠의 사랑에서 친구보다 뒷전으로 밀려난 엄마의 자리가 내 가슴을 아프게 쳤다. 엄마는 그 사랑에서 찢기고 상처 받은 채 밀려난 초라한 여자에 불과했다.

"지랄 진짜! 완아, 가! 언니도 가! 꺼져버려, 그냥!"

영원 이모가 마시던 찻잔을 거칠게 내려놓으며 자리를 피했다. 충남 이모는 아직도 할 이야기가 남았는지 내게 소리쳤다.

"내가 이 말을 너한테 하는 건 네 엄마한테 잘하라고 하는 얘기야. 네 엄마 콜라텍 가서도 춤 안 춰. 남자 못 만나! 그냥 거기서 주목받는 게 좋은 거지. 제발 주목해줘. 평생 남편한테도 주목 못 받고 산 네 엄마, 너라도 좀 주목해,

어?"

이런 식의 충고는 하나도 고맙지 않았다. 몰라도 될 얘기를 다 까발려서 마음을 헤집어놓고 모두 너를 위해서 한 얘기라고 생색 내는 사람을 나는 믿지 않는다.

"이모나 잘하세요. 경매 사이트 들어가봐. 이모 지식인 친구들 작품, 개당 백만 원도 안 돼. 내가 알아봤어. 그걸 몇 백을 주고 사냐? 이모 중졸 콤플렉스 때문에 교수들하고만 노는 건 알겠는데, 그만해요. 어?"

더 이상 참지 못하고 이모에게 퍼부어댄 뒤 참담한 기분을 억누르며 서둘러 화랑을 빠져나왔다.

버스 정류장까지 걸어오는 동안에도 이모에 대한 섭섭함이 풀리지 않았다. 엄마한테 미안한 마음도 들고 속이 상했다. 정류장에 기대 생각에 잠겨 있는데 누가 톡톡 두드렸다. 돌아보니 충남 이모다. 이모는 내 휴대폰을 손에 쥐고 흔들어 보였다. 뭔가 이상해 가방을 들여다보는데, 역시 거기 있어야 할 휴대폰이 없었다.

"그게 왜 이모 손에?"

"잘 챙겨 그러니까."

나는 뻿듯이 휴대폰을 받아 가방에 넣었다.

"아까 그 사람 뭐하는 사람? 너 거래하는 출판사 국장?"

이모가 물었다. 궁금해서 묻는 게 아니라 이미 알고 있다는 뜻이다. 남의 휴대폰까지 훔쳐봤나 싶어 이모를 사납게 노려봤다.

“눈깔 봐라. 딸년 같아 묻는데 잡아먹을 것처럼… 기지배. 너는 우리 모두의 딸년이잖아. 나 너 많이 업어줬다.”

이모는 아무 일 없었다는 듯이 웃으면서 살갑게 말했다. 하지만 난 그럴 기분이 아니었다.

“이모 딸은 사양! 난 울 엄마 딸인 것도 버거워.”

그렇게 말하고 돌아서는데 그 어느 때보다 마음이 무겁다.

집으로 돌아가는 버스 안에서도 충남 이모의 말이 머릿속을 떠나지 않았다.

“자기가 뭘 알아? 꼰대. 내가 이모라고 부르니까 진짜 이몬 줄 아나. 웃기고 있어.”

입을 삐죽이며 이모 흉을 봐도 산란한 마음은 그대로였다. 편하지 않았다. 충남 이모의 증언이 절대적으로 맞으니까.

그랬다. 엄마는 늘 누구에게나 후순위였다. 할아버지에겐 늘 관심 밖이었고, 할머니에겐 마흔 넘어 어렵게 낳은 장남이며 전기기술자 일을 하다 전봇대에서 떨어져 장애를 갖고 있는, 나보다 어린 삼촌이 언제나 일 순위였다. 아빠에게는 숙희란 여자가 있었고, 나는 엄마를 너무도 사랑하지만… 제발 나랑은 상관없이 혼자 알아서 행복해주었으면 좋겠으니까.

눈을 감자, 어린 시절 그날의 엄마와 내가 보인다. 그때 그 일이 있고부터일까? 나는 엄마가… 아주 많이… 불편하다.

나는 번쩍 눈을 뜨고 짧은 숨을 토해냈다. 엄마를 불편해하는 마음이 들면 어김없이 한쪽에선 엄마가 안쓰럽고 엄마에게 미안한 생각이 부풀어 오른다. 가방에서 휴대폰을 꺼냈다. 엄마에게 미안하다고, 사랑한다고는 못해도 상냥하게 말 한마디 건네고 싶었다. 애교라도 부리고 싶었다. 이쯤 되자 가슴이 살짝 설레기 시작했다. 사랑하는 연인에게 떨리는 마음으로 전화하는 기분으로 통화 대기 신호가 떨어지길 기다렸다.

"헤이 마더, 뭐해?"

평소보다 한 옥타브 올라가 있는 다정한 내 목소리에 엄마가 떨떠름한 반응을 보였다. 평소 같지 않으니 이상하단다.

"뭐가 이상해? 내가 기분 좋게 웃는 게 이상해? 성질내? 그래야 편하겠어? 뭐해?"

평소에 얼마나 쌀쌀맞게 굴었으면 이럴까 싶어 한껏 더 다정해지려는 순간, 엄마의 한마디에 화가 머리끝까지 치솟는다. 엄마가 지금 내 오피스텔에 가고 있다고 한 것이다. 독립한 딸의 사생활과 공간을 존중하지 않고 자기 마음 내

키는 대로 들락날락하는 이런 식의 방문은 딱 질색이다.

“내가 언제 김치 달래? 나 없을 때 집에 가는 거 싫다고 몇 번을 말해? 집구석이 개난장이든 말든 신경 끄라고, 엄만! 내 집 가지 말라고! 내 돈으로 샀으니까! 은행 돈도 내가 갚아!”

소리를 빽빽 지르며 화를 내자 엄마는 일방적으로 전화를 끊었다. 버스에 탄 승객들이 재밌는 구경거리인 듯 나를 쳐다보았다.

‘좀 잘해줄래도 잘해줄 수가 없어. 짜증나 진짜!’

엄마가 바라 마지않고 내게도 로망인 다정한 모녀 관계는 엄마의 자기중심적인 일방통행 때문에 늘 이렇게 엉망진창으로 끝이 난다. 이상적인 모녀 관계는 꿈에서나 가능한 일이다.

버스에서 내리자마자 나는 죽어라 달렸다. 내 책상 위에 떡하니 놓여 있는 재떨이와 여기저기 널려 있을 빈 담뱃갑 때문이었다. 딸이 담배를 피울 거라고 꿈에도 생각 않는 엄마가 피를 토하며 소리 지를 게 뻔하다. 그것만은 막아야 한다는 생각으로 달리고 또 달렸다.

헐떡이며 집에 도착했다. 다행히 엄마는 아직 오지 않았다. 급하게 현관 비밀번호를 바꾸고, 집 안에 널려 있는 담배 흔적을 치우기 시작했다. 순식간에 쓰레기통이 가득 찼다.

엄마가 도착했는지 버튼 키 누르는 소리가 들렸다. '삐비빅. 비밀번호가 틀렸습니다….' 하는 소리가 울리는데도 엄마는 포기하지 않고 다시 비밀번호를 누른다. 달려가 문을 열어주자 엄마가 짜증을 냈다.

"비번이 왜 안 먹혀? 바꿨어? 언제?"

"오자마자."

나는 대충 대답하고 침대에 널브러져 있는 옷가지들을 치우기 시작했다. 엄마는 주방으로 가서 바리바리 싸들고 온 보따리를 풀어놓고, 꽉 찬 쓰레기통을 보더니 인상을 찌푸렸다.

"너 설마 엄마 못 들어오게 비번 바꿨냐?"

"어."

"그래라. 열쇠 아저씨 불러서 확 문을 뜯어버리지 뭐."

나는 어이가 없어 엄마를 째려봤다. 엄마는 내가 그러든 말든 신경도 안 쓰고 냉장고 문을 열었다. 김치를 냉장실에 집어넣고, 반찬통을 넣기 위해 냉동실 문을 연 엄마가 정색을 하며 나를 돌아본다.

"이거 뭐냐?"

"뭐가."

다가가 보니 냉동실에 담배가 보루로 쌓여 있다. 순간 아차 싶었지만 별일 아니라는 듯 냉장고 문을 닫았다.

"내 거 아냐. 동진 선배랑 출판사 사람들 놀러 왔다가…."

"담배 피우기만 해, 아주."

엄마는 으름장을 놓고는 컴퓨터 책상 앞으로 가 옛날에 연하가 그려줬던 내 그림을 보며 떠보듯 묻는다.

"너 대체 연하랑은 왜 헤어졌니?"

나는 대꾸 없이 그림을 떼어 한쪽 구석에 치우고 그만 가 달라는 신호를 보낸다.

"엄마, 나 일해야 되는데."

엄마는 요지부동이다.

"이 집에 출판사 애들 말고 진짜 남자 안 와? 진짜?"

"오면? 오면? 결혼하라며? 그럼 남자도 가끔은 이 집에 드나들어야 내가 결혼을 하든 말든 할 거 아냐. 나는 낼모레면 마흔이 다 돼가고, 엄만 내 결혼을 원하고. 집에 남자 드나드는 게 뭐가 문젠데?"

"누가 문제래? 드나들게 해. 드나들다 보면 눌러살 놈도 만나겠지. 근데, 세상 놈 다 돼도 두 종류 놈은 안 돼. 유부남, 그리고… 네 삼촌처럼 장애인."

귀에 못이 박이고 심장에 각인될 정도로 많이 들은 말이다. 이젠 덤덤해질 법도 한데, 여전히 그 말에 심장 한구석이 뜯겨나가 빨건 핏방울이 뚝뚝 떨어지는 것처럼 아프다. 그런 내 마음을 엄마한테 들키지 않으려 고개를 돌리고 작게 한숨을 뱉어낸다.

"가. 일해야 돼."

"너 진짜 어른들 글 안 쓸 거야? 야, 써. 너 전에도 할머니 얘기 쓰기 싫다고 했지만, 결국 써서 데뷔하고 책 내고 돈 벌고 했잖아. 이번에도 쓰기만 하면 대박 나요. 제목은 엄마의 늙은 친구! 디어 마이 마더… 올드 프렌드. 프렌즈가? 야, 네가 엄마 말 들어서 안 된 일이 뭐 있어?"

엄마가 또 예민해져 있는 내 뇌관을 건드렸다.

"그만큼 들어줬음 됐잖아! 아직도 안 됐어? 내가 언제까지 엄마 말만 듣고 살아야 되는 건데, 어?"

엄마 말 잘 듣는 딸이 되려고 내가 얼마나 아프고 힘들게 노력하는지 엄마는 모른다. 그런 내 자신을 내가 얼마나 싫어하는지도.

"기지배야, 내가 너 위해서 이런 말하지 나 위해 해? 기껏 유학 다녀와 번역 작가로 하루걸러 일하고, 대충대충 기껏 밥이나 처먹고 제 용돈벌이밖에 못 하고 살면서…."

"왜 모든 사람들이 엄마처럼 이십사 시간 죽어라 열심히 살아야 되는 건데, 왜? 내가 엄마처럼 무식하게 일하다, 두 번 세 번 쓰러졌으면 좋겠어? 난 엄마처럼 살기 싫어! 난 이렇게 사는 게 좋아! 하루 벌어 하루 살면 안 돼? 인생 좀 대충 살면 뭐, 어때서?"

"나는 뭐 일이 좋아서 했냐? 내가 왜 그렇게 죽어라 일만 하며 살았는데…."

"나 때문이겠지! 그래서 보상했잖아. 머리 나쁜 애가 죽어라 공부해 스카이대 들어가주고, 집 떠나는 거 무서워하는 애가 유학 가주고, 머리 기르라 하면 기르고 바지 입으라면 입어가면서. 왜, 그거론 보상이 안 돼? 안 돼도 더는 싫어! 인정하셔. 엄마 딸이 이 정도밖에 안 되는 거!"

나는 언성을 높이며 벌떡 일어나 신경질적으로 책상을 정리했다. 그랬다. 나는 엄마가 원하는 대로 살아주었다. 말로는 고생한 엄마에게 보상하기 위한 거라 했지만, 엄마 역시 그렇게 생각하고 있는 듯하지만, 과연 그 이유뿐일까. 아직까지 한 번도 내뱉지 않은 진짜 이유를 엄마는 모른다. 전혀 모른다. 꿈에서조차 생각하지 못했을 그 이유를.

"다른 집 딸년들은 사춘기 지나면 사근사근 엄마한테 애교도 잘 피우고…."

"아, 그렇대? 그럼 다른 집 딸년이랑 사세요."

내 비아냥거리는 소리까지는 참아줄 수 없었는지 엄마도 결국 자리를 박차고 일어났다. 어쩌면 나는 십대에 겪어야 할 사춘기를 이제야 겪고 있는 건지도 모른다. 엄마의 모든 간섭이 갑갑하고 나를 옥죄는 것 같아 사사건건 예민하게 반응하는 사춘기 아이.

"근데, 너 전엔 고분고분하더니 왜 이렇게 사나워졌어? 슬로베니아 다녀와서?"

슬로베니아라는 말에 내 심장이 완전히 뜯겨나갔다. 나는 엄마를 등진 채 눈을 질끈 감는다.

"너, 거기서 무슨 인생에 충격 받을 일 있었니? 말해봐. 순한 애가 변해도 너무 변해서 그래. 왜, 너 거기서 연하랑 헤어질 때 무슨 일…."

"순하게 살다 지쳤나 보지! 변할 일이… 있었나 보고!"

내가 말을 끊고 소리를 지르자 엄마는 화가 나서 현관문을 쾅 닫고 나가버렸다. 나는 나오려는 눈물을 억지로 참으며 깊게 한숨을 내쉬었다.

그때, 휴대폰이 울렸다. 연하였다. 그 이름을 보자마자 참고 있던 눈물이 주르륵 흘렀다. 전화기를 꼭 끌어안고 잠시 마음을 진정시켰다. 그러고 나서 아무 일 없었다는 듯 밝게 전화를 받았다.

"왜?"

"보고 싶어서."

쿵 하고 가슴이 내려앉는다.

'나도 네가 보고 싶어. 미치게 보고 싶어. 당장이라도 네가 있는 슬로베니아에 가고 싶어.'

목구멍까지 차오르는 말을 겨우 삼켰다.

"갑자기 네가 한 스크램블 먹고 싶다."

"내가 보고 싶단 말하는 게 듣기 싫구나."

"아침에 네가 끓여주는 우유도 먹고 싶다."

나는 이제 연하에게 그립다는 말을, 보고 싶다는 말을 이렇게밖에 전할 수 없다.

"컴 켜. 내가 멋진 걸 보내놨지."

"네 명령조 말투가 좋아. 컴 켜!"

조금 밝아진 기분으로 의자에 쪼그리고 앉아 노트북 전원을 넣었다.

"컴 켰으면 침대에 누워!"

"넵!"

노트북을 들고 침대에 누웠다.

"메일 열어."

"동영상 보냈네."

"입 닫고, 이제 봐."

연하가 보내준 동영상은 우리가 서로를 마음껏 사랑했던 그 여름 슬로베니아 해변이다. 나는 해변을 달려오는 연하의 멋진 모습을 휴대폰에 담고 있었다. 연하는 달려오면서 옷을 하나씩 벗어 해변에 던지고 바다로 뛰어들었다. 그러고는 나를 잡아끌어 물속에 빠뜨리려다가 내가 버티자 키스를 퍼부었다. 그 바람에 나는 들고 있던 휴대폰을 놓쳤고 밀려온 파도가 순식간에 그것을 품었다. 내가 휴대폰을 주우려 하자 연하는 '키스하고 주워! 내가 좋아, 휴대폰이 좋아?' 하며 유치하지만 달콤한 장난을 쳤다. '지금은 휴대폰! 어머머 어떡해, 내 휴대폰!' 연하 품에 안겨 발을 동동거리며 소리치는 내 목소리를 끝으로 지지직거리며 동영상은 끝이 났다.

나는 가슴에서 뜨거운 한숨을 토해냈다. 겨우 괜찮아졌던 눈시울이 그리움으로 다시 붉게 물들었지만, 나는 애써 웃었다.

"다음은 사진."

아! 저 사진! 동네 골목길을 유유히 걷는 연하의 모습이다. 순간 나는 슬로베니아 연하의 집 발코니로 불어오던 바닷바람이 코끝을 간질이는 것 같은 착각에 빠진다.

그날, 나는 그의 집 발코니에서 좁다란 골목길을 걸어 집으로 오는 연하를 찍고 있었다. 그러다 문득 놀려주고 싶은 생각에 전화를 걸었다. 전화를 받는 연하의 모습이 보였다.

"너 어디?"

"나… 우리 집 가는 길."

"우리 집으로 와."

"나 안 본다며? 내가 결혼 안 한다 그래서, 이제 나랑 안 자준다며? 근데 왜 집에 오래?"

"내가 졌으니까. 결혼하지 말자. 그냥 네 말대로 에브리데이 연인."

연하와 함께라면 까짓 결혼 안 해도 좋았다. 그가 내 연인인 것만으로도 세상 모두를 가진 기분이었으니까. 결혼은 꼭 해야 한다는 엄마의 소신을 지켜주는 일보다 그 순간 내 사랑을 지키는 게 더 중요했다.

"알았어. 빨리 갈게."

연하는 전화를 끊자마자 몸을 돌려 우리 집 쪽으로 죽어라 뛰기 시작했다. 그 모습을 보며 난 미치도록 행복했었다. 세상을 다 가진 것 같았다.

그가 내 시야에서 사라지기 직전 다시 전화를 걸었다. 사실은 내 집이 아니라 그의 집에 있다고, 어서 이리로 오라고. 그는 숨을 헐떡이며 자신의 집 발코니에 서 있는 나를 바라보았다.

"넌 좀 당해야 돼. 안 그래? 울 엄마한테 내가 맞아 죽을 각오하고 결혼 포기하고 동거 선택했는데…. 열 셀 때까지 와. 안 그러면 나 간다."

"거기 오 층인데…."

"하나… 둘…."

숫자를 세며 장난스럽게 와이셔츠 단추를 하나씩 풀어헤치는 내 모습에 연하가 전화를 끊고 미친 듯이 달리기 시작했다. 내게 달려오는 그를 난 얼마나 행복한 기분으로 바라보았던가.

그날의 우리 사랑이 그리워 나는 사진 속 연하의 얼굴을 쓰다듬었다. 그 순간으로 돌아갈 수만 있다면….

"그 사진 속 내 다리 진짜 훤칠하지?"

수화기 너머 들려오는 연하의 목소리가 옛 추억에 잠겨 있던 나를 깨웠다. 순간 화면 속 연하의 다리가 눈에 들어왔다. 그러자 심장이 쪼그라들듯 뒤틀리며 아파왔다.

"잘 뻗었지, 내 다리? 말해봐. 내 다리 멋지냐고 묻잖아. 완아? 박완 씨!"

결국 잘 참고 있던 눈물이 쏟아졌다. 나는 말없이 전화를 끊었다. 더 이상 볼 수 없는, 너무나 멋진 그의 다리를 생각하며 나는 흐느꼈다.

혼자 할 수 있어요,
혼자 살 수 있어요

스테인드글라스를 통과한 햇빛이 은은하게 들어찬 성당 안, 희자가 오전 미사를 보고 있다. 평일이라 신도들이 많지 않아 자리가 많은데도 웬 남자가 굳이 희자 바로 옆에 앉았다. 성가책을 펼쳐놓고 성가를 부르던 희자가 싫은 내색을 감추며 옆으로 조금 물러나 앉았다. 그때 가방 위에 올려둔 휴대폰에 문자가 떴다. 정아였다.

'병원 가자.'

희자는 성가책을 덮어 가방에 넣고는 남자에게 목례를 해 나가겠다는 표시를 했다. 남자는 다리를 슬쩍 비켜 자리를 터주는가 싶더니 갑자기 희자의 손목을 덥석 잡았다.

"나, 성재. 이성재."

깜짝 놀란 희자에게 남자가 자기소개를 했다.

"그래서요?"

희자는 별 이상한 사람 다 본다는 표정으로 남자의 손을 탁 치고는 성당을 나갔다. 그 뒷모습을 보며 남자가 중얼거렸다.

"날… 모르나?"

예약 시간에 맞춰 병원에 도착한 희자와 정아는 간호사의 안내에 따라 이런저런 검사를 받았다. 두어 시간 뒤 먼저 검사를 마친 희자가 대기실에 앉아 기다리고 있자 정아가 뒤늦게 검사실을 나왔다.

"검사 다 했어?"

"어. 근데 괜히 돈 쓰는 거 아니냐?"

정아가 심드렁하게 대꾸하자 희자가 새침한 표정으로 한마디 했다.

"네가 나 치매라며?"

희자는 며칠 전 일 때문에 정아에게 서운한 감정이 조금 남아 있었지만 검사 결과에 대해 걱정하지는 않았다. 그렇게 편안한 표정으로 기다리고 있자, 간호사가 정아와 희자를 호명했다. 검사 결과가 나온 것이다.

정아와 희자가 들어서자 젊은 의사는 가벼운 미소로 맞이하더니, 둘이 자리에 앉자 말을 꺼냈다.

"망상장애가 좀 있으시네요."

희자가 나란히 앉은 정아를 돌아보며 측은하다는 표정을 보였다.

"너 어떡하니?"

"너야."

정아 말에 희자의 눈이 동그래졌다.

"나?"

이게 무슨 청천벽력 같은 말인가 싶어 의사를 바라보니, 그가 고개를 끄덕인다.

'망상장애라니! 내가?'

의사는 병이라고 할 정도는 아니니 조심만 하면 별 탈 없을 거라고 안심시켰지만 희자는 전혀 안심이 되지 않았다. 망상장애는 치매와 가장 친근한 병이라고 들었다. 나이 들어가며 절대 걸리지 말아야 할 병이 치매라고 생각해온 희자에겐 너무 무서운 선고였다. 혼자 살리라, 혼자 할 수 있으리라 굳게 마음먹고 겨우 자신을 추스르고 있었다. 그런데 망상장애란다. 희자는 받아들일 수 없었다. 의사가 그녀에 대해서 알면 얼마나 알겠는가?

집으로 돌아온 희자는 득달같이 시시티브이 업체에 전화를 했다. 시시티브이 기사가 와서 집안 곳곳에 카메라 달기 시작하자 희자는 심란한 얼굴로 그 모습을 바라보았다. 정아는 병원을 나서면서부터 잔뜩 골이 난 표정으로 한마디도 하지 않는 희자가 걱정스러웠다.

"의사가 괜찮다잖아. 병이다 그거까진 아니고 좀 조심하는 게 좋다 그 정도지."

"알아. 그래서 의사 말대로 시시티브이 다네! 의심스러우면 이런 거 달아놓고 보면서 의심을 풀어야 된다잖아, 의사가."

희자가 목소리를 높이면서 화를 냈다.

"왜 화를 내?"

"그럼 의사가 나한테 망상장애 있다는데 웃니? 너나 그런 말 듣고 웃어라!"

"아이고, 진짜…. 맘대로 해!"

정아는 더 이상 말 붙였다간 괜히 화만 더 돋우겠다 싶어 자리에서 일어났다. 그리고 집으로 돌아오며 희자 아들 민호에게 전화를 걸었다. 희자가 알면 또 화를 내겠지만 그래도 아들에겐 알려야 할 것 같았다. 민호는 갑작스런 소식에 속상해하면서도 앞으로 시시티브이 영상을 휴대폰에 연결해 엄마에게 무슨 일이 있는지 보겠다고 했다. 그 말에 정아도 마음을 조금 놓았다.

다음 날, 희자는 마음을 단단히 먹기로 했다.

'나는 내가 지킨다!'

시시티브이는 꼼꼼히 달았으니 의사 말대로 자신을 객관

적으로 관찰할 수 있을 것이다. 그녀는 그것만으로 부족하다 싶어 자신이 명심해야 할 내용을 종이에 크게 써서 싱크대 위 수납장에 붙였다. 그리고 소리 내서 또박또박 읽었다.

<나는 혼자 할 수 있다. 나는 혼자 살 수 있다.>

1. 절대로 남이나 자식에게 피해를 주지 않는 삶을 산다.
2. 아프면 징징대지 않고 병원에 알아서 간다.
3. 요양원은 제2의 고향, 가게 될 때 웃으며 간다.
4. 치매에 걸리면 민호와 정아, 충남, 영원, 난희 친구들 충고를 꼭 듣는다.

매일 세 번씩 읽어서 마음에 새길 것!

글을 다 읽고 나니 잘해낼 수 있을 거라는 자신감이 들었다. 희자는 곧장 거실로 가 수첩을 꺼내 메모를 시작했다.

"오늘의 내가 할 일은… 집안 청소, 설거지, 그리고… 인터넷 화투 열 판 치기, 김치 담그기…."

희자는 열심히 메모를 하다 말고 거실 천장 구석에 달린 시시티브이를 보았다.

"너 잘 감시하고 있지? 옆집 서양 놈이랑…."

거기까지 생각하다 고개를 흔들었다. 그 생각은 하고 싶지 않았다. 다시 수첩으로 시선을 돌려 메모하려는데 아무래도 이상한 생각이 들었다.

"너 진짜 감시 잘… 하니? 아무래도 내가 널 봐야겠다. 네가 일을 잘 하는지….”

오늘 새벽녘에도 불이 번쩍번쩍 빛나고 누군가 밖을 막 걸어 다니고 급기야 방문까지 거칠게 흔드는 소리에 소스라치게 놀랐었다. 분명히 무언가 있었다. 그녀를 노리는 누군가가. 그걸 확인해야 했다. 그 증거를 잡으면 의사도 망상장애라느니 하는 헛소리를 하지 않을 것이다.

희자는 시시티브이 기사가 연결해준 컴퓨터를 켜서 영상 속 자신의 모습을 관찰했다. 홀로 티브이를 보는 모습, 밥 먹는 모습, 티브이를 켜놓은 채 거실에서 자는 모습이 보였다. 특별할 거 없는 심심한 일상의 모습들이었다. 새벽, 그러니까 누군가 밖에서 방에 들어오려고 방문을 흔들던 그 시간대에 맞추어 영상을 돌려보았다. 방 안을 찍은 영상엔 자다가 벌떡 일어나 겁에 질려하는 자신의 모습이 담겨 있었다. 그녀는 그 순간 느꼈던 무서움이 되살아나 소름이 돋았다. 그렇다면 그 시각 거실을 찍은 시시티브이에는 무언가 담겨 있으리라. 희자는 거실 영상을 돌려보았다. 믿을 수 없었다. 아무리 돌려보아도 거실엔 쥐새끼 한 마리 얼씬거리지 않고 조용했다.

“어제 새벽 불이 번쩍번쩍 했는데… 누가 막 걸어 다니고…. 근데 없네. … 내가 진짜, 치맨가?”

온몸에 힘이 쭉 빠졌다. 그러다 다시 생각해보니 그게 뭐 그리 큰일인가 싶었다.

"치매면 뭐 어때? 죽으면 그뿐이지. 나중에 죽으나 지금 죽으나…. 겁날 거 없네요. 나이 칠십에 전쟁이 나봐라, 겁이 나나."

죽는 건 겁나지 않았다. 허망하게 남편을 보내면서 희자는 죽음이 그저 순간이라는 걸 알았다. 오히려 무서운 건 하나둘 기억을 잃어가는 것이다. 이제까지의 자신이 서서히 사라져버리는데도 그걸 자기 자신만 모르는 상황이라니… 생각만으로도 두렵다. 어쩌면 자신도 모르게 숨어 있던 포악하고 거친 성향의 사람으로 살게 될지도 모른다. 그녀는 그런 자신을 견딜 수 없을 것 같았다. 그렇게 사는 건 사는 게 아니었다. 게다가 그런 자신 때문에 착한 아들이 힘들어지는 것도 싫었다.

"깨끗하게 죽어야 될 건데…."

희자는 옷을 곱게 차려입고 집을 나섰다. 고층 빌딩이 즐비한 사거리 앞 카페 테라스에 앉아 커피를 마시며, 무심한 듯 주변 빌딩들을 올려보았다. 모두가 자신의 죽을 자리로 보였다. 순간일 것이다. 발을 내딛는 그 순간만 넘기면 모든 게 끝일 테지.

그녀는 양산을 펴 쓰며 카페를 나섰다. 그 어느 때보다 마음이 편안했다.

희자는 눈에 띄는 고층 아파트로 걸어 들어갔다. 수위들은 장기를 두느라 정신이 없었다. 출입구 비밀번호를 몰라 어쩌나 했더니, 마트에 다녀온 듯한 여자가 비밀번호를 대신 눌러줬다. 여자가 예의상 눈인사를 하자 희자는 점잖게 인사를 받고 당당하게 최고층 버튼을 눌렀다.

"상민이네 오셨어요?"

여자가 아는 체를 했다.

"아니, … 정아네 왔어요."

"정아… 네요? 혹시 동이? 이십 층엔 상민이네랑 하늘이넨데? 백오 동 맞으세요?"

잠시 당황했던 희자는 이십 층 버튼을 눌러 취소하고 다시 일 층 버튼을 눌렀다.

"아, 이런… 백사 동인데."

여자가 이해한다는 듯 가벼운 미소로 인사를 하고는 십오 층에서 내렸다. 희자는 여자가 집으로 사라지는 걸 보고 다시 일 층 버튼을 눌러 취소하고 이십 층 버튼을 눌렀다.

옥상 출입문에 걸린 걸쇠를 양산으로 내리쳐 풀고 옥상 난간으로 걸어갔다. 시원한 바람이 밀려왔다. 슬쩍 저 아래를 보며 높이를 가늠한 희자가 만족스러운 듯 혼잣말을 했다.

"죽기 딱 좋다."

심호흡을 하고 난간 바깥으로 발을 내딛던 희자 눈에 아파트 아래 도로의 모습이 들어왔다. 햇살이 좋아서인지 길을 오가는 사람이 꽤 많았다. 유모차를 끌고 나온 아기 엄마

들도 여럿 보이자 여긴 안 되겠다 싶은 생각이 들었다. 떨어지다 밑에 지나가던 사람과 부딪치면 괜한 사람 다칠까 걱정이 되었던 것이다.

희자는 버스 정류장으로 갔다. 밤이 될 때까지 기다리기로 했다. 배가 고파 빵과 우유를 먹었다. 죽음을 코앞에 두고도 배고픈 건 어쩔 수 없었다.

퇴근 시간이 지나자 정류장엔 사람 발길이 뚝 끊겨 조용했다. 희자는 지금이다 싶어 정류장 벤치에 가방을 내려놓고 도로 한가운데 서서 가만히 눈을 감았다. 저 앞에서 덤프트럭 한 대가 미친 듯이 달려왔다. 바람이 불어와 뺨을 스치고 머리카락을 날렸다. 가벼운 꽃잎처럼 바람에 날려 갔으면 좋겠다고 생각하는 순간, 희자에게 날아든 건 질펀한 욕설이었다.

"야, 너 미쳤어! 쌍놈의 할망구가 귀신처럼 거기 서서…. 너 죽을래?"

겨우 차선을 바꿔 급정거한 덤프트럭 운전사가 차창 밖으로 고개를 내밀어 고래고래 소리를 질렀다.

"죽으려면 혼자 죽지, 사람 엿 먹이려고 작정했어?"

그제야 희자가 눈을 뜨고 운전수를 봤다. 차에 치여 죽는 게 남에게 폐를 끼치지 않고 편하게 죽는 길이라고 생각했는데 그게 아닌 모양이었다.

"뭘 봐, 확! 죽으려면 저 혼자 다리 위에 가서 떨어지든가….”

운전사는 창밖으로 침을 모아 뱉고 그녀를 지나쳐 빠르게 사라졌다.

'한강 다리라….'

희자는 그 길로 택시를 잡아탔다. 택시가 마포대교 중간쯤 이르자 희자가 '스톱!'을 외쳤다.

“세워요, 여기.”

“안 돼요 할머니, 여긴.”

“왜 안 돼? 손님이 내린다는데, 안 되는 게 어딨어? 세워요, 어서!”

희자가 소리를 팩 지르자 택시 기사는 일단 차를 세운 뒤 뒷좌석을 돌아보며 친절히 타일렀다.

“할머니, 여기에 차 세우면 큰일 나요. 조금 더 가셔서 정거장에….”

“왜 더 가? 목적지가 여긴데 어딜 더 가? 웃기는 기사 양반이네.”

희자가 어이없다는 표정으로 만 원을 꺼내 기사 손에 건넸다.

“난 내 맘대로 할 거예요. 나는 내 거니까 내 맘대로! 잔돈은 가져요.”

말이 안 통한다고 생각한 택시 기사가 고개를 절레절레 젓고는 그대로 가버렸다.

희자는 도로와 인도 사이의 안전 펜스를 넘어 다리 난간 쪽으로 갔다. 난간에 기대 바라보니 하늘에 뜬 달이 강물에 비쳐 살랑살랑 흔들리고 있었다. 그 모습이 무심하고 처연했다. 그녀는 제대로 죽을 자리를 찾아왔구나 싶었다.

"달빛 참… 고요타."

잠깐 세 아들의 얼굴이 스쳐 지나갔다. 지나온 세월도 주마등처럼 흘러갔다. 그래도 그동안 잘 살았다 싶다. 사랑도 받아보고 살뜰히 사랑도 줘보고, 자식들 모두 제 갈 길 가도록 키워놓았고…. 아쉬울 것도 미련도 없는 인생이었다.

희자는 가방을 내려놓고 신발을 가지런히 벗었다. 그리고 난간에 오른쪽 다리를 올리려는데, 멀리서 '삑!' 하는 휘슬 소리가 들려왔다. 힐끗 고개를 돌려보니, 경찰이 놀란 토끼 눈을 하고 열심히 달려오고 있었다. 잠시 그 모습을 보던 희자가 중얼거렸다.

"늦었어. 난 간다."

마음이 다급해진 희자가 난간을 오르려 용을 썼다. 강물은 깊고 차가워 보였다. 겨우 한쪽 다리를 난간에 걸치고 몸을 날리려는 순간, 달려오던 경찰이 그녀의 옷자락을 낚아챘다. 죽는 것도 마음먹은 대로 되지 않는다는 생각에 그녀는 속이 상하고 화가 났다.

"놔봐요. 아… 좀 놔봐! 좀!"

아픔 뒤에도 삶은 계속된다

"내가 어딜 가든 알아 뭐하게, 네가? 애미 때문에 사는 게 숨 막힌단 년이."

출판사에서 미팅을 마치고 돌아가는 길, 며칠째 연락이 없는 엄마에게 전화를 걸었는데 또 반응이 삐딱하다. 엄마를 모질게 밀어내면 미안하고, 그래서 살갑게 다가가면 또 답답하고 숨이 막힌다. 딱 중간이면 좋겠는데 그게 참 마음대로 안 된다.

"그만해. 우리가 한두 번 싸워? 왜 그래? 처음 싸우는 것처럼."

"아, 끊어. 경찰서 가야 돼!"

"경찰서는 왜?"

"네가 전혀 안 궁금해하는 희자 이모가 마포 다리 위에서 떨어져 죽으려다 잡혔단다. 왜?"

이건 또 무슨 일인가 싶었다. 노인 자살률이 높아졌다는 말을 듣긴 했어도, 돈도 많고 아무 걱정거리 없이 그저 행복해 보이던 희자 이모가 그런 일을 벌일 거라곤 상상도 못했다.

급하게 차를 돌려 경찰서에 도착해보니 태연한 얼굴로 사탕을 먹고 있는 희자 이모 앞에서 경찰관이 한숨을 내쉬고 있었다. 정아 이모는 넋이 나간 얼굴로, 엄마는 화가 잔뜩 난 표정으로 희자 이모 뒤에 서 있었다. 보호자에게 인계해야 하니 아들 전화번호를 대라는 경찰관과 절대 말할 수 없다는 이모가 벌써 한 시간 넘게 대치 중이라고 했다. 아들에게 전화하면 다시 죽으러 간다며 소리를 지르는 통에 정아 이모도 민호의 전화번호를 입 밖으로 꺼내지 못했다.

그나마 말이 통하겠다 싶었는지 경찰관이 이번엔 나를 불러 앉혔다. 하지만 나라고 노인네 고집을 거스를 순 없었다.

"물론 자제분들은 셋이나 계신데요, 이모가 절대 말하면 안 된다고…. 한 번만 봐주시면 안 될까요? 네? 경찰관님."

"장난하십니까! 몇 번을 말해요! 자제분 모셔 와요! 아니면 강제 지문 채취라도 해서 일 처리할 겁니다. 그리고 다들 가세요. 보호자도 아니면서 우르르 몰려와서, 뭐하는 거야!"

경찰관이 호통을 쳤다. 법적 절차를 따라야 하는 게 그의 의무이니 희자 이모가 협조를 해야 하는 게 맞긴 하다.

"이모 말해. 민호 전화번호 뭐야?"

엄마도 줄다리기에 지쳤는지 한마디 거들었다.

"말해! 강제 지문 채취래! 민호 번호 뭐야? 안 대면 어쩌자고. 여기서 이렇게 밤새?"

"못 샐 건 뭐야."

희자 이모는 다리를 쭉 뻗은 채 신발코를 부딪치며 중얼거렸다.

"늙어 꼴통이네, 진짜!"

엄마가 질렸다는 듯 목소리를 높였다. 나는 희자 이모 옆에 앉아 입을 꾹 다물고 앞만 보고 있는 정아 이모에게 도와달라는 눈빛을 보냈다.

"이모! 정아 이모!"

정아 이모는 자신을 바라보는 희자 이모와 눈을 마주치더니 고개를 끄덕이며 중얼거렸다.

"말 안 해. 말 안 해. 너 죽는 꼴 보려고 내가 말해?"

나는 힘이 쭉 빠지고 말았다. 아무래도 오늘 밤 안에 집에 돌아가긴 힘들 분위기다. 그때, 경찰서 문에 달린 종이 딸랑 울리며 누군가 들어왔다.

"안녕하세요?"

영화에서 튀어나온 듯 화려하게 치장한 영원 이모가 우아하게 인사를 하며 들어왔다. 이모는 경찰서 정중앙에 있는 사람에게 걸어가 반가운 얼굴로 아는 체를 했다.

"어머, 손 경관님!"

간부인 듯한 그 남자는 반색을 하며 일어나 영원 이모에게 악수를 청했다.

"이게 누구야?"

"반가워요, 손 경관님! 서장 됐나?"

밤을 샐 것처럼 지루하게 이어지던 실랑이는 영원 이모의 출현으로 너무도 싱겁게 끝이 났다.

희자 이모가 경찰서에서 보호자로 지목한 사람은 정아 이모였다. 하지만 경찰의 전화를 받고도 석균 아저씨의 성화 때문에 나갈 수 없었던 정아 이모는 우리 엄마에게 급히 문자를 했고, 엄마는 경찰서로 가는 동안 충남 이모에게 전화해 경찰에 '빽 쓸' 만한 사람이 없는지 물었다. 그래서 충남 이모가 전 국민이 아는 영화배우 영원 이모를 경찰서로 보냈던 거다.

경찰서에서 나오자 영원 이모가 희자 이모의 손을 꼭 잡고 다짐을 놓았다.

"아까 경관 말 들었지? 언니 한 번 더 그러면 언니 대신 나 잡아넣는단 말. 이제 그런 짓 안 하기! 응?"

"응."

희자 이모가 말 잘 듣는 순한 아이처럼 고개를 끄덕이며 웃어 보였다. 그 미소가 슬퍼 보여서였을까. 영원 이모가 짠한 표정을 지었다.

"언니, 나랑 살래? 우리 집 갈까?"

"그럴까?"

희자 이모가 영원 이모를 보며 수줍게 답하자, 어이없는 표정으로 지켜보던 정아 이모가 끼어들었다.

"얼라리여…. 가, 가. 일하다 왔다며."

촬영 중에 연락을 받고 급히 달려왔던 영원 이모는 이모들에게 인사를 한 뒤, 아까부터 못마땅한 표정으로 멀찍이 서 있던 엄마에게도 웃으며 인사를 건넸다.

"또 보자!"

일부러 딴 데만 보고 있던 엄마가 이모를 노려보았다.

"어따 대고 말질이야?"

엄마가 멀어지는 이모의 뒷모습을 보며 바닥에 침을 퉤 뱉었다.

경찰서 정문까지 영원 이모를 배웅하고 주차장으로 돌아가니, 내 차 앞에 둘러선 세 사람의 표정이 잔뜩 부어 있었다. 또 왜 그러나 싶어 눈치를 살피는 내게 엄마가 손을 내밀었다.

"차 키 내."

희자 이모가 굳이 정아 이모가 운전하는 차를 타고 싶다고 고집을 부린다는 것이다. 이제 막 도로연수를 끝낸 초보에게, 그것도 칠순이 넘은 노인에게 밤 운전을 하게 하자니, 이게 말이 되는 소린가. 나는 최대한 다정한 목소리로 희자 이모를 구슬렀다.

"내가 드라이브 시켜드릴게, 이모."

"정아가 운전하는 차 타고 싶어."

이모는 내 얼굴은 보지도 않은 채 하고 싶은 대로 하겠다며 생떼를 썼다. 보다 못한 정아 이모가 소리를 버럭 질렀다.

"얘야? 너 하고 싶은 대로 다 하게? 완이가 싫다잖아. 그럼 어른이 됐다고 해야지. 계속 타고 싶다고 입을 댓 발로 내놓고…. 얘야? 그 많은 나이 다 어디로 처먹어!"

그래도 요지부동이자 엄마가 나에게 호통을 쳤다.

"차 키 내!"

한밤중에 다들 무슨 난리인가 싶어 속이 상해 있던 정아 이모는 내내 참았던 말을 쏟아냈다.

"자살하면 천당 못 가는 거 몰라? 부처님 믿는 나도 아네! 하나님이 더 미워하면 어쩔래? 천당 못 가면 어쩔래!"

"설마 하나님이 날 미워할까. 기운 없는 늙은이 미워해서 뭐하게."

담담하게 대답하는 희자 이모를 보고 엄마도 통박을 놓는다.

"불구덩에 떨어질 소리 하고 있네. 언니, 애들 생각 안 해? 하나님이 이 일 저 일 신경 쓸 일이 얼마나 많은데, 굳이 언니까지 신경 쓰셔야겠어? 그게 신자의 도리고 자세야?"

"하나님은 다 신경 쓰셔. 그리고 애들이야 뭐, 하루 이틀 울다 잘 살겠지."

"하나님이 오랄 때 가. 부르지도 않았는데 가서 불청객 되지 말고!"

엄마도 속이 상해 그렇게 잔소리를 늘어놓고는 다시 내게 손을 내민다.

"차 키 안 주냐?"

분위기에 밀려 할 수 없이 정아 이모에게 키를 건네고 조수석에 앉았다. 여차하면 옆에서 핸들이라도 잡아주어야 할 것 같아서.

차가 강변북로를 달리기 시작하자, 희자 이모는 차창을 모두 열고 신나게 뽕짝을 불러댔다. 몇 시간 전 자살 소동을 벌인 사람이 맞나 싶은 반전이었다. 나는 초보운전인 정아 이모가 이 소란스러운 분위기 탓에 혹시 사고라도 낼까 신경을 잔뜩 곤두세웠다.

"아, 살 것 같다…. 너무 좋다."

실컷 노래를 부르고 나서 희자 이모가 중얼거렸다.

"죽겠다고 할 땐 언제고 좋기는… 지랄. 너 왜 그랬냐? 대체 왜 죽으려 그랬어?"

내내 울 것 같은 표정이던 정아 이모가 속상한 마음을 드러냈다.

"깨진 전구도 혼자선 못 가니까. 의사가 망상도 있다 그러고. 이러다 치매 걸리면… 우리 착한 민호도 결국엔 화내고 지치겠다 싶어서 그냥…."

"자식이 돼서 그만한 일은 해야지! 그래서 지금 네가 치매 걸렸냐? 걸릴 수도 있으니 조심하란 소릴 괜히 겁먹고! 나랑 같이 죽자며? 너 죽으면 나는? 나는!"

정아 이모가 울먹이며 다그쳤다. 무려 육십여 년을 함께 해온 친구다. 종종 어린애처럼 굴기도 해서 동생 같을 때가 많지만, 희자 이모는 정아 이모 인생에 그 누구보다 중요한 존재다. 그런 친구가 스스로 목숨을 끊으려 했다. 정아 이모는 매정하게 말 한마디 없이 가려고 했던 친구에 대한 배신감에 기가 막혔고, 한편으로는 오죽하면 그런 결심을 했을까 싶어 가슴이 옥죄는 아픔을 느꼈다. 희자 이모는 그런 정아 이모의 마음을 다 안다는 듯, 그렁그렁 눈물 맺힌 예쁜 눈을 반짝이며 잔잔한 미소를 지었다.

"그러게. 네가 있는데. 그치?"

"개그지 같은 게…. 의리 없는 년."

희자 이모 얼굴은 어느 때보다 편안해 보였다. 자기를 소중히 여겨주고 사랑해주는 친구가 곁에 있는 지금 이 순간,

지금의 삶이 눈물겹도록 고맙고 행복해, 불과 몇 시간 전 자살을 시도했다는 사실조차 까마득히 잊고 중얼거렸다.

"너무 좋다. 지금 이 순간이…."

희자 이모에 대해 몇 마디로 표현하라면 아주 쉽다. 철없다, 막무가내다, 사차원이다. 그런데 그런 이모가 자살 시도라니. 추하지 않으려고 꽃단장을 하고, 혼자 밤길을 걸어 한강 다리 위에 섰을 쓸쓸한 이모 모습이 내 머릿속을 떠나지 않는다. 죽고 싶은 마음이 드는 것도 문득 한순간이고, 살고 싶은 이유도 기껏 한강 다리의 불빛이나 바람 때문이라니…. 아직 하루하루 살아내는 게 급급하고 여전히 롤러코스터인 어린 나는 삶과 죽음을 가볍게 넘나드는 그녀를 이해할 수 없었다.

차 안의 평화로운 정적을 깨며 휴대폰이 울렸다.

"이거 내 전화 소리야. 내 전화가 어디 있지?"

운전을 하던 정아 이모가 안절부절못했다. 엄마와 희자 이모가 휴대폰을 찾느라 수선을 피우는 사이 내가 정아 이모 주머니에서 휴대폰을 꺼냈다. 발신자 이름에 '꼴값'이라 적혀 있었다.

"꼴값? 설마 아저씨?"

"꺼버려."

정아 이모 말에 나는 미련 없이 거부 버튼을 눌러버렸다.

"고소하다, 네가 석균 씨 물 먹이니까."

희자 이모가 좋은지 히히 웃었다.

"근데 이모, 석균 아저씨가 이모랑 세계 일주 안 간다던데? 동문회 때 들었어. 어쩔 거야?"

"어쩌긴. 이혼을 하든 뭘 하든 가만 안 두지!"

"잘한다!"

엄마와 희자 이모가 동시에 소리치고는 까르르 웃는다. 정아 이모도 통쾌하게 웃다가 문득 생각이 났는지 입을 열었다.

"야, 거기 문자 좀 봐봐. 영어로 씨부려놓은 거. 뭔 말인지 당최 알 수가 있나."

"영어?"

나는 메신저를 눌러 외국인에게 온 문자를 큰 소리로 번역해 읽었다.

"안녕하세요. 마크 스미스예요. 한 번 더 날 찾아오세요. 미세스 미소가 너무 예뻐요."

정아 이모가 젊은 제비라도 만난 건가 싶었는데 첨부된 사진을 보자 바로 의문이 풀렸다.

"와우! 이거 봐봐."

정말 이런 미소를 갖고 있는 사람이었던가 싶을 만큼 사진 속의 정아 이모는 곱고 예뻤다. 내가 휴대폰을 뒷좌석으로 넘겨주자 사진을 본 엄마도 감탄사를 연발했다.

"와, 이게 뭐야, 이게 뭐야?"

"그거 내 영정사진 할 거다!"

정아 이모가 해맑게 웃었다.

"딱 좋다! 언니도 찍자, 영정사진."

엄마가 희자 이모를 툭 쳤다.

"나도 보기 싫은 쭈글쭈글한 늙은이 사진 남겨 뭐하게…."

엄마는 희자 이모 반응이 못마땅한 듯, 죽으면 영정사진도 없이 장례는 어떻게 치를 거냐고 이기적이라며 이모를 나무랐다.

그사이 휴대폰으로 마크 스미스를 검색해본 나는 다시 한 번 깜짝 놀랐다.

"아, 마크 스미스! 얘 진짜 유명한 앤데?"

찾아보니 언젠가 내가 잡지에서 다룬 적이 있는 사진작가였다.

"그래? 너 내일 할머니 모셔와. 영정사진 찍게. 이김에 내 영정사진도 찍어야겠다! 인생 모르는데."

"엄마가 영정사진을 왜 찍어?"

영정사진이라는 말은 자연스럽게 죽음을 떠오르게 한다. 엄마가 자신의 죽음을 염두에 두고 사진을 찍겠다는 말에 화가 났다. 엄마는 그런 나를 보고 콧방귀를 뀌었다.

"난 뭐 안 죽냐?"

"엄마가 왜 죽어? 나 죽고 나서 하루 늦게 죽어 엄만!"

어릴 때도 이렇게 말한 적이 있는데, 그때는 귀엽다고 웃어넘기던 엄마가 이번엔 내 뒤통수를 후려쳤다.

"또 씨부려봐, 또!"

요즘 들어 자주 느끼는 거지만, 역시 엄마랑 나는 살가운 모녀가 되긴 글렀다.

오피스텔에 돌아와 샤워를 하고 나오니 계속 울리던 벨소리가 끊어졌다. 연하의 부재중 전화가 여러 통 와 있는 걸 확인하자 가슴이 아려왔다. 며칠째 연하 전화를 피하고 있었다. 마음이 너무 아파서 들여다보지 않으려 버텨왔는데 지난번 연하가 보낸 동영상과 사진이 날 힘들게 했다. 난 아직 그 시간들을 직면할 자신이 없다. 달라질 게 없으니까. 시간을 돌이킬 수도, 그에게 돌아갈 수도 없다.

번역할 책과 노트북을 들고 침대에 기대앉으니 문자 수신음이 울렸다.

'뭐야? 우리 사이 이대로 끝내? 그게 네가 바라는 거면 정확히 말해. 끝내줄게. 피하지 말고, 컴퓨터 켜.'

연하가 보낸 문자는 평소 다정하던 그답지 않았다. 냉정할 땐 차갑게 돌아설 수 있는 사람이 연하라는 걸 안다. 이렇게 끝내는 게 옳은 걸까? 난 연하와 정말 끝내고 싶은 걸까? 굳이 확인하지 않아도 그럴 수 없다는 걸 잘 알고 있다. 그와 끝내는 것보다는 차라리 아무 일도 없었다는 듯 담담한 척하며 통화하는 것이 백 배, 아니 만 배는 더 가벼운 고통이다.

나는 또다시 감정에 단단한 걸쇠를 채우고 노트북을 켜 연하에게 온 화상 전화를 받았다.

"우리 사이에 뭐가 문제야?"

연하가 물었다. 연락을 받지 않은 것에 대한 추궁이었다.

"없어, 문제 같은 거. 거긴 날씨 어때?"

나를 가만히 바라보던 연하가 마른세수를 한 뒤 애써 웃었다. 내가 또 피하고 싶어 한다는 걸 알고 답답해하는 것이다.

"좋아. 안개가 좀 끼었지만."

"그런 날은 네 스크램블이 최곤데."

연하가 다시 내 얼굴을 빤히 바라본다. 그가 무슨 말을 하고 싶어 하는지 잘 안다. 눈빛만 보아도 알 수 있다. 그래서 일부러 시답지 않은 얘기를 이어갔다.

"레시피 가르쳐주라. 아무리 생각해도 난 그 레시피가 감이 안 잡히더라? 엊그제도 네 스크램블이 너무 먹고 싶어서 내가 혼신을 다해 만들어봤는데… 완전 꽝."

"이런 얘기나 하면서 시간 보내면 좋아?"

연하 얼굴이 다시 딱딱하게 굳었다. 아무래도 오늘은 그도 피할 수 없는 모양이다. 나는 있는 힘을 다해 담담하려고 애썼다.

"… 어."

"내 다리 얘기는… 싫고?"

그의 눈길을 피해 고개를 돌렸다. 보고 있지 않아도 나를 향한 연하의 안타까운 시선을 느낄 수 있다. 하지만 난 피할 수 있는 만큼 피하고 싶다.

"그럼 지금 그 레시피를 알려주지."

연하가 포기했다는 듯, 노트북을 들고 주방으로 갔다. 그러고는 싱크대 위에 노트북을 올려놓고 그릇에 달걀을 푼 뒤 육수 붓는 걸 보여준다.

"아하! 그게 비법이구나. 다시마 육수!"

"거기에 우유. 그다음엔 프라이팬에 버터를 넣고…."

달걀 푼 그릇에 우유를 붓고 거품기로 젓던 연하가 프라이팬을 찾아 한참을 두리번거린다. 그러더니 싱크대에 올려두었던 노트북에서 카메라를 빼 주방 한 켠을 비춘다. 아기자기한 주방기구들과 함께 벽면에 걸려 있는 프라이팬이 보인다.

"저기 있네. 가져올게."

연하가 카메라를 제자리에 돌려놓고 화면에서 사라졌다. 잠시 후, 화면 밖에서 와장창 하는 소리가 들렸다. 가슴이 덜컥 내려앉았다.

"연하야? 연하야! 무슨 일이야? 서연하!"

애타게 불러봐도 아무 반응이 없어 속이 바짝바짝 타고

있는데, 연하가 아무 일 없었다는 듯 프라이팬을 들어 보이며 웃는다.

"기다렸지?"

"다친 데는?"

내가 걱정하는 걸 뻔히 알면서도 연하는 대답 없이 프라이팬을 인덕션에 올리고 요리를 계속한다.

"묻잖아, 다친 덴?"

목소리를 높이자 연하가 고개를 돌려 나를 본다.

"없어. 근데… 다리를 못 쓰니까 진짜 너무 불편하다."

그토록 피하고 싶었던 그 이야기를 결국 이렇게 마주하고 말았다. 나는 온몸이 돌덩이처럼 굳어 연하를 바라보았다. 연하가 씁쓸하게 웃으며 말을 이었다.

"거봐. 다리 얘길 안 할 수가 없잖아. 완아, 난 내 다리가 그리워. 그래도… 하지 말까? 서울에 있는 아버지, 나랑 같이 사는 누나도 내가 다리 얘기만 하면 고갤 돌리는데… 그냥 그리워 말까? 그리워도?"

연하는 자조적인 웃음을 띠었다. 당연히 그립겠지. 늘씬하게 뻗은 두 다리, 건강히 걷고 뛸 수 있었던 두 다리, 내게 달려오던 그 다리가 그립겠지. 나도 이렇게 그리운데 그는 정말정말 그립겠지. 그의 마음을 누구보다 잘 알기에, 더욱 피하고 싶었다. 너무 아파서 그를 똑바로 쳐다볼 수 없어질까 봐 애써 외면해왔다. 연하는 담담히 말을 이어갔다.

"안 잊혀도 그냥 잊어? 그래도 생각나면 '미친놈, 뭘 그런 걸 생각해.' 하고 내가 날 혼낼까? 내가 내 빰이라도 칠까? 그러면 되나? 나는…."

연하는 차마 말을 잇지 못하고 고개를 돌렸다. 눈물이 차오르는 얼굴을 보이고 싶지 않은 것이다. 보이지 않아도 난 느낄 수 있다. 그를 안아주고 싶다. 하지만 난 그를 위해 아무것도 해줄 수 없다.

"나는… 내 다리가 그리워, 완아. 그래서 그런 얘길 누구랑이라도 하고 싶어. 그리워서 뭘 어쩌겠냐고? 맞아. 뭘 어쩌진 못해. 근데… 그래도 그리우면 그립단 말은 해도 되는 거 아닌가? 뛰고 싶고, 수영하고 싶고, 너랑 걷고 싶다는 말을 하는 게… 듣기 힘들어?"

나는 가슴에서 뜨거운 눈물이 솟구치는 걸 이를 앙다물고 참아내고 있다. 연하에게서 도망쳐 온 내가 그에게 무슨 말을 해줄 수 있을까. 함께 울며 위로해줄 자격조차 내겐 없었다.

"네가 좀 참아주면 안 될까, 완아? 나는 말하고 싶은데. 내가 너랑 그런 얘길 할 수 없다면 여기서 그만… 관두자 우리. 안녕, 친구."

연하는 나를 위해 마지막까지 눈물 대신 미소를 보이며 통화를 끝냈다.

나는 연하를 위해 울 자격이 없다. 내 눈물이 가증스러워 죽을힘을 다해 참았다. 눈을 부릅뜨고 읽히지도 않는 책을 들여다보다가 결국은 집어던지고 말았다. 죽을 것처럼 가슴에 통증이 밀려왔다. 도저히 혼자서는 견딜 수 없어 동진 선배에게 전화를 걸었다.

"어, 선배. 어디? 아… 술. 나도 그 자리 껴주라. 오케이. 좋지! 기다려."

갈가리 찢기고 침몰하려는 자신에게서 도망치기 위해 나는 다시 선배에게 달려갔다.

지금 이 순간이 가장
젊은 한때!

영정사진을 찍기로 한 날, 새벽부터 할머니를 모시러 외갓집에 갔다. 이른 아침인데도 할머니는 옥색 한복을 곱게 차려입고 기다리고 있었다. 카페에 들러 충남 이모까지 태우고 엄마 집에 도착하니, 집 안이 북적북적했다. 먼저 와 있던 정아 이모는 마땅한 옷이 없다며 엄마 옷을 이것저것 입어보느라 속옷 차림으로 집 안을 돌아다녔고, 엄마도 옷장에서 옷을 고르느라 정신이 없었다. 충남 이모는 거실 한쪽에 자리를 잡고 앉아 잔뜩 챙겨온 화장품 가방을 열었고, 나는 고데기를 가져와 할머니 머리를 만지기 시작했다. 바쁘지 않은 사람은 영정사진을 찍지 않겠다는 희자 이모뿐이었다.

"언니도 빼지 말고 사진 찍어. 나중에 일 나면 걸 사진도 없으면서."

입술에 새빨간 립스틱을 바르던 충남 이모가 소파에 앉아 아이스크림을 먹고 있는 희자 이모를 돌아보며 말했다. 희자 이모는 말없이 고개를 저었다.

"으이그, 장례식장에 꼴난 이십 년 전 민증 사진 걸게 생겼네."

충남 이모가 그렇게 구시렁거릴 때 초인종 소리가 울렸다. 안방에 있던 엄마가 소리를 듣고 나와 문을 열자, 영원 이모가 화사하게 웃으며 들어섰다.

"네가 여길 왜 와?"

엄마의 싸늘한 목소리에 집 안 분위기는 순식간에 냉랭해졌다. 충남 이모는 현관 앞에서 두 사람의 눈치를 보며 안절부절못하고 있었다. 영원 이모를 차갑게 노려보던 엄마가 이모를 끌고 현관문 밖으로 나가자, 충남 이모가 부리나케 따라나섰다.

"충남인 왜 영원일 부르고… 이 지랄로…. 아이고, 진짜, 저것들은 힘이 남아돈다, 힘이 남아돌아! 인생 된맛을 봐야 저희들 일이 별거 아니네 정신을 차리지, 저것들이."

정아 이모가 혀 차는 소리를 하더니 여전히 아이스크림만 먹고 있는 희자 이모를 돌아보며 소리쳤다.

"너도!"

"난희하고 나, 우리 둘 다 남편 죽었어. 된맛을 어떻게 더 봐?"

"그러네…."

골목으로 나온 엄마는 또다시 분한 감정과 서러움이 밀려오는지 한동안 말도 못하고 씩씩거렸다. 충남 이모가 일촉즉발의 둘 사이에 끼어들었다.

"얘 뭐라 마. 내가 부른 거야. 너 따지려면 나한테 따져!"

그러나 엄마에게 이모의 말이 들어올 리 없다.

"내 남편이랑 숙희 년이랑 내 침대 위에서 뒹굴던 날, 내가 엄마네 간다고 그래서 집 비운다고 말한 건 너 하나야. 네가 말했지? 나 없으니 둘이 침대에서 뒹굴라고!"

"그건 아니고…."

영원 이모가 시선을 돌리며 말을 이어가려는데, 갑자기 엄마가 이모의 뺨을 올려붙였다. 이어 머리채를 잡으려 달려들자, 이번엔 영원 이모가 엄마 손목을 잡아 꺾어 바닥에 휙 내팽개쳤다.

"야야야!"

영원 이모답지 않은 행동에 깜짝 놀란 충남 이모가 넘어지는 엄마를 일으켜 세웠다.

"머린 잡지 마. 나 진짜 도니까."

영원 이모는 흩어진 가발을 바로잡았다.

"이년이! 가발은 왜 뒤집어쓰고…. 네가 말 안 했으면 그것들이 어떻게 나 없는 줄 알고 간 크게 내 침대 위에서 뒹굴어!"

"기회 왔을 때 변명해. 뭐해?"

아무 말 없는 영원 이모가 답답했는지 충남 이모가 다그쳤다. 그제야 영원 이모가 입을 열었다.

"내가 숙희 남편한테 꼰지른다고 협박해서, 둘이 한 달 동안 못 만나고 있었어. 근데 숙희가 한 번만 만나게 해달라고, 그럼 헤어진다고…."

"야, 말 되는 소릴 해! 대학 나온 년이 그렇게 멍청해? 나 속이고 삼 년을 만난 그것들이 행여 다시 만나면 헤어지겠다! 에라, 덜떨어진 년!"

"그러게. 내가 그렇게 멍청하네."

영원 이모가 담담하게 말했다.

"뭐?"

"야, 장난희. 솔직히 이 세상에 나처럼 멍청한 년이 어딨니? 마누라랑 끝났다는 유부남 말에 속아 결혼해서 한 달 만에 차이고. 그다음에 만난 연하남은 사업 망했다고 나 피해 주기 싫다는 말에 홀딱 속아 빌딩 주고 이혼해줬더니, 그 길로 젊은 년이랑 마카오에서 성을 짓고 살고. 야, 나 진짜 멍청한 년이야. 인정해줘, 나 멍청한 거."

"그래, 인정해주지. 이 멍청한 년! 근데, 너 오늘부로 동문회 나오지 마!"

"나 보기 싫음 네가 빠져."

"뭐?"

영원 이모의 당당한 태도에 엄마가 다시 언성을 높였다. 하지만 영원 이모는 개운한 표정으로 골목 어귀에 세워둔 차를 향해 걸어가며 충남 이모에게 한마디 했다.

"언니들 나오시라 그래."

약이 바짝 오른 엄마가 이모 뒤통수에 대고 버럭 소리를 질렀다.

"좋아! 그래! 너 오늘처럼 내 근처에 꼭 있어라. 내가 네 년 아가리가 부르트게 갈겨줄 테니!"

한바탕 소동을 치르고 우르르 몰려간 마크의 집 앞에서 우리는 생각지도 못한 문전박대를 당했다. 마크가 화장한 여자는 찍지 않겠다며 화를 내고는 문을 닫아버린 것이다. 그의 예술정신을 인정해주기엔 엄마와 이모들이 공들여 한 화장도 아까웠고, 내가 한참을 매달려 완성한 할머니 머리도 아쉬웠다. 다들 치사해서 안 찍는다며 차라리 사진관에 가겠다고 짜증을 부리는데 충남 이모가 기세 좋게 마크의 집 문을 쾅쾅 두들겼다.

"이모, 그냥 가자."

그러나 이모는 들은 척도 않고 문을 두들겨댔다. 마크가 잔뜩 화난 얼굴로 문을 열었다.

"왓?"

"찍어, 그냥!"

다짜고짜 들이대는 충남 이모를 대신해 내가 마크와 대화에 나섰다.

"자연스럽게 하면 찍어준대. 기사 봤는데, 얘가 세계를 돌아다니다 자기 부모 임종을 못 봤대. 그래서 노인 사진만 찍는대. 엄마 아빠가 캐나다 사과농장 잡부였다나? 쟤 엄마가 화장을 안 했나 봐."

그러자 이모가 뚜벅뚜벅 마크에게 다가가 래퍼처럼 말을 쏟아냈다.

"야, 우린 평생 화장할 일이 없었던 사람이야! 논일하고 밭일하고 장사하고…. 너 내가 얼마나 고생하며 산 줄 알어? 나 중졸이야! 근데 우리가 죽어서 영정사진까지 초라하게 맨얼굴로 액자에 걸려야겠냐? 네 엄마도 자식아, 너한테 말은 안 했어도 얼마나 화장이 하고 싶었겠냐! 네가 자식아, 그걸 모르고 지금 어디다 대고 화장을 지우래!"

"천천히 말해. 그걸 내가 어떻게 통역해!"

내가 어이없어 짜증을 부리니, 유학 다녀와 번역으로 먹고사는 애가 이게 힘드냐며 엄마와 충남 이모가 면박을 준다. 독해만 가능하다고 버럭 소리를 질렀더니, 엄마가 돈 주고 찍자며 충남 이모 등을 떠밀었다. 하지만 이모는 물러설 기세가 아니었다.

"야, 너 몇 살이야? 나 예순이야. 한국에선 나이 먹은 게 자랑이야. 나는 울 언니들 초라하게 맨얼굴론 사진 못 찍게 할겨!"

내가 통역을 해도 들은 척도 않던 마크가 갑자기 목에 메고 있던 카메라를 들어 계단에 앉아 딴청을 부리는 희자 이모와 할머니를 찍기 시작했다. 느닷없는 셔터 소리에 놀란 우리 모습까지 카메라에 담은 뒤에야 마크가 씩 웃었다. 그러고는 우리가 원하는 대로 사진을 찍어주는 대신 자신이 원하는 대로도 한 번 더 찍겠다고 말하고 들어갔다.

"이모가 이겼어."

"뭘로?"

"나이로."

큰 시합에서 이긴 사람처럼 충남 이모가 손가락을 튕기며 쾌재를 불렀다.

마크는 프로답게 자연스러운 분위기로 사진 촬영을 이끌었다. 이모들도 신이 났다. 한 사람이 스튜디오에 앉아 사진을 찍으면 그 모습을 구경하며 이렇게 해봐라 저렇게 해봐라 한마디씩 코치를 하고, 누군가 여배우처럼 과장된 포즈를 취하면 금세 웃음바다가 되곤 했다. 분위기가 달아오르자 이모들이 나를 스튜디오로 밀어 넣었다. 젊음도 한철이라고 옷을 벗으라는 응원에 나도 신이 나 러닝셔츠 차림으로 한껏 과장된 섹시 포즈를 취해주었다. 웃음소리와 왁자하게 떠드는 소리가 스튜디오 안을 가득 채웠다.

"할머니, 사진 찍자!"

나는 순서를 기다리며 멀뚱히 앉아 있는 할머니에게 다가가 등을 꼭 껴안았다.

"할머니, 이건 그냥 사진이야. 영정사진이라고 생각 말고, 그냥 기분 좋게…."

"나 죽으면 울어."

할머니는 내 말을 싹둑 자르고 내 팔을 쓰다듬는다.

"그런 말 말고."

"그런 말을 왜 말아? 저승 바다에 발목 담근 지가 언젠데."

"할머니."

죽음 가까이 가 있는 할머니는 오히려 담담한데 나는 결코 그런 순간을 상상하고 싶지 않았다.

"걱정 마. 지금은 골로 가는 것보다 집에 밭일이 더 급해."

나는 죽음이라는 놈에게 할머니를 놓아주지 않을 맘으로 힘주어 그녀를 꼭 끌어안았다. 즐비한 사진 액자들 위에 적힌 문구 하나가 눈에 들어왔다.

'우리는 모두 시한부다.'

신나서 웃고 떠들며 사진을 찍고 있는 엄마와 이모들을

바라보았다. 자신들의 영정사진을 찍으며 지금 이 순간 한껏 살아 있음을 뿜어대는 그녀들의 멋진 웃음이 더없이 아름다웠다. 처음으로 엄마의 늙은 친구들에게 호기심이 갔다. 자신들의 영정사진을 재미삼아 찍는 사람들. 저승 바다에 발목을 담그고 살아도 오늘 할 밭일은 해야 한다는 내 할머니. 우리는 모두 시한부다. 정말 영원할 것 같은 이 순간이 끝나는 날이 올까? 아직은 믿기지 않는 일이다.

모두가 돌아가고 텅 빈 방에서 홀로 사진 작업을 하던 마크는 초인종 소리에 하던 일을 멈추고 밖으로 나갔다. 문 앞에는 영정사진을 절대 찍지 않겠다고 내내 딴청을 피우던 희자 이모가 서 있었다. 화장기 없는 단아한 얼굴이었다.

"아이 워너 픽처."

희자 이모는 어색하게 웃으며 손짓을 하고 막무가내로 집 안으로 들어가 스튜디오 의자에 앉았다. 마크가 환하게 웃으며 카메라를 들었다.

"스마일."

"저기 근데… 돈 텔 마이 프렌즈… 마이 픽처! 네버!"

희자 이모가 마크에게 다짐을 놓았다. 문법에 맞지 않는 희자 이모의 말을 용케 알아듣고 마크가 따듯한 미소를 지으며 고개를 끄덕였다. 그러고는 손으로 입을 가린 채 수줍게 미소 짓는 희자 이모의 모습을 놓치지 않고 카메라에 담았다.

나중에 희자 이모에게 물었다. 늙은 모습이 싫다며 왜 화장도 안 하고 사진을 찍었느냐고. 희자 이모가 말했다. 친구들 사진 찍을 때 보니, 오늘, 지금 이 순간이 자신들에겐 가장 젊은 한때더라고.

인생에서 가장 젊은 그 순간을 기념하고 싶었던 이모의 그 마음이 내 심장에 따스하게 와 닿았다. 그리고 누구에게든 지금 이 순간이 남은 인생에서 가장 젊은 날이라는 소중한 진실을 알게 해준 이모가 무척이나 근사해 보였다.

차라리
꿈이나 주지 말지

그날 오후, 정아는 첫째 딸 순영의 집을 찾았다. 웬일인지 문이 안에서 잠겨 있고 초인종을 눌러도 아무런 기척이 없었다. 순영이는 정아가 올 시간이면 미리 자물쇠를 열어놓았다. 순영이 아파서 초인종 소리도 못 듣고 앓는 것은 아닌지, 정아는 초조한 마음으로 발을 동동거리며 계속 벨을 눌렀다. 때마침 사위에게서 전화가 왔다.

"장모님, 오 서방인데, 혹시 우리 집 가셨어요?"

"어. 근데 집이 왜 안에서 잠겼어? 나 청소해야 하는데. 순영이 없어? … 아, 문이 고장 났구나. 아니, 걘 감기 걸렸다며 왜 친굴 만나러 나가! 알았어. 학교지? 일해."

정아는 여전히 마음이 놓이지 않아 순영에게 전화를 걸

었다. 전화를 받는 순영의 목소리는 여느 때보다 더 안 좋은 상태였다.

"목소리가 안 좋은데, 아직 감기면 그냥 집에 있지 뭐한다고 친구들을 만난다고 돌아다녀?"

걱정스런 마음에 정아가 언성을 높였다.

"왜 성질이야?"

"성질나지. 아픈 딸내미가 돌아다니니까!"

"내가 엄마 딸이긴 해? 근데 왜 어제 안 왔어? 만약 호영이나 수영이면 갔겠지. 난 주워 온 애니까 안 온 거고."

오늘따라 순영이가 잔뜩 곤두서 있다. 아파서 그런가 보다 싶으면서도 서운한 마음을 어쩔 수 없다.

어젯밤, 희자가 자살하려 했다는 경찰의 전화를 받고 놀라서 막 나가려 할 때 순영에게 전화가 왔었다. 몸이 아프니 좀 와달라고 했지만 석균이 경찰서에도, 순영에게도 못 가게 하는 바람에 꼼짝없이 발이 묶였었다. 석균이 잠든 다음에야 몰래 집을 빠져나와 순영에게 전화를 했지만 사위가 받아 잔다고 하기에 경찰서로 달려갔던 것이다.

구구절절 설명할 수도 없고 답답한 마음에 또 언성만 높아졌다.

"네 아빠 성질 몰라? 내가 간다면 가라 그래, 네 아빠가? 그리고 네가 왜 주워 와? 어디서 그런 말을 해!"

"친구들 있어. 나중에 얘기해."

순영은 속을 있는 대로 긁어놓고 먼저 전화를 끊어버렸다.

"미친년. 어디서 주워 왔단 소릴 해. 제 아빠 성질 뻔히 알면서…."

정아는 결혼해서 오 년 동안 애가 없었다. 아이를 가지긴 했지만, 툭하면 머리채를 잡아 흔드는 지독한 시어머니 때문에 두 번이나 임신중독으로 아이를 잃었다. 그래서 첫딸 순영이를 입양했다. 순영이가 복덩이였는지 몇 년 뒤 내리 딸 둘을 낳았다. 갓난쟁이 둘이 생기고 자연스레 그애들한테 손이 많이 가기 시작하자 순영이는 후순위로 밀려났다. 아니 솔직한 심정을 말하자면, 내 배 아파 낳은 어린 자식들한테 더 마음이 쏠리는 건 어쩔 수 없었다. 하지만 순영은 그녀에게 자식으로 첫정이었고, 제대로 해주지 못한 아픈 손가락이었다.

순영이 교수한테 시집가던 날 정아는 얼마나 좋았는지 모른다. 떵떵거리며 잘 살아라, 충분히 그럴 자격 있으니 잘 살라고 마음으로 빌었다. 그런데 이 딸년이 결혼해서 시름시름 앓는다. 누구보다 건강 체질이었던 아이가 자꾸 아프고 전에 없는 신경질만 늘었다. 정아는 답답한 마음에 괜스레 긴 한숨만 내쉬었다.

희자는 정아가 말한 대로 봉사거리를 부탁하러 성당을 찾았다.

"봉사거리요? 봉사가 참 힘들 건데, 공주 같은 분이 할런가 모르겠네. 산전수전 다 겪은 우리도 힘든데."

희자의 부탁을 들은 신도 하나가 걱정스럽게 대답했다.

"옆에서 많이 도와주세요. 제가 편히 살아 잘 몰라요. 기껏 겪은 일이라곤 돌 지난 첫째 아들을 먼저 하나님한테 보낸 거랑, 일 년 전 갑자기 남편이 심장마비로 죽은 일밖엔 없어서…."

자신이 겪은 큰일을 아무렇지 않게 내뱉는 모습에 모여 있던 신도들이 할 말을 잃은 모양이었다. 희자는 가방에서 약을 꺼내 한 움큼 입에 털어 넣고는 말을 이었다.

"저혈압, 관절염, 편두통, 심혈관도 나쁘고… 평생 이러네요. 그래도 봉사할 힘은 있어요. 연락 주세요."

희자가 그렇게 말하고 성당을 나가자 여신도 하나가 따라와 붙잡았다.

"저… 마리아님, 혹시 저기 요셉 이성재 씨라고 아세요?"

신도가 턱 끝으로 가리킨 곳엔 며칠 전 성당에서 희자의 손목을 잡고 자기소개를 하던 그 남자가 서 있었다. 이성재를 어찌 모르겠는가. 알아도 너무 잘 아는 사람이다. 하지만 아는 체하고 싶지 않아 쭉 피하고 있던 참이다.

"저 사람 가까이 마세요. 완전 바람둥이. 부인이 삼 년 전

죽었는데, 요즘 갑자기 저 사람이 성당을 나와선 자꾸 마리아님을 봐요. 조심하세요. 사탄이에요."

그 신도는 큰 비밀이라도 들려주듯 귓속말을 하고는 성당으로 들어갔다.

희자는 성재가 서 있는 쪽을 힐끗 보고는 버스 정류장으로 향했다. 성재가 뒤따라오는 걸 알고 있었지만 모른 척하며 발길을 재촉했다.

"나 알지?"

성재가 어느새 바짝 다가와 희자 앞에 얼굴을 들이밀었다. 그녀는 못 들은 척 앞서 걷다가 때마침 도착한 버스에 올랐다. 그런데 이 남자가 버스까지 따라 타더니, 떡하니 그녀 뒤에 자리를 잡고 앉았다. 이건 노골적인 미행이었다. 참다못한 희자가 성재에게 물었다.

"어디 가요?"

"집에."

"집이 어딘데?"

"연남동. 넌?"

방향이 같은 걸 보니 미행은 아니구나 싶지만, 친한 척하는 말투가 몹시 거슬렸다.

"반말 마요. 난 그쪽 몰라."

"진짜 몰라?"

희자는 아예 눈을 감아버렸다. 성재는 그런 그녀를 귀여운 듯 보다가 일어나 하차 벨을 눌렀다.

"또 보자. 오늘은 내가 석균이 형 만나기로 해서. 반가웠다."

성재가 버스에서 내리고서야 희자는 감았던 눈을 뜨고 구시렁거렸다.

"징그럽게 다 늙어갖고…. 날 알면 뭐 어쩌게…."

성재도 참 많이 늙었구나 싶다.

그날 밤도 정아는 찬밥을 물에 말아 김치와 먹으며 〈델마와 루이스〉를 보고 있었다. 두 여자가 차를 몰고 쭉 뻗은 도로를 달리는 장면은 봐도봐도 질리지 않았다. 정아는 영화에 푹 빠져 상상의 나래를 펼쳤다. 빨간색 오픈카를 몰고 스카프를 휘날리며 광활한 자연을 달리는 상상. 옆자리엔 평소보다 더 세련되게 차려입은 희자가 앉아 흑맥주를 병째 마시고 있다. 신이 난 정아도 맥주를 빼앗아 한 모금 마시고 '야, 자유다!' 하며 고함을 내지른다. 평생 막혀 있던 속이 뻥 뚫리는 기분이다.

"하하하하!"

정아는 자기도 모르게 두 팔을 번쩍 들어 올리며 호탕하게 웃었다. 이제 곧 자신도 저렇게 세계 여행을 떠날 거라 생각하니 설레기까지 했다.

그때, 석균이 씩씩거리며 들어왔다. 이마엔 커다란 멍이

나 있고 얼굴과 목덜미엔 개가 할퀸 자국이 선명했다.

석균에게 오늘은 제대로 일진 사나운 날이었다. 아침부터 아파트 경비원들을 나이 많은 순서대로 자를 거라는 소리를 듣지 않나, 엘리베이터가 망가져 입주자가 떠넘긴 무거운 짐을 들고 이십오 층까지 오르내리질 않나. 게다가 남자들 동문 자리에 석균이 가장 재수 없어하는 성재가 나타났다. 빌딩이 세 채에, 애들은 모두 유학에 이민 가고, 나이 먹어 변호사 일 관두고 잘 먹고 잘사는 놈이 술자리에 끼어 잘난 티 내는 게 눈꼴이 시리고 배알이 꼬였다. 잔뜩 취해 돌아오는 길엔 개똥을 밟고 화가 나 전봇대에 묶인 도사견에게 시비를 걸었다가, 끈이 풀리는 바람에 개에게 뜯기고 걸음아 나 살려라 도망을 왔다.

정아는 석균에게 연고를 발라주며 잔소리를 늘어놓았다.

"나이 들면 귀신한테도 시빌 붙는다더니…. 그러게 도사견한테까지 왜 덤벼? 물려 죽으려고."

안 그래도 심사가 뒤틀려 있던 석균이 정아의 손을 밀어냈다.

"내가 왜 죽냐?"

"하긴. 나랑 세계 일주 가야지 왜 죽어 당신이, 그치?"

"세계 일주 좋아하네."

석균이 돋보기를 끼고 직업 정보지를 집어 들자, 정아가 화들짝 놀랐다.

"그걸 왜 봐. 글 보려면 이거 봐."

그녀는 하도 읽어서 다 헤진 여행 정보책을 내밀었다. 석균은 책을 휙 집어던지고 다시 직업 정보지만 들여다보았다. 괜히 민망해진 정아가 '오늘은 피사의 사탑이 어딨는지 볼까?' 하며 이제는 다 외워버린 책을 주워 펼쳤다. 그러다 문득 이상한 생각이 들었다.

"근데 그거는 왜 봐?"

"부녀회 것들이 늙은 수위를 자른대. 모가질 댕강!"

정아에겐 듣던 중 반가운 소리였다.

"잘됐네. 그럼 여행 가자! 예약해? 내가 할까? 얼마짜리? 몇 달짜리?"

신이 나서 한껏 들뜬 정아에게 석균이 찬물을 끼얹었다.

"돈이 썩어나지! 다시 일자리 찾을 거야."

정아는 화를 꾹 참고 직업 정보지를 뺏어 등 뒤로 숨겼다.

"세계 일주는? 신혼여행 때, 당신 엄마 아버지 봉양할 때 약속한 세계 일주는? 당신 팔 형제 수발들 때, 당신이 나 부려먹을 때마다 약속한 세계 일주는?"

정아는 평생 자신을 견디게 해주었던 유일한 꿈이 무너져 내릴까 봐 겁이 났다. 석균은 그런 정아의 마음은 아랑곳하지 않고 벌떡 일어나 직업 정보지를 뺏었다.

"내가 때마다 그 말로 너 안 잡았으면 네가 도망갔지, 여적 내 옆에 있나? 나 죽으면 이 집 팔아서 너 혼자 가!"

"당신이 언제 죽어, 내가 지레 죽지!"

"정신없는 여편네. 인간이 앞으로 백년을 더 산다는데, 그럼 앞으로도 삼십 년인데, 사람이 미랠 봐야지! 병들면 뭐 병원빈 거저 하늘에서 떨어져?"

석균이 다시 직업 정보지에 눈길을 보냈다.

정아는 세계 여행에 대한 기대와 희망으로 여기까지 왔다. 멸시도 견디고, 힘든 일도 마다하지 않고, 지금껏 그거 하나 보상으로 바라며 살아왔다. 그런데 석균이 그녀의 평생 꿈마저 아무렇지 않게 짓밟고 있었다. 참다못한 정아가 석균이 보던 정보지를 빼앗아 갈기갈기 찢어버렸다.

"뭐하는 짓이야, 너! 제 주젤 알아야지. 어디서 제 주제에 세계 일주야. 아주 지랄 방귈 뿡뿡 뀌지! 지랄 방귈 뿡뿡 뀌어!"

정아는 마지막 지푸라기라도 잡는 심정으로 석균에게 애원했다.

"나 병들면 돈 쓰지 말고 길바닥에 버려! 그리고 가자 우리. 세계 일주."

"네가 벌어 가라, 이태리."

"내가 돈이 어딨어! 엄마 병 수발비로 다 내고! 생활비 내고!"

"돈 없음 못 가는 거지 뭐. 이불이나 펴."

"난 우리 엄마처럼 지지리 고생만 하다 병원에 갇혀 죽기 싫어! 새처럼 훨훨 날아다니다, 죽어도 길 위에서 죽을 거야."

정아는 요양원에 있는 친정엄마의 모습을 생각하며 울컥했다.

"네 엄마가 뭐 어때서? 그 정도면 호강하지! 깨끗한 병원에서! 사람 사는 게 뭐 별거냐? 우리 부모님도, 너도 나도… 그냥 그렇게 살다 뒤지는 거지. 그리고 넌 무거워 날지도 못해. 새처럼 훨훨 좋아하시네. 아, 이불이나 깔아!"

정아 눈에 차오른 눈물이 흘러내렸다. 신혼여행이랍시고 시골에 있는 석균 친구 집에 다녀온 뒤, 사는 동안 이태리는 고사하고 제주도 한 번 못 가봤는데, 이젠 그녀에게 꿈같은 여행 따윈 결코 없을 거라 생각하니 눈물이 멈추지 않았다. 차라리 꿈이나 주지 말지.

정아는 벌떡 일어나 옷장에서 옷을 꺼내 입었다. 그리고 서랍에서 차 키를 꺼내 들고 아무 말 없이 방을 나섰다.

"뭐하냐? 기름 아까워. 차 몰지 마!"

석균이 눈을 부라렸지만 정아는 눈길 한 번 주지 않고 휘적휘적 집을 나왔다.

그 시각, 희자는 하루 동안 자신이 한 일과 혼자서도 잘할 수 있다는 다짐을 공책에 빼곡히 쓰고 있었다. 이런 게 얼마나 도움이 될지 알 수 없지만 그래도 되새김하며 글을 쓰고 있는 이 순간은 마음이 놓이고 편안했다.

그런데 영원의 전화가 일순간 희자 마음을 흩어놓고 말았다. 영원이는 기자가 자꾸 전화를 걸어 '희자가 남편 죽인 거 맞지?' 하고 묻는다고 했다.

"그래서 넌 뭐랬어?"

희자 마음이 또 번잡스럽게 곤두섰다.

"뭐라긴. 그냥 끊었지. 그러니까 언니도 기자 언니 전화 오면 말대꾸 말고, 확 끊어버려. 그…."

희자는 영원이 말을 맺기도 전에 전화를 끊었다. 화를 가라앉히려고 공책에 '나쁜 기자 년'이라고 꾹꾹 눌러가며 쓰고 있자니, 이번엔 정아가 전화를 했다.

"왜, 너도 기자 전화 받았니?"

희자는 다짜고짜 짜증을 냈다. 그런데 정아가 울음을 터트렸다. 정아에게 무슨 일이 생긴 게 분명했다. 희자는 짜증 낸 게 미안해 사과부터 한 뒤, 택시를 잡아타고 정아가 있다는 주유소로 달려갔다.

"막상 나왔는데 갈 데도 없고… 기름도 없고, 돈도 없고…."

"친구는 있잖아."

정아는 한밤중에 희자를 불러낸 게 미안한지 변명하듯 주절거렸다. 그러나 희자는 정아가 힘든 순간 자신을 떠올렸다는 사실과 자신이 정아에게 도움과 의지가 될 수 있다는 사실이 마냥 좋고 뿌듯했다.

"지랄 개방구 영감이 세계 일주 안 간대. 늙으면 엄마처럼 요양원 들어가 죽으래."

희자는 석균이 그러고도 남을 사람이라 생각했지만 정아는 받아들이기 힘든 모양이었다. 찬찬히 살펴보니 정아는 맨발에 슬리퍼를 신고 있었다. 집 나올 때 심정이 오죽했겠나 싶어 희자는 그 발을 짠하게 바라보았다.

"엄마한테 갈래?"

희자가 웃으며 물었다. 말을 던져놓고 보니 더없이 좋은 생각 같았다.

"엄마한테 가자. 신발 사서 신고. 엄마가 너 차 모는 거 보면 좋아할걸? 우리 엄마랑 밤새 드라이브하자."

희자는 동의를 구하듯 손바닥을 펼쳐 들어 보였다. 정아는 자기 마음을 찰떡같이 알아주는 친구가 고마워 환하게 웃으며 하이파이브를 했다.

"그래, 가자. 영감 밥에 약 뿌리고 돈 챙겨서 우리 둘이 세계 일주 가지 뭐!"

"야, 무서워 그런 말. 말이래도 하지 마!"

정아와 희자는 음악을 크게 틀어놓고 목이 터져라 따라 부르며 국도변을 달렸다. 정아는 영화를 보며 상상했던 그 모습처럼 지금 희자와 함께 신나게 달리고 있는 게 마냥 신기하고 좋았다. 정말 델마와 루이스처럼 이 밤 어디든 달릴 수 있을 것 같았다.

그렇게 한참을 달리다 보니 가로등마저 띄엄띄엄 서 있는, 인적 드문 이차선 시골길로 들어섰다.

"뭐야, 저게?"

순간 어둠 속에 나타난 그림자를 보고 희자가 물었다.

"뭐가?"

정아는 무심결에 희자를 돌아보았다.

"저, 정아야. 브, 브, 브레이크… 브레이크!"

희자가 놀라 목소리를 높였다.

"왜?"

그제야 정아 눈에도 어둠 속에 묻힌 희미한 형체가 보였다.

"뭐야, 저게?"

"정아야, 오른쪽 밟아! 아니, 왼쪽. 아니 아니, 오른쪽인가? 어머, 어떡해!"

"어머머머머!"

정아는 너무 당황한 나머지 액셀을 세게 밟고 말았다.

쾅!

굉음을 내며 무언가 차에 부딪쳤다. 계속 액셀을 밟고 있던 정아는 소리가 난 곳에서 한참을 더 가서야 간신히 브레이크를 밟아 차를 멈췄다. 겁에 질린 정아 얼굴에 송골송골

진땀이 맺혔다.

"희, 희자야. 뭐… 뭐야?"

"모… 몰라."

"내… 내가… 사, 사람 쳤지?"

정아와 희자는 넋이 나간 얼굴로 어둠에 가려진 길을 돌아보았다.

정아는 사시나무 떨듯 바들거리며 거친 숨만 내뱉었다. 희자는 이러다 사달이 나지 싶어 떨리는 손으로 겨우 포장을 뜯은 사탕 한 알을 정아에게 내밀었다.

"쓰러져, 먹어. 아, 해."

정아는 희자 손을 뿌리치고는 차 문을 열고 밖으로 나갔다. 평생을 소원하던 여행은 고사하고, 남은 생을 철창에 갇혀 지내게 될지도 모르는데 사탕이 목에 넘어갈 리 없었다.

'사람은 아니었을 거야. 제발….'

힘이 풀린 다리를 휘적휘적 끌고 정아는 어둠에 잠긴 길을 거슬러 갔다. 점점 다가갈수록 두려운 마음이 커졌다. 그때, 어둠 속에 쓰러져 있는 검은 형체가 뚜렷하게 눈에 들어왔다. 정아는 더는 버티지 못하고 그 자리에 주저앉고 말았다.

길바닥에 쓰러진 늙은 촌로의 머리에서 검붉은 피가 울컥울컥 쏟아지고 있었다. 쓰러진 노인에 대해 아무것도 아는 것이 없지만, 새까맣게 그을리고 주름진 얼굴에 그의 고된

삶이 고스란히 배어 있었다. 정아는 충격과 두려움에 떨며 넋이 나간 채 그 노인을 바라보기만 했다. 어느새 정아 옆에 다가와 있던 희자도 넋이 나간 건 마찬가지였다.

그때, 멀리서 여러 개의 불빛이 반짝이며 그녀들 쪽으로 다가오는 게 보였다. 희자는 노인을 살피러 다가가다 불빛을 보고 덜컥 겁이 나 정아에게 달려왔다.

"가, 가자. 가! 어서!"

희자는 다가오는 사람들에게 노인을 맡기고 이 상황을 외면하고 싶었다. 잘못이라는 걸 알지만 지금 이 상황에서 도망치고 싶은 생각뿐이었다. 희자는 망연자실해 주저앉아 있는 정아를 겨우 차로 끌고 갔다. 간신히 차 안에 들어와 앉았지만 떨리는 심장을 진정시킬 수 없었다. 법 없이도 착하게 살아온 그녀들의 인생이 휘청이고 있었다.

꼰대들,
진짜 염치도 없다

연하가 화면 안에서 나를 빤히 바라보고 있다. 지난번 통화 때 다리가 그립다고 했던 연하의 말을 들은 뒤, 나도 용기를 내기로 결심했다. 그동안 겁이 나고 괴로워서 외면하기만 했던 말이었지만, 이제는 꺼내놓아도 될 것 같았다. 그런데 연하 얼굴을 보니 입이 떨어지지 않아, 맥주만 홀짝이며 용기를 그러모으고 있는 중이다. 연하는 가만히 나를 보다가 걱정스럽게 한마디 한다.

"일한다며… 술 마시고 괜찮아?"

나는 잔을 멀리 밀어냈다. 술도 용기를 내는 데 도움이 되지 않았다.

"취하고 싶은데 맛없다. 안 마셔야겠다."

연하를 바라보며 애써 미소를 지었다. 질질 끌어봐야 소용없다는 걸 알기에 나는 말문을 열었다.

"오늘은 말을 해야지… 싶었어. 나도 너처럼… 네 다리가… 많이 그립다고."

연하가 따뜻한 미소를 지었다.

"근데… 말하면 안 된다고 생각했어. 내가 그런 말하면 네가 맘이 더 불편하겠다, 상처 받을 수 있겠다, 지레짐작했거든."

"내 다리가 언제 제일 그리워?"

"네 생각이 나면… 다."

내 말이 듣기 좋았는지 연하가 웃고 있다. 눈물이 날 것 같아 그의 시선을 피했지만, 머릿속에선 이미 그 시절의 추억이 끝없이 이어지고 있었다.

"너랑 장난칠 때. 침대 위 레슬링."

"그때 내가 이겼나?"

"노, 노, 노, 내가 이겼지! 나 힘센 거 잊었나 봐?"

연하가 깔깔대며 웃음을 터트렸다. 우리의 행복했던 추억을 함께 떠올릴 수 있어서 너무 좋다는 듯. 연하와 함께했던 시간들은 어느 날이고 그립지 않은 순간이 없다. 나를 향해 힘차게 달려오던 연하의 모습, 함께 잠에서 깨어나 침대 위에서 베개를 던지며 레슬링을 벌이던 아침, 산책길에 거리 악사가 연주하던 곡에 맞추어 춤을 추던 그의 몸짓, 그 모든 순간들이 미치도록 그리웠다.

"그리고 뭐… 다. 같이 길을 걷고 웃고, 내가 너를 올려다 보고 뛰고…."

"그래… 그때."

연하는 내가 그의 집으로 달려가던 순간을 떠올리는지 애틋한 미소를 짓는다.

"지금 너도 좋아, 나는."

나는 미처 꺼내지 못했던 마음을 전했다.

"그때가 지금보다 더 좋은 건 사실이야. 너나 나나."

아프지만 인정할 수밖에 없는 진실을 연하는 무척이나 담담하게 꺼내놓고 말을 이었다.

"봐, 인정하면 그뿐이잖아. 이렇게 편하게 다리 얘기도 할 수 있고, 추억도 되새김질하고. 그렇더라고 난. 다리 못 쓰는 것도 기분 그런데, 우리 추억마저 없어진 기분이 드는 건… 너무하다 싶더라고."

나는 너무나 그리운 마음으로 연하를 바라보았다. 그를 만질 수 있다면, 그의 숨결을 다시 느낄 수 있다면…. 작은 틈새가 벌어지자 눌러왔던 갈망이 가슴을 가득 채우며 올라왔다.

연하가 말했다.

"난 아직도… 널 사랑해."

내가 먼저 좋아해 따라다니다 고백했을 때 연하는 내 사랑을 받아주며 짧지만 담백하게 말했었다. '나도 널 사랑해.' 그리고 그 뒤로는 틈만 나면 속삭였다. '사랑해, 사랑해!' 연하 곁을 떠나온 뒤 뻔뻔한 줄 알면서도 속으로는 무척이나 그 말이 그립고 듣고 싶었다. 그런데 삼 년 만에 연하가 말했다. 아직도 널 사랑한다고. 그때처럼 따뜻하고 부드러운 사랑의 속삭임이 내 심장을 순식간에 요동치게 만들었다. 그러나 속 깊은 연하는 혹시나 내가 부담스러울까 봐 몇 마디 덧붙였다.

"있는 그대로 들어. 다시 내게 오란 말이 아니라 그냥 사랑한다고. 하나, 둘…. 열까지 세서 네가 말을 안 하면 다른 화제로 넘어가자. 셋, 넷, 다섯…."

"나도 널 아직 사랑해."

그에게 처음 사랑을 고백했을 때처럼 나는 그렇게 말했다. 여전히 우리 사랑은 진행형이었다. 과거일 뿐이라고 자신을 속여왔지만 나도 연하도 그 진실을 끝내 부정할 수는 없었다.

"다시 내게 올 순 없겠지만… 그치?"

연하는 섣부른 기대를 하고 싶지 않았던지 내 의향을 물었다.

"그래. 절대 다시 너한테 가진 않겠지만, 사랑은 해."

이렇게 말할 수밖에 없는 자신이 뻔뻔스럽게 느껴졌지만 나는 분명하게 말했다. 이것이 내가 그를 위해 할 수 있는 최고의 배려였다.

"동진 선밴?"

연하가 애써 웃으며 물었다. 그건 대답하고 싶지 않았다. 아니, 할 수가 없었다. 동진 선배에 대한 내 감정은 나 자신도 제대로 알지 못하기 때문이다. 단지 외로워서, 그리고 의지가 되기 때문에 그를 필요로 하는 건지 아니면 사랑하고 있는 건지.

"묻지 마?"

"어."

"물으면?"

"피하지, 이렇게."

나는 보란 듯이 휴대폰을 들어 동진 선배에게 전화했다.

"어, 동진 선배. 어디? 다 와가? 맛난 거 사가지고 오나? … 나 연하랑 통화 중."

대답을 피하기 위해 동진 선배에게 전화를 걸었지만, 교정지를 가지러 오기로 되어 있던 터라 어디쯤 왔는지 확인하려는 의도도 있었다.

동진 선배와의 통화를 끝내고 담담하게 연하를 보았다. 연하는 씁쓸한 미소만 지을 뿐 아무 말도 하지 않았다.

얼마 지나지 않아 현관 버튼 키 누르는 소리가 들렸다. 당연히 혼자 들어올 거라고 생각했던 동진 선배가 엄마와 같이 집 안으로 들어왔다. 나는 조금 놀라 엄마에게 물었다.

"엄만, 왜?"

"너 좋아하는 짬뽕 국물 가져왔어."

연락 없이 집에 오지 말라고 했건만 엄마는 여전히 내 말을 귓등으로 듣는다.

"고만 좀 해라!"

내가 화를 내며 자리에서 일어나는 것과 동시에 연하가 반갑게 엄마를 불렀다.

"어머니!"

"가만있어, 너."

연하에게 한마디 하는 사이 엄마가 나를 밀어내고 노트북 앞으로 다가갔다.

"연하네, 연하야!"

"엄마, 좋아 보이시네요."

"이게 얼마 만이야? 오 년도 넘었지? 내가 거기 갔을 때 보고. 반갑다, 야."

동진 선배는 갑작스런 엄마의 출현과 엄마와 연하의 다정한 모습이 불편하고 어색했는지, 슬쩍 다가와 물 한 잔을 부탁했다.

"야, 근데 너 우리 완이랑 왜 결혼 안 해? 너 여자 생겼냐?"

엄마는 이때다 싶었는지 연하에게 질문을 해댔다.

"엄마!"

연하의 상태를 알 리 없는 엄마가 무슨 말을 할지 몰라 내가 목소리를 높였다.

"완이 누나가 저 나이 어려서 싫대요. 애원하다 저도 지쳤고요."

연하는 한술 더 떠 이 상황을 즐기고 있는 것 같았다. 엄마는 나를 노려보더니 '미친년!'이라며 욕을 한다. 나는 동진 선배에게 물 잔을 넘기고 이 어이없는 상황을 종료하기 위해 노트북 앞으로 갔다.

"딸이 미치면 좋겠다! 연하 너 들어가. 컴퓨터 꺼!"

"야, 그러지 말고 그냥 애 넘어뜨려! 싱싱할 때 데려가. 아주 보기도 아까울 만큼 애가 얼마나 예쁜지 아냐? 벗겨놓으면!"

엄마 말에 연하는 뭐가 그리 재밌는지 깔깔거리며 웃음을 터트린다.

"가셔, 가. 어!"

나는 다급히 엄마를 밀어 컴퓨터 앞에서 떼어냈다.

"갈 거야! 가지 말래도."

엄마는 내 팔을 뿌리치고 챙겨온 짬뽕 국물을 차곡차곡 냉장고 안에 집어넣었다. 그러면서 '사랑한다 연하야, 보고 싶다 연하야!' 하며 목소리를 높였다.

겨우 조용해지나 싶었더니 이번엔 연하가 동진 선배를 부른다. 나는 두 남자의 대면이 불편해 연하에게 컴퓨터를 끄라고 화를 냈지만, 동진 선배는 아무렇지 않게 노트북을 제 쪽으로 돌렸다.

"잘 있었냐?"

"형님, 형수님이랑 애들은 잘 있죠?"

순간 동진 선배의 얼굴에 그림자가 드리워졌다. 연하의 질문이 다분히 선배를 불편하게 하려는 의도라는 걸 우리 셋은 잘 알고 있었다. 당혹스럽기는 나도 마찬가지였다. 재빨리 연하에게 인사를 하고 영상통화를 종료해버렸다. 나는 미안한 마음이 들어 동진 선배의 눈치를 살폈다.

"밖으로 나갈까?"

"원고 줘."

동진 선배가 사무적으로 손을 내밀었다.

"나랑 맥주 한잔…."

나는 주섬주섬 웃옷을 챙겨 들었다. 선배를 그냥 보내기엔 마음이 불편했다.

"맥주는 무슨… 유부남이랑! 아무리 대학 선후배지만 남녀가…. 먹지 마!"

엄마가 정색을 하며 끼어들었다. 슬슬 짜증이 올라와 엄마를 노려보았지만 엄마는 끄떡도 하지 않았다. 동진 선배는 어색하게 웃으며 책상 한쪽에 쌓아둔 원고 뭉치를 집어 들었다.

"이거구나. 어머니, 저 급해서 먼저 가요."

"그래라. 그리고 기러기 아빠 그만두고 여편네 오라 그러고!"

"네!"

동진 선배는 겨우 표정 관리를 하며 엄마에게 인사를 하고 현관으로 갔다. 나는 동진 선배에게 다가가 살며시 그의 손을 잡았다. 선배를 그냥 보내기에는 미안하기도 하고 서운하기도 했다. 연하와 엄마에게 연타를 맞은 선배는 내 손을 가볍게 뿌리치고 현관을 빠져나갔다.

"동진이 요즘도 바람피니? 너 대학 때 동진이랑 사귈 때, 그놈이 딴 여자 만나서 헤어진 거 아냐! 네가 재네 출판사에서 일만 안 하면, 내가 저놈 잡아먹어도 시원찮아!"

엄마는 한때 자기 딸을 차버린 선배를 아직도 용서하지 못하고 있었다.

"그만 좀 해, 좀!"

"그러니까 시집가. 저놈한테 미련 있는 것처럼 굴지 말고!"

엄마는 내 속을 잔뜩 긁어놓고는 자기가 더 화를 내며 가버렸다.

세 사람이 내게 남겨놓은 건 구질구질한 죄책감뿐이었다. 연하에게도 미안하고, 동진 선배에게도 미안하고, 아무것도 모르면서 내 속을 뒤집어놓은 엄마에게도 미안했다. 나는 지금 이 세 사람에게 무슨 짓을 하고 있는 걸까? 공중에 매

달린 줄 위에 아슬아슬하게 서 있는 기분이다. 그 누구에게도 온전히 정직하지 못한 채 두려움에 사로잡혀 오도 가도 못하는 비겁쟁이, 그게 바로 나였다.

복잡한 마음에 잔뜩 곤두서 있는데 전화벨이 울렸다. 희자 이모였다. 나는 한숨을 내쉬고 수신 거부를 눌렀다. 차라리 일을 하자 싶어 노트북을 켰다. 일에 빠지는 순간만큼은 복잡한 생각에서 놓여날 수 있을 테니 말이다.

겨우 집중을 하려는 순간 다시 전화가 울렸다. 이번엔 정아 이모였다. 번갈아가며 무슨 일인가 싶어 어쩔 수 없이 전화를 받았다. 그런데 희자 이모가 울먹이면서 경기도 어디에 있는데 문제가 있으니 데리러 와달라고 했다. 전혀 갈 기분이 아니어서 나는 매몰차게 거절했다. 그렇지 않아도 마음이 복작거려 죽겠는데 두 노인네를 데리러 그 먼 데까지 가고 싶지 않았다. 희자 이모는 서운했는지 격앙된 목소리로 우는소리를 했다.

“왜, 왜, 왜 못 와? 생각도 안 해보고 단칼에 왜 못 와? 이, 이모가 이런 일로 너한테 날이면 날마다 전화하는 것도 아닌데. 정아 이모가 운전하다가 운전을 못하겠다고 주저앉았는데… 네가 안 오면 느, 늙은이들 길에서 얼어 죽어?”

“얼어 죽을 날씨 아니거든! 이모 아들딸들 불러요. 그럼 되잖아! 내가 이모들 자식이야? 아니잖아! 근데 왜 이모들 일에 툭하면 내가 나서야 되는데! 나도 일이 있어요! 나는 뭐 맨날 놀아요? 고만 좀 해요, 진짜!"

신경이 곤두서 있는 터라 나도 모르게 목소리가 높아졌다. 희자 이모는 아들이 술을 마셨는지 전화를 안 받는다, 대리운전을 부르면 낯선 놈이 우릴 해치려들 거다 하며 말도 안 되는 핑계를 댔다. 그래도 끝끝내 안 간다고 하자 잔뜩 성질을 부리며 전화를 끊었다.

잠시 후, 희자 이모에게 문자가 날아왔다.

'완아, 너 정말 냉정하구나.'

나는 숨을 크게 몰아쉬었다. 물귀신 같은 노친네들, 한번 곁을 내주면 그들의 모든 장단에 춤을 추라고 성화를 부린다. 나는 신경 쓰지 않겠다 마음먹고 노트북을 두들겼지만, 얼마 지나지 않아 자리에서 벌떡 일어나고 말았다.

"악! 악, 진짜! 뭐야, 진짜! 진드기도 아니고! 아주 사람 들들들 볶는 건 다들 선수야, 선수! 이 밤에 늙은이들이 집구석에 죽으로 가만있지, 뭐한다고 차를 끌고 나가고 난리야, 난리가! 아, 돌아, 진짜! 그리고 뭐가 무서워? 자살할라 그런 건 그럼 뭐 쇼야? 내가 그 나이 먹음 오늘 죽어도 억울할 거 하나 없겠네! 살 만치 살았으면서 뭐가 무서워, 뭐가! 짜증나, 진짜!"

냉정하게 무시하는 것도 불편하긴 마찬가지여서 나는 혼자 악을 써대며 옷을 갈아입고, 체념하듯 가방을 챙겨 밖으로 나갔다.

이모들이 일러준 곳은 경기도의 외진 국도변이었다. 택시를 타고 달려가보니 이모들은 도로에 차를 세워놓고 오들오들 떨며 나를 기다리고 있었다. 말도 없이 서로 손을 마주잡고 진땀을 뻘뻘 흘리는 모습을 보니 조금은 안쓰럽다 싶었다. 하지만 짜증이 다 가실 만큼은 아니었다.

"감기몸살이 심하면 집에 계셔야지, 요양원엔 왜 가? 차를 몰고! 진짜 내가 화를 안 내려야 안 낼 수가 없어! 그리고 이모들은 자식들 없어? 있잖아! 내가 할머니랑 울 엄마 상대하기도 힘에 부쳐, 진짜! 설마… 이모들 친자식만 귀하고 나는 남의 딸이니까, 낮이든 밤이든 막 불러대도 된다고 생각해? 그래? 진짜 그런 거면 나, 진짜진짜 서운하다! 진짜, 서운하다고, 진짜!"

운전을 하면서 내가 그렇게 퍼부어대도 이모들은 아무 말이 없었다. 그저 서로 손을 꼭 잡은 채 넋이 나간 듯 어두운 창밖만 볼 뿐이었다.

차를 몰아 겨우 희자 이모네 집 앞에 도착하자 역시 고맙다는 인사 한마디 없이 차에서 내렸다.

"정아 이모는 왜 내려? 집에 안 가?"

그 말에도 대꾸 없이 집으로 들어가는 이모들을 보며 나는 괜한 고생을 했나 싶어 또 화가 났다.

"야, 진짜 꼰대들 염치없다. 고맙단 인사 한마디가 없네.

나는 저렇게 늙지 말아야지! 아… 싫다!"

한두 번 겪는 일도 아니고, 그럴 때마다 화내봐야 나만 손해다. 나는 대문 밑으로 차 키를 밀어 넣고 오피스텔로 향했다.

다만
외로웠을 뿐

희자는 반쯤 넋이 나간 정아를 소파에 앉혀놓고, 거실에 이불을 깔았다. 그리고 서랍에서 청심환을 찾아 정아에게 먹이고 자신도 한 알 먹은 뒤 힘겹게 이불로 올라가 누웠다.

"누워. 네 발로 걸어와서. 나 힘들어. 어서."

정아가 힘겹게 걸어와 희자 옆에 누웠다.

"아무 생각 말고 자자. 내일 일은 내일 생각해."

애써 정아를 토닥이며 위로했지만 희자는 두려움과 불안 때문에 심장이 벌렁거려 밤새 잠을 이루지 못했다. 그러다 어스름한 새벽, 얕은 잠에 들었던 희자가 번쩍 눈을 떴다.

"피… 피."

희자는 황망히 일어나 숄을 걸치고 부랴부랴 밖으로 나갔다. 그 기척에 잠이 깬 정아도 희자를 따라 나갔다.

"왜, 왜?"

마당은 희뿌연 안개 때문에 한 치 앞도 보이지 않았다. 정아의 질문에 대답이라도 하듯 희자가 안개 속에서 나타나 다시 집 안으로 들어갔다. 그러더니 랜턴을 찾아 들고 다시 밖으로 나왔다. 희자를 따라 대문을 나서던 정아가 발에 밟히는 차 키를 주워 들었다.

그때 희자가 랜턴을 켜 차의 범퍼를 비추었다. 거기 까맣게 굳어버린 피가 소름 끼치도록 선명하게 얼룩져 있었다. 희자와 정아는 심장이 멎는 듯했다. 범퍼에 묻은 피를 보자 간밤에 길가에 버려두고 온 촌로가 떠올랐다. 그는 어떻게 되었을까? 죽었을까? 라이트를 밝히고 자전거 여행을 하는 무리들이 쓰러진 그에게 다가가는 걸 멀리서 확인했을 뿐이었다.

희자는 숨을 크게 몰아쉬고 마당 구석에 있는 물총 호스를 끌고 왔다. 정아는 울음이 나려는 걸 겨우 참으며 트렁크에서 걸레를 꺼냈다. 칠십 평생 큰 죄를 지어본 적도 없고, 죄를 짓게 될 거라 상상해본 적도 없다. 말년에 이 무슨 천벌 받을 짓인가 싶었지만, 천벌을 받을 땐 받더라도 지금은 그저 도망가고 싶은 심정뿐이었다. 그녀들은 간밤에 벌어진 일이 차라리 나쁜 꿈이었길 바라며 피 묻은 범퍼에 물을 뿌리고 박박 힘을 주어 닦았다.

그때, '휙!' 휘파람 소리가 들렸다. 놀라 돌아보니 맞은편 옥상에서 마크가 반가운 듯 미소 짓고 서 있었다.

"상관 마. 저놈 한국말 못해. 신고하고 싶어도 못할 거야."

희자가 잔뜩 겁을 집어먹은 정아를 달래며 범퍼에 물을 뿌렸다. 정아는 깨끗해진 범퍼를 확인하고 도망치듯 운전석에 올라탔다.

"나 갈래."

"그래, 가, 가. 어서!"

희자는 골목을 빠져나가는 정아의 차를 보고 부리나케 집으로 들어갔다. 마크가 의아한 듯 쳐다보는 눈길을 느꼈지만 신경 쓸 여력도 없었다.

정아는 집에 들어오자마자 석균의 아침밥을 준비하느라 분주했다. 하지만 불안한 마음에 내내 가슴이 죄어왔다.

'경찰이 나를 잡아가면 불쌍한 우리 엄마는 어떡해.'

그런 생각으로 정아가 눈물을 훔치고 있는데, 석균이 세수를 마치고 화장실에서 나왔다.

"너는 나 싫다고 나갈 때는 언제고, 왜 다시 기어들어와? 한 번 나갔으면 끝이지. 내 집이 동네 정자나무 밑의 평상도 아니고, 네가 나가고 싶으면 나가고 들어오고 싶으면 들어오는 데냐? 어? 어?"

정아가 왜 그 밤에 집을 나갔는지는 생각지 않고 석균이 몰아붙였다.

"왜 막상 나가보니 갈 데가 없디? 왜 갈 데가 없냐? 너 좋아하는 희자 집에 가면 되지? 왜, 희자가 싫대냐? 그럼 충남이, 영원이 집에 가면 되겠네! 왜 그것들도 싫대냐? 암만, 나 같아도 싫다. 그저 밥만 먹고, 그것도 한 그릇도 아니고 두 그릇, 세 그릇, 네 그릇…. 반찬은 좀 많이 먹어? 누가 너 먹는 걸 삼시 세끼 봤다면 씨름하는 장산 줄 알 거다. 암만, 장사 중에 장사지. 백두장사, 천하장사…."

"고만해, 좀! 내가 뭘 그렇게 많이 먹니!"

내내 잠자코 듣고만 있던 정아가 무채 무치던 그릇을 석균에게 내던지며 소리를 질렀다. 간밤에 일어난 그 사달이 모두 석균 때문인 것만 같아 더 화가 났다. 여행이고 뭐고 다 끝장난 마당에 이 남자의 되도 않는 말을 더는 들어줄 맘이 없었다.

"또 많이 먹으면 좀 어때! 개처럼 소처럼 일하고 그만큼도 안 먹고 살아! 이 개새끼야!"

무채나물을 뒤집어쓴 석균은 전에 없이 악다구니를 쓰는 아내를 보고 놀라 눈이 휘둥그레졌다. 정아는 석균을 지나쳐 거실로 가더니 베개를 베고 누워버렸다.

"이 여편네가 미쳤나?"

석균은 기가 꺾이지 않으려 목소리를 높였다.

"미쳤다, 미쳤어! 어쩔래!"

정아가 베고 있던 베개를 집어던지며 더 악을 써댔다. 석균은 그제야 건드리면 안 되겠구나 싶어 괜스레 바닥에 떨어진 무채를 집어먹으며 아내 눈치를 살폈다.

희자는 아침을 먹고 외출복으로 갈아입은 뒤, 립스틱을 바르며 주문을 외우듯 중얼거렸다.

"하던 대로. 그래, 당황하지 말고 늘 하던 대로 성당을 가는 거야. 성당. 하나님도 보고."

그러다 또 어제 사고로 목숨을 잃었을지도 모르는 그 촌로의 얼굴이 떠올랐다. 희자는 마음이 아파 눈을 질끈 감고 중얼거렸다.

"회개하면 돼. 회개하면…."

그때 집 전화벨이 요란하게 울렸다. 제풀에 놀란 희자가 바르던 립스틱을 얼굴에 긋고 말았다. 이젠 전화벨 소리만 들어도 깜짝깜짝 놀라고 심장이 떨렸다. 그녀는 두려운 마음을 누르며 짐짓 침착하게 전화를 받았다.

"여보… 세요?"

"언니, 나."

충남이었다.

"넌데… 뭐?"

"대체 이 사탤 어쩌면 좋아?"

충남은 심드렁한 말투였지만 희자는 심장이 쿵 내려앉았다. 충남이 뭔가 알고 있는 것 같았다.

"왜… 너한테 연락 갔니?"

"왔지."

"… 뭐래?"

"진짜 나는 어이가 없다. 내가 이렇게 어이가 없는데 언닌 오죽할까 싶고…."

"그래. 많이 어이없지 지금."

희자는 어젯밤 뺑소니가 들통났구나 싶어 금방이라도 눈물이 쏟아질 것 같았다.

"언니, 그러지 말고…."

"알아. 자수."

희자도 자수를 해야겠다고 생각하지 않은 건 아니다.

"자수 언니는 무슨…. 그 언니 죽은 지가 언젠데 내가 그 언니 얘길 해! 기자 언니 얘기야, 내 얘긴."

"기자?"

"내가 늙은이들 이래서 싫어. 언니, 기자 언니 치맨가 봐. 안 그러고선 이건 아니지. 매일 하루걸러 한 번씩 나한테 전화해서, 오늘은 내가 학원 왔다는데도 언니 남편 얘길 하며 사실을 말하라고 종주먹을 대는 거야."

희자는 뺑소니 얘기가 아니라 다행이다 싶었지만, 남의 얘기 좋아하는 기자가 여기저기 전화해 남편 일을 캐묻고 다닌다는 데 화가 났다.

"대체 걔가 뭐라고 종주먹을 대는데?"

"나보고 불라는 거야. 언니가 언니 남편을 벽장에 가둬서 굶겨 죽인 게 맞냐…."

"맞다 그래!"

희자가 언성을 높였다.

"진짜?"

"내가 내 남편을 벽장에 가둬서 굶겨 죽이든 말든, 제가 뭔 상관이야! 맞다 그래, 맞다고! 그러니까 경찰에 신고하라 그래!"

희자는 꽥 소리를 지르고 전화를 끊어버렸다. 가뜩이나 심란해 죽겠는데 별 이상한 게 다 성가시게 한다 싶어 기분이 상했다.

성당에 도착하자마자 상담 신청을 한 희자는 텅 빈 성당 안에서 젊은 신부와 마주 앉았다.

"지금 뭐라고 말씀하셨어요? 잘 안 들렸네요. 조금만 목소릴 크게…."

희자는 예수상을 뚫어져라 보다가 신부에게 눈길을 돌리고 또박또박 말했다.

"제가 사람을 죽였어요, 신부님. 그러니까 내 친구가 차를 운전했는데… 제가 도망가자고…."

"어디서요?"

"용인 가는 현촌사거리. 어제 열 시쯤. 근데, 운전한 친구보다 제 탓이 더 커요. 제가 장롱면허라 운전을 못하는데… 초보운전인 친구한테 오른쪽을 밟으라고…. 근데 그게 브레이크가 아니라 액셀을…."

고백을 하고 나니 한결 마음이 가벼웠다. 신부는 당황한 듯 성호를 그었다.

"당황하셨나 보다."

"그게 아니고, 이 문젠 저보다 연륜 있으신 미카엘 신부님한테 상담 요청을 하시는 게…."

신부는 어쩔 줄 몰라했다. 희자는 다시 예수상을 보며 작게 미소 지었다.

"아니요. 저는 이미 답을 들었네요. 주님은 참 관대하시네요. 나 같은 건 상상할 수 없을 정도로. 주님은 정말 계시네요. 늘 제 옆에 그 어떤 순간에도. 제가 왜 그걸 몰랐을까요."

"마리아 자매님…."

"주님은 제 편이세요. 제 결정이 옳아요. 사고 난 사람을 위해 기도해주세요, 신부님."

희자는 신부에게 가볍게 목례를 하고 자리에서 일어났다. 막 성당 안으로 들어오던 성재가 그녀를 보고 반가운 듯 팔목을 잡았다.

"조희자."

그러나 희자는 눈길도 주지 않고 손목을 뿌리친 뒤 내처 성당을 나왔다. 성재가 멀어지는 그녀를 귀여운 듯 보는데 신부가 다가왔다.

"저기, 요셉 형제님. 고문 변호사 하신다고 했죠?"

"네. 그런데… 왜요?"

신부는 조금 전 희자에게 들은 얘기를 성재에게 털어놓았다. 성재 얼굴이 어두워졌다. 그 얘기가 사실이라면 법적으로 큰 문제가 될 테고, 사실이 아니라면 그녀가 정신적으로 문제가 있다는 얘기였다. 어느 쪽이든 걱정스러운 일이 아닐 수 없었다.

그날 저녁, 정아는 넋이 나간 얼굴로 하염없이 창밖만 바라보고 있었다. 머릿속에서 사고를 당한 촌로의 얼굴이 맴돌아 괴로웠다. 자수를 해야지 마음먹었다가도 자신이 감옥에 가면 불쌍한 엄마 요양비는 어쩔 것이며, 늘 위태위태한 엄마의 임종도 지키지 못할 게 뻔하니 선뜻 용기를 낼 수도 없었다. 아무것도 모르는 석균은 텔레비전을 켜놓고 혼자 깔깔거렸다.

"아이고, 배꼽 빠지네. 참, 아침에 완이 왔다 갔다. 내 차에다가 뭘 두고 갔다면서. 기지배가 대가리가 빠져서는…."

정아 귀에 석균의 말이 들어올 리 없었다. 안방에서 휴대폰이 울려 가보니 희자에게 온 전화였다. 정아는 잠시 망설이다가 전화를 받지 않기로 했다. 어제 일어난 일에 대해 얘기해봤자 서로 더 힘들기만 할 뿐이었다.

다음 날 아침, 희자는 통장과 도장과 카드 그리고 어젯밤 써놓은 편지를 꺼내 테이블 위에 가지런히 올려놓았다. 그녀는 오늘 자수하러 갈 생각이다. 어제 성당에서 결정한 일이었다. 그녀는 먼저 정아에게 전화를 걸었다.

"넌 착한 애니까 당연히 맘이 죽겠겠지. 근데, 사고 네가 낸 거 아냐. 내가 냈지. 내가 액셀 밟으랬잖아. 사실이잖아. 제발 나중에 경찰서 가서 딴소리 마. 사고는 내가 냈어. 넌 무죄야."

"뭘 사고를 네가 내? 운전한 게 난데 내가 냈지! 난 죄가 있어! 유죄야!"

과정이야 어찌되었든 사고를 낸 건 자신인데, 희자가 이치에 맞지 않는 이야기를 계속하자 짜증이 난 정아는 목소리를 높이고 전화를 끊었다.

희자는 전화기를 내려놓고 유서라 생각하며 써놓은 편지를 읽었다.

"마지막이라고 뭐, 애들한테 쓸 말도 없다. 몸조심해라, 부부간에 다투지 마라, 너희들 엄만 잘 살았다. 할 말은 벌써 벌써 다 했네, 다 했어."

그녀는 들여다보던 편지를 다시 예쁘게 접어 테이블 위에 올려놓고 밖으로 나왔다. 대문을 나서니 어떻게 알고 찾아왔는지 성재가 버티고 서서 그녀를 기다리고 있었다.

"내가 변호산 거 알지? 내가 누군지도 알고. 엊그제 밤 네가 한 일… 알고 있어. 나랑 얘기 좀 하자."

희자는 아무것도 듣지 못한 사람처럼 담담히 성재를 지나쳐 한쪽에 서 있는 택시를 향해 걸어갔다. 택시에 올라타려는 그녀 앞으로 성재가 달려왔다.

"연락해. 안 그러면 내가 또 온다."

성재는 그녀 손에 명함을 쥐여주고는 뒤돌아 갔다. 그녀는 그의 뒷모습을 가만히 보았다. 그가 귀찮아 죽겠다고만 생각했는데 제법 든든한 구석이 있구나 싶었다.

희자는 그날 사고로 확실히 깨달았다. 자신은 다만 외로웠을 뿐, 절대 자살할 마음이 없었다는 것을. 살아서 하늘을 보고, 나무를 보고, 사람들을 볼 수 있다는 게 참 감사하다는 것을. 그리고 아이들은 이미 그녀 없이도 잘 살 거라는 확신, 주님은 언제 어디서나 늘 자신과 함께할 거라는 것까지. 그리고 힘든 정아의 죄까지 혼자 뒤집어쓰는 것은 참 행복하고 멋진 결정이라는 위안이 들었다.

그녀가 택시를 타고 찾아간 곳은 영화관이었다. 자수하기 전에 막내아들 민호와 마지막일지도 모르는 데이트를 하고 싶어 약속을 잡아놓았던 것이다. 그녀가 만화영화 표를 사자 민호가 이상하다는 듯 물었다.

“웬 만화영화?”

“내가 너 보여주는 거니까 내 맘이야.”

“내 카드 썼잖아.”

“둘째 카드야. 네 카드는 아까워.”

“잘했어!”

민호는 깔깔 웃다가 그녀 앞으로 손을 내밀었다. 그녀는 익숙하게 아들 손을 잡았다.

만화영화가 시작하고 삼십 분도 채 되지 않아 희자는 민호 어깨에 기대어 잠이 들었다. 손에는 영화 보면서 먹자고 산 솜사탕을 그대로 들고 있었다. 그 솜사탕을 한입 베어 무는 민호의 눈가가 붉게 물들었다. 문득 엄마가 제 입안의 솜사탕처럼 어느 날 흔적도 없이 사라져버릴 수도 있겠단 생각이 들었다. 민호는 만화영화가 두 번 세 번 반복해 나올 때까지, 깨지 않는 엄마를 오래도록 안아주었다. 언젠가는 엄마를 이렇게 안고 싶어도 안지 못할 날이 반드시 오고야 말 테니까.

정아는 사고 생각으로 아무것도 손에 잡히지 않았지만, 첫째 딸 집에 가 욕실을 청소한 뒤 주방에서 김치를 담그고 있었다. 그때까지 기척도 없던 순영이 막 잠에서 깬 얼굴로 방에서 나왔다.

"가셔요."

"잠이나 처자. 왜 깨서 일하는 사람을 가라 마라야."

"돈은 줄게, 가셔. 어서요! 나 학교 가야 돼!"

"학교 가. 누가 뭐래? 하던 거 하고 방 치우고 갈게."

"싫다고! 가시라고! 필요 없다고!"

순영이는 뭐가 못마땅한지 정아 등을 떠밀며 소리를 높였다. 정아는 물기 때문에 꽉 달라붙은 고무장갑을 간신히 빼 던지고 버럭 소리쳤다.

"너는 왜 맨날 입이 댓 발이야! 네가 속 썩이는 자식이 있냐, 남편이 돈을 못 버냐! 대학 나온 것도 모자라 그 나이에 대학원까지 다니며, 왜 맨날 입이 댓 발이야! 그리고 내가 네 집 식모냐? 이년아! 식모라도 이렇겐 안 해! 천날 만날 와도 방구석에 처자빠져 자느라 애미한테 코빼기도 안 보여주는 게, 기껏 한 달 만에 얼굴 제대로 봬주며 뭐? 돈은 줄게 가? 그게 말이냐 애미한테!"

"시끄러, 가."

순영이는 모질게 내치듯 말하고 방으로 들어갔다.

"갈 거다! 가지 말래도, 갈 데 없어도 가! 누가 여기 산대냐?"

정아는 화가 나서 그냥 가버리려다, 거실에 널린 배추며 양념거리가 맘에 걸려 다시 쭈그리고 앉아 주섬주섬 치우기 시작했다.

"가라고, 좀!"

순영이 다시 방에서 나와 버럭 소리를 질렀다.

"이거 치우고… 갈 거야! 이거 치우고!"

정아는 구질구질한 자신이 창피하고, 백날 생각해줘도 화만 내는 딸이 밉고 속상해 손에 든 양념통을 내팽개치고 밖으로 나왔다.

그녀는 뚝뚝 떨어지는 눈물을 훔치며 거리를 걸었다. 인생을 잘못 살아온 것 같아 억울한 기분마저 들었다. 퍼주는 것 말고는 자신이 해줄 수 있는 건 없었다. 믿을 건 몸뚱이밖에 없으니 몸으로 할 수 있는 일이라면 무엇이든 다 해주었다. 그녀가 가족들을 위해 할 수 있는 건 그것뿐이었으니까. 고마워하는 마음은 바라지도 않았다. 그녀가 하고 싶어서 한 일들이었니까. 그런데 그게 무슨 소용인가 싶었다. 그 모든 걸 보상해주리라 믿었던 여행도 그녀를 이용해 먹기 위해 남편이 남발한 공수표였고, 딸년은 자신을 파출부만 못하게 여겼다. 게다가 사고까지 쳐 사람을 죽였다. 이건 잘못되어도 한참 잘못되었다. 어디서부터 어떻게 잘못 살아온 것일까 생각하자니 가슴이 미어지도록 서러웠다.

감히
어린 내가 뭘 다 안다고

벌써 커피만 다섯 잔째다. 집에서는 도통 집중이 되지 않아 출판사에 나왔는데, 썼던 문장을 지웠다 다시 쓰기를 반복하며 커피만 축내고 있다.

"일이 안 돼? 집에서도 일이 안 되고, 나와서도 일이 안 되면 대체 넌 어디서 일이 돼?"

동진 선배가 웃으며 지나가는 말을 했다. 나도 컴퓨터를 뚫어져라 보면서 집중하려고 노력 중이다.

오늘 유난히 집중을 할 수 없는 이유는 이모들 때문이다. 아무래도 무슨 일이 있었던 게 틀림없다. 이모들을 데리러 간 날 입었던 바지에 피가 묻어 있어 이상하다 싶었는데, 정아 이모 차에 떨어뜨리고 온 휴대폰을 가지러 어제 다시 그

차에 가봤더니 바퀴에도 피가 묻어 있었다. 그날 이모들 태도도 심상치 않았다. 정아 이모와 희자 이모는 겁에 질린 사람처럼 둘이 손을 꼭 잡고 땀을 삐질삐질 흘렸다. 그 일이 자꾸 신경 쓰여 일이 손에 잡히지 않았다.

문득 그날 운전하며 봤던 이정표를 기억해내고, 인터넷 창을 열었다. '현촌사거리 사고'를 검색하니, 바로 그날 밤 용인 현촌사거리에서 뺑소니 차 사고가 있었다는 짧은 기사가 떴다. 이모들의 수상한 행동과 핏자국. 설마 아니겠지, 하며 고개를 젓다가 결국 자리에서 벌떡 일어났다. 직접 확인을 해봐야 할 것 같았다.

이모들을 데리러 왔던 부근을 조금 지나자 뺑소니 사고 목격자를 찾는다는 커다란 현수막이 눈에 들어왔다. 바닥엔 사고 당시 피해자가 쓰러졌던 자리를 표시한 흰색 선과 핏자국이 선명히 남아 있었다. 날짜와 사고 시각, 장소까지 모두 그날 이모들의 동선과 일치했다.

나는 밀려오는 두통을 느끼며 머리를 쓸어 올렸다. 이 사태를 어째야 하나 싶어 크게 한숨을 내쉬던 순간 나는 어이가 없어 그대로 굳어버렸다. 저 멀리 커다란 가로수에 머리를 기댄 채 앉아 있는 정아 이모의 모습이 눈에 들어왔던 것이다.

차를 몰고 다가가자 이모는 기다렸다는 듯이 말없이 뒷좌석에 올라탔다. 사람을 치고 도망갈 생각을 한 이모에게 화가 나기도 했지만, 오죽했으면 다시 찾아왔을까 싶어 나도 이모 눈치만 살폈다. 서울로 오는 내내 차창만 보던 이모가 덤덤히 입을 열었다.

"아까 거기서 늙은이가 차 사고를 당했나 봐. 어린애나 젊은 애가 아니라 다행이지 뭐야…."

"이모, 우리 어디 가서 차 한 잔 하자."

"싫어."

"싫어도 마셔요. 나는 이모랑 차 한 잔 꼭 해야겠어."

"다음에 해."

이모는 시선을 앞으로 돌려 룸미러를 뚫어져라 바라보았다. 룸미러엔 늙고 주름진 얼굴에 서글픈 눈을 한 여자가 담겨 있었다.

"이모 이건 아냐. 있잖아, 내 생각에 이건 아닌 거 같아요. 사람이…."

"완아, 시끄러."

이모가 내 말을 끊었다. 화는 나지만 나도 어찌해야 할지 모르겠어서 그저 묵묵히 운전만 했다. 아파트 앞에 도착하자 이모는 가타부타 말 한마디 없이 집으로 들어가버렸다.

"미쳤어, 진짜! 늙은이들이… 자수 안 하면, 피하면 뭘 어쩌겠다고! 그래, 맘대로 해, 맘대로! 나는 뭐 일 없어서 자기들 일에 신경 쓰나! 맘대로 하셔들! 늙어가지고 천년만년 살 것도 아니고 뻔뻔스러워, 정말!"

하지만 내가 그렇게 이모들을 악랄하게 욕하던 그 시간, 이모들은 자수를 결심했다.

희자 이모는 자수를 결심하고 보니 정리할 건 결국 아무것도 없더라고 했다. 정아 이모는 처음엔 절대 자수하지 않으리라 마음먹었단다. 내일모레 죽을 늙은이를 친 게 무슨 큰 죄냐, 불쌍할 것도 없다, 까칠한 자식들과 이기적이고 괴팍한 남편, 죽을 날 받아놓은 엄마만 남겨진 자신의 인생이 불쌍하다면 더 불쌍하다, 그렇게 냉정하게 생각하셨단다. 그런데 나와 집으로 돌아가던 차 안에서 이모는 룸미러에 비친 늙은 자신의 얼굴을 보고 깨달았단다. '나도 참 늙었네. 그럼 나도 그 늙은이처럼 그냥 길거리에서 개죽음을 당해도 되나?' 그건 아닌데 싶더란다. 그러면서 내가 무슨 짓을 한 건가, 그때서야 마음 아프게 죄책감이 일더란다.

그날 저녁, 희자 이모와 정아 이모는 카페에 마주 앉아 담담히 차를 마셨다. 차를 다 마시고 나면 둘이 손을 꼭 잡고 카페 앞 경찰서에 들어가기로 했다. 희자 이모는 어쩌면 이것이 친구와 마주 앉아 여유롭게 차를 마시는 마지막 자리일지 모른다는 생각이 들었다. 그래서 더욱 느긋하고 감미롭게 이 자리를 즐기고 싶었다.

"머플러, 예쁘네."

정아 이모가 희자 이모를 보며 말했다. 희자 이모는 두르고 있던 머플러를 풀어 친구 목에 예쁘게 둘러주었다. 이렇게 고운 머플러 하나 제 돈 주고 가져본 적 없는 친구에게 주는 선물이었다.

"하지 말어, 너 해."

정아 이모가 힘없이 친구의 손등을 쳤다.

"너 해. 그리고 경찰서 가면 내가 했다 그러는 거다. 나는 아무것도 걸릴 게 없잖아. 남편도 없고. 원래는 나 혼자 가려고 했는데…."

고마운 마음에 정아 이모가 작게 웃는데 눈가가 촉촉했다. 희자 이모는 정성 들여 머플러 매듭까지 지어주고 짠한 눈으로 그런 친구를 바라보았다.

이 순간을 좀 더 함께하고 싶어 아주 천천히 차를 마셨는데도 찻잔이 이미 비었다. 희자 이모가 종업원에게 소리쳤다.

"차 한 잔 더 줘요! 아니, 두 잔!"

이모들은 초라하고 억울한 자신들의 인생을 위해, 따뜻한 차 한 잔쯤은 더 오래도록 마셔주고 싶었단다.

"완이한테 연락해."

정아 이모의 말에 희자 이모가 휴대폰을 들고, 서툰 문자를 써나갔다.

'완아, 정아 이모랑 희자 이모야. 우리 지금 경찰서 가는

중이야. 완아, 고마웠다. 그리고 미안했고. 행복하렴.'

문자를 받자마자 이모들이 있는 곳으로 내달렸다. 이모들의 마음을 헤아려주지 못하고 멋대로 판단하고 화를 낸 것이 너무 미안해 가슴이 갈기갈기 찢어지고 눈물이 쏟아졌다.

겁에 잔뜩 질려 와달라는 희자 이모의 전화를 끊고 나는 '뭐가 무서워? 자살할라 그런 건 그럼 뭐 쇼야?' 하며 분통을 터트렸었다. 도로변에서 식은땀을 흘리며 오들오들 떨고 있는 이모들에게 '이 밤에 늙은이들이 집구석에 죽으로 가만있지, 뭐한다고 차를 끌고 나가고 난리야.' 하며 속으로 욕을 퍼부었었다. 사고 현장을 다시 찾아간 정아 이모를 보고도 나는 '미쳤어 진짜, 늙은이들이… 자수 안 하면, 피하면, 뭘 어쩌겠다고! 그래, 맘대로 해, 맘대로! 늙어가지고 천년만년 살 것도 아니고. 뻔뻔스러워, 정말!' 하고 함부로 떠들어댔었다.

그 순간순간들이 내 가슴을 미어지게 했다. 이모들은 결코 뻔뻔하지 않았다. 감히 칠십 평생을 죽어라 힘들게 버텨온 이모들을 어린 내가 다 안다고 함부로 잔인하게 지껄이다니, 미치도록 후회스러웠다. 내가 몰라 그랬다고, 내가 철이 없어 그랬다고, 정말 잘못했다고 진심으로 말해주고 싶었다.

"희자 이모 어디야? 카페 어디? 이모 나 만나고 가. 이모,

나 만나고 가 제발. 카페 어딘데?"

희자 이모가 전화를 받자마자 나는 터져 나오는 울음을 삼키며 간곡하게 부탁했다. 그러면서 죽어라 달렸다. 이모들을 놓치게 될까 봐, 다시는 그녀들을 못 보게 될까 봐. 이대로 그녀들을 보낼 수는 없어 단 일 초도 멈출 수가 없었다.

이모가 얘기한 카페 문을 박차고 뛰어 들어갔을 때 이모들은 이미 그곳을 떠난 뒤였다. 작은 테이블 위에 아직 온기가 남아 있는 찻잔 두 개만이 덩그마니 남아 있었다. 나는 온몸에 힘이 쭉 빠져 이모들이 떠난 테이블을 내려다보았다. 만약 이 자리에 내가 있었다면 차 한 잔이 아니라, 희자 이모에게는 붉은 와인 한 잔, 정아 이모에게는 쓰디쓴 흑맥주 한 병을 사주었을 텐데….

삶이 쌓여
인생의 주름을 만든다

"우리가… 사람을 죽였어요."

희자가 담담하게 입을 열었다. 그리고 브레이큰 줄 알고 액셀을 밟으라고 했다, 자기가 시킨 것이니 자기 탓이라며 정아를 감싸고돌았다. 정아는 그런 희자를 슬픈 눈으로 가만히 보다가 가방에서 피 묻은 걸레를 꺼내 마주 앉은 경찰관 책상 위에 올려놓았다.

"그래도 밟은 건 나예요."

처음엔 반신반의하던 경찰관의 표정이 피 묻은 걸레를 보자 자못 진지해졌다. 그는 책상 서랍에서 비닐 백을 꺼내 걸레를 집어넣으며 옆의 신입 경찰관에게 말했다.

"이분들 일단 보호소로 모셔! 그리고 이거 검사 넘기고 현촌사거리 뺑소니 사건 있나 좀 알아봐."

마음먹고 온 길이지만 그녀들은 곧 감옥에 들어가게 될 거라는 생각에 의기소침해져 바닥만 내려다보았다.

"저 따라오세요."

그녀들은 신입 경찰관을 따라 보호소 안으로 들어갔다. 보호소 안엔 오물을 잔뜩 묻힌 노숙자, 어디서 싸웠는지 옷 여기저기 피를 묻힌 술주정뱅이, 나이답지 않게 화장을 진하게 한 어린 고등학생들까지 갖가지 군상들이 자리를 차지하고 있었다. 희자는 겁먹은 얼굴로 그들을 보다가 막 돌아서는 경찰관을 붙들었다.

"우리 둘이, 어딜 가도 같이…."

희자는 칠십 평생 살면서 가장 잘한 일이 정아를 친구로 둔 것이라 생각하고 있었다. 외로운 자신을 홀로 두지 않고 항상 다정하게 보듬어주는 친구가 바로 정아였다. 정아 소원처럼 길 위를 자유롭게 달리다 행복한 죽음을 맞이할 수는 없겠지만, 철창 안에서라도 서로 외롭지 않게 꼭 붙어 있고 싶었다.

무슨 소리인가 싶어 의아하게 바라보는 경찰관에게 희자가 또박또박 다시 한 번 말했다.

"감방, 같이 넣어달라고. 꼭!"

정아 또한 그런 희자를 보며 그래도 혼자가 아니라 다행이라 생각했다. 그래도 뭐 하나는 다행인 게 있어서 정말 다행이라고 홀로 쓴웃음을 지었다.

얼마 뒤, 담당 경찰관이 그녀들을 데리러 왔다. 그는 책상 앞 의자에 그녀들을 앉히고 손수 커피까지 타서 놓아주었다. 그러고는 책상 컴퓨터를 돌려 화면을 보여주었다.

"다행히 여기가 사고 다발 지역이라 카메라가 있어서 아주 잘 찍었어요. 봐요. 차가 분명히 다르죠! 여기 보이시죠, 차 넘버! 할머니들 차가 아냐!"

정아와 희자가 황급히 돋보기를 꺼내 썼다. 그가 보여준 화면에는 정아의 차와 확연히 대비되는 색깔의 차가 촌로를 치고 달아나는 장면이 찍혀 있었다. 다른 각도에서 찍은 화면에선 차 번호까지 선명하게 보였다. 그가 말한 대로 촌로를 친 차는 그날 밤 정아가 운전했던 차가 아니었다.

"그런데 조사해보니 할머니들도 뭘 치긴 쳤어."

경찰관이 덧붙였다. 그때 눈물범벅이 된 완이 숨을 헐떡이며 경찰서 문을 박차고 들어왔다.

"이모!"

정아와 희자가 멍한 표정으로 완을 돌아보았다.

"안됐게도, 얘가 죽었네! 얘가!"

경찰관의 말에 그녀들은 가슴을 졸이며 다시 컴퓨터 화면으로 고개를 돌렸다. 그리고 피를 흘리며 쓰러져 있는 그것을 돋보기 너머로 자세히 들여다보았다.

"아아, 왜 이러시나 먹어야 된다니까. 원래가 감방 다녀오면 두부 먹는 거래!"

완이는 편의점에서 사 온 두부를 정아 얼굴에 문지르며 배꼽이 빠지도록 깔깔거렸다. 겨우 정신을 차린 희자와 정아도 편의점 앞에 놓인 테이블에서 맥주를 마시며 안도의 웃음을 흘렸다.

그녀들의 뺑소니 사고는 싱겁게도 늙은 노루 한 마리 죽인 것으로 끝이 났다. 완이는 노루 한 마리에 놀란 노친네들이 귀여워 밤새 웃음이 나왔지만 그녀들은 그럴 수 없었다.

희자는 죽은 노루를 위해 새벽까지 기도했다.

'저처럼 오늘 죽어도 괜찮을, 늙은 노루여서 감사합니다. 어미 노루를 잃은 어린 새끼 노루들에게 주님의 은총이 언제나 함께하길 기도합니다.'

정아는 결정적 순간에 죽은 사람을 나 몰라라 하며 뺑소니치던 자신을 용서할 수가 없었다.

"에고… 하늘을 우러러 죄 없단 말 이젠 못하네. 사람을 친 줄 알면서 어떻게 너만 살겠다고 내빼냐. 에으…."

정아는 거실 바닥에 무릎을 꿇고 벽을 보며 자신을 질책했다. 안방에서 석균이 그녀를 보고 잔뜩 화난 목소리로 호통쳤다.

"뭐하냐 너!"

사실 석균에게 벌을 받는 중이던 정아는 입술을 삐죽이

며, 잠시 내렸던 팔을 높이 올렸다.

"아주 그냥 보자 보자 하니까, 어디 남편한테 개새끼야 하고 욕을 해! 밤마다 밥도 안 주고 쏘다니고. 내가 자다가도 분이 안 풀려! 어디 하늘같은 남편한테 버르장머리 없이…. 팔 더 안 올리냐!"

"올려!"

석균이 준 벌이었지만 정아는 나쁜 마음을 먹었던 자신에 대한 반성으로 기꺼이 그 벌을 다 받았다.

화랑을 정리하고 있던 영원에게 뜻밖의 손님이 찾아왔다. 순영이었다. 영원은 느닷없이 찾아온 그녀가 반가우면서도 의아한 생각이 들었다. 어릴 때야 제 엄마 손잡고 여기저기 잘 따라왔었지만, 이렇게 혼자 찾아올 만큼 허물없는 사이는 아니었다.

차를 마시며 대화를 시작한 지 얼마 되지 않아, 순영이 조심스럽게 돈 얘기를 했다.

"돈?"

영원이 궁금해하자 순영은 가지고 온 트렁크를 열어 보였다. 트렁크 안에는 각종 패물들이 가득했다. 순영이 평생 살며 모은 패물들일 터였다.

"대충 쳐도 삼천은 나올 거야."

순영이 어색하게 웃었다. 그러다 트렁크 안에서 작은 돌반지를 발견한 그녀는 그것을 꺼내 새끼손가락에 끼웠다.

"아, 이건 빼자. 이것 빼고 이천만 주라 이모."

영원은 순영이 무슨 일 때문에 갑자기 급한 돈이 필요한 건지 걱정스러웠지만, 묻는 건 관두자 생각하며 테이블 옆에서 종이와 펜을 꺼내 건넸다.

"계좌 적어."

"현찰로 줘. 은행 갔다 오면 안 돼?"

종이와 펜을 도로 밀어놓는 순영의 손이 가늘게 떨렸다. 그제야 영원이 순영의 손목에 나 있는 멍을 발견했다. 잘 살피지 않으면 찾기 힘든 멍이었다. 한쪽 얼굴을 앞머리로 가리고 고개도 잘 돌리지 않는 순영을 보자 무슨 일인지 감이 왔다. 교수 남편을 만나 행복하게 잘 산다고 생각했는데 그게 아니었던 모양이다.

"기다려, 십 분만."

그때 뒤에서 충남의 목소리가 들렸다. 검정고시 학원을 마치고 잠시 들렀다가 둘의 대화를 듣고 끼어든 것이다. 충남은 주변 사람들에게 늘 퍼주는 게 천성인지라 순영의 사정을 듣고 그냥 지나칠 수 없었던 거다.

"영원이 돈이어야만 하는 건 아니잖아. 왜, 내 돈은 싫어?"

"이모… 아니."

"그거 집어넣어."

충남은 턱 끝으로 순영이 잔뜩 싸 들고 온 패물을 가리켰다. 순영이 손사래를 쳤다.

"아니, 이래야 내 맘이 편해."

"그래, 그럼 놔둬."

영원이 대신 답하고 자리에서 일어나 충남을 화랑 구석으로 끌고 갔다.

"정아 언니한텐 셧더마우스!"

"집집마다 딸년들이 난리네."

충남이 구시렁댔다.

"또 누구네 집 딸년이 난린데?"

"난희 딸년 완이 유부남 만나잖아. 알면서 모르는 척. 그러니 배우 한다."

충남이 슬쩍 눈을 흘기며 비아냥대고는 가보라는 듯 영원의 어깨를 두들겼다. 영원은 그녀의 의리는 인정할 만하지만 직선적인 오지랖이 걱정돼 작게 고개를 저었다.

다음 날, 오픈 준비가 한창인 카페 테이블에 앉아 충남이 돈을 나누고 있다. 전날 은행에서 인출해 온 돈다발이 테이블에 가득 쌓여 있다. 이건 그녀가 매달 월례행사처럼 치르는 일이었다.

"여섯, 일곱, 여덟, 아홉, 열. 전북 올케 생활비 십만 원."

충남은 메모장을 꼼꼼하게 확인한 뒤 옆에 있는 둘째 조카 주영에게 돈을 넘겼다. 주영은 불만스런 얼굴로 돈을 받아 이름이 적힌 봉투에 넣었다.

"전남 언니 병원비 백오십만 원."

충남이 주영에게 커다란 돈뭉치를 넘겨주었다. 멀찍이서 걸레질을 하던 첫째 조카 종식이 물었다.

"병원비?"

"오금에 인공관절 박는대."

"팔십 먹어 무슨 수술을…."

돈을 봉투에 넣던 주영이 투덜거렸다.

"진짜 해도 해도 너무하네. 무슨 수술을 해, 팔십 먹어서!"

종식도 걸레를 들고 쫓아와 분노를 터트렸다.

"걷고 싶대잖아. 팔십 먹은 노인이 걷고 싶대잖아! 본인이 울며불며 두 다리로 사람답게 살고 싶다는데 동생이 돼서, 기어 다니라 그러냐?"

"이번 달 장사도 마이너스야. 지난번 하나 남은 건물 팔고 이제 고모한테 남은 건 이 카페 하나랑 교수들한테 산 저 쓰레기 같은 그림, 도자기, 사진밖에 없다고! 고모한테 더는 못 한다 그래!"

몇 년째 카페 일을 도와주며 충남의 사정을 지켜본 두 조카 종식과 주영이 제 일처럼 속상해했다.

"못 한다 그러면 고모가 알았다 그러냐? 밤이고 낮이고 전화해서 울고불고, 자식들 보내서 돈 달라 그러고. 그럼 나만 괴롭냐? 너희들도 못 살어. 안됐다 생각해!"

답답한 마음에 종식이 걸레를 바닥에 내팽개치고는 밖으로 나가버렸다.

"나 죽으면 너희들은 일가친척 거들떠도 보지 말고 싹 다 인연 끊고, 너희들이나 잘 살어!"

충남은 봉투에 돈을 넣고 있는 주영에게 다시 메모장을 읽어주었다.

"큰조카 오십, 작은조카, 육십…."

"아우, 진짜! 형님들 아들 교육비까지 고모가 왜 대? 짜증나게!"

더는 못 참고 주영도 버럭 화를 내고는 나가버렸다.

"너희들만 짜증나? 주는 나는? 주는 나는! 없는 집안에 머리 좋아 수석으로 대학 간 놈을 그럼 나 몰라라 하냐?"

충남도 속이 답답해 조카들이 나간 문을 향해 괜히 고함을 질렀다.

어떤 사람의 인생도 한두 마디로 정의하면 모두 우스꽝스러운 코미디가 되고 만다. 충남도 예외는 아니다. 중졸 콤플렉스에, 자기도 늙은 주제에 늙은일 무시하며 젊은 애만 밝히면서, 정작 독거사를 무서워하는 한심한 꼰대! 이렇게 쉽게 말할 수 있지만 충남이 지금껏 살아온 날들을 생각하면 함부로 얘기할 수만은 없다.

충남은 가난한 시골에서 열두 형제의 막내로 태어나, 제 힘으로 야간 중학교를 다니면서 열세 살부터 방직공장 직공으로 일을 시작했다. 이후 서울 버스, 시골 버스 온갖 버스의 안내양을 거쳤고, 늙은 형제들과 장사치가 되어 전국 팔도 시장을 십 년간 떠돌기도 했다. 그렇게 죽자 사자 간신히 돈을 모은 그녀는 불과 서른에 전국적인 땅 투기 바람에 합류, 결국엔 큰돈을 거머쥐었다. 하지만 그 돈으로도 열두 형제들과 그의 자식들의 자식들의 자식들까지, 육십여 명 가까운 식솔들의 가난을 다 구제할 수는 없었다.

아버지는 열 살 때 물난리가 나 죽고, 어머니는 치매로 길가에서 객사하고. 첫째와 둘째 언니는 홍역과 장티푸스로 돌도 안 돼 죽고 셋째, 넷째, 다섯째 오빠들은 피난가다 적군과 아군 총에 죽었지만, 그들의 어린 자식 여섯을 그녀 곁에 남겼다. 그녀가 좋아했던, 대학까지 간 여섯째 오빠는 술 마시고 난간에서 떨어져 죽고, 막내언니는 생활고에 시달리다 방에서 목을 매 죽었지만, 남은 형제들과 그들의 배우자들은 그래도 너무너무 많아서 현재 뇌졸중, 심근경색, 치매, 암 투병, 고관절과 당뇨병, 고혈압, 저혈압, 간경화로 병원 한 층에 모두 모여 그녀의 등골을 파먹고 살고 있다.

그렇게 결혼도 못하고 지금껏 일가친척 장례만 마흔 번을 넘게 치른 그녀였다. 가난한 제 집안의 원인이 모두 못 배운 무식 때문이라고 믿는 그녀다. 늙은이 싫어하고, 잘난 지식인에게 껌뻑 죽는 충남의 별난 취향도 이만하면 이해가 되고도 남았다.

그 시각 영원은 촬영장 근처 식당에서 밥을 먹고 있었다. 어떻게 알았는지 사인을 받으려고 우르르 몰려든 사람들 때문에 제대로 된 식사는 글렀구나 싶었지만 기분은 좋았다. 나이 들어 퇴물이 되어가는 여배우지만, 그래도 이런 순간엔 내가 아직 살아 있구나 하는 기분이 들었다.

"아이고, 감사합니다. 감사합니다. 아고, 줄들 서요, 넘어져요, 넘어져! 제가 지금 근처에서 촬영 중이라 밥을 못 먹어서… 이해하셔들."

영원은 숟가락을 내려놓고 예쁘게 웃으며 사인을 시작했다.

그녀는 대학 일학년 때 길거리 캐스팅이 돼서 지금까지 일거리 걱정 없이 배우 활동을 했다. 시시때때로 남자들을 갈아치우는 팜므파탈로, 하는 사업마다 잘되고 승승장구하는 사업가로 잘 살고 있다. 하지만 이건 어디까지나 남들이 하는 말, 남들이 보기에 그렇다는 말이다.

"난 저 배우 싫더라. 툭하면 남자를 갈아치우고. 유부남에 연하남에… 결혼을 네 번이나 했다며?"

"스캔들은 열 번도 더 될걸? 요즘은 늙은 사업가랑 산다더라! 어으, 망측해! 맡은 역할들도 다 싫어. 돈 밝히고, 몰상식하게 며느리 머리채 잡고. 지난번엔 남편을 죽이더라, 돈 때문에."

식당 한구석에서 영원이 사인하는 모습을 보던 한 무리의 여자들이 쑥덕이기 시작했다. 하지만 영원은 이런 얘기 한두 번 들어본 게 아니기에 이제 유쾌하게 받아넘길 줄 아는 여유도 생겼다.

"작가가 그렇게 써주는 걸 난들 어떡해? 그리고 결혼은 두 번, 스캔들은 그냥 말 그대로 스캔들. 그리고 나 늙은 사업가랑 안 살아요. 지금은 혼자! 그건 루머! 돌아다니며 일일이 말해줄 수도 없고, 확 신문에 낼까?"

영원이 웃으며 말하자 민망해진 여자들이 자리를 떴다. 그때, 식당 문을 열고 매니저가 들어왔다.

"선생님 촬영이요!"

"어!"

영원은 배를 채워야 힘내서 일을 하지 싶어 남은 밥을 마구 입에 집어넣고 자리에서 일어났다.

물을 뒤집어쓰는 장면을 촬영하고 나자 오한이 나고 온몸이 부들부들 떨렸다. 오물을 뒤집어써도 싼 악독한 역할이니 이런 장면쯤은 아무렇지 않은데, 스태프들이 촬영 중간에 느닷없이 세팅 바꾼다고 수선이었다. 다음 장면으로 촬영이 이어지니 옷을 갈아입을 수도 없었다. 오들오들 떨던 그녀가 결국 참지 못하고 버럭 소리를 질렀다.

"야, 무슨 촬영을 하다 말고 세팅을 다시 해! 사람 물 홀딱 뒤집어쓰게 하고…. 나 감기 걸리면 안 된단 말이야! 빨리빨리 해라 좀! 내가 젊냐?"

재채기까지 해대는 영원이 걱정스러워진 매니저가 세팅 끝나면 나오자며 차로 이끌었다. 그녀는 차 시트를 젖히고 몸을 기댔다.

"약 줘라!"

매니저는 약통을 꺼내면서도 혹 그녀가 쓰러질까 걱정스러운 얼굴을 했다.

"오늘 촬영 접자고…."

"약 줘."

영원이 약을 삼키고 막 다시 누우려는데 차 문이 열리며 스태프가 고개를 들이밀었다.

"나오시라는데요?"

다시 촬영이 시작되었다. 그녀는 언제 아팠냐는 듯 '이년, 이년!' 욕을 하고 젊은 여자의 머리채를 뜯어가며 모질게 연기했다. 아무도 눈치채지 못했지만 영원의 이마와 목에는 식은땀이 흥건했다. 그녀는 제아무리 몸이 힘들고 마음이 괴로워도 카메라 앞에선 언제나 희희낙락 웃음을 팔아야 하는 딴따라였다.

촬영을 마치고 늦은 밤이 되어서야 영원은 완이에게 전화를 걸었다. 충남이 화랑에 와서 하고 간 말이 마음에 걸렸다. 그녀가 느낀 촉으로는 완이와 동진 사이에 분명 뭔가가 있었다. 사랑이라는 게 한 번 빠지면 헤어 나올 수 없고, 그것이 일으키는 현실적 파장이 얼마나 고달픈지 그녀는 누구보다 잘 알고 있었다. 동진이 유부남만 아니면 좋았을 텐데.

"너 요즘 어때? 혹시 동진이 만나니?"

희자와 정아의 뺑소니 사건을 화제 삼아 한바탕 웃고 나서 자연스레 질문을 했다. 그러나 완이는 아무 말이 없다.

"이런 말, 불편해?"

"어."

"연하는… 연락 와?"

"내가 주로 하지. 걔는 어쩌다. 이모, 나 연하가… 아직도 그리워요."

아직도 연하가 그립다는 완이가 너무 안됐어서 영원은 그저 밥 잘 먹으라는 말밖에 하지 못했다. 자신이 어쩔 수 없이 두고 온 사랑이었지만, 잊히지 않는 그 마음이 얼마나 아플지 누구보다 잘 아는 영원이다. 그나저나 동진이 문제를 어쩐다. 만나는 사이가 아니라고 부인하지 못하는 걸 보니, 단순한 사이가 아닌 것은 틀림없어 보였다. 난희가 알면 큰일 날 텐데…. 삼십 년이나 자신을 미워하는 친구였지만 영원은 난희 걱정에 마음이 무거웠다.

왜
미워하지도 못하게…

난희는 농사랄 것도 없는 작은 텃밭도 힘겨워하는 엄마 쌍분을 대신해 열무를 심고 있다. 쌍분은 그 짬을 이용해 텃밭가에서 인봉에게 운동을 시키고, 아버지 호진은 그런 아내를 뚫어져라 바라보고 있다. 젊은 시절 다른 여자들 품을 전전하던 호진은 뇌졸중으로 쓰러진 뒤 저렇게 해바라기처럼 아내만 바라본다. 젊어선 왜 그 사랑을 몰랐나 싶게 호진 눈빛엔 애정이 철철 넘친다

"서른일곱, 서른여덟, 스물아홉…."

쌍분의 구령에 맞춰 팔굽혀펴기를 하던 인봉이 동작을 멈추고 소리친다.

"서른아홉이지 무슨 스물아홉!"

"하기나 해!"

쌍분이 들고 있던 걸레로 인봉의 등짝을 찰싹 때렸다. 난희는 열무를 심다 말고 돌아보며 웃었다.

"그 정도로 개가 아파? 몽둥이 갖다 줄까?"

"고만해라!"

인봉이 동작을 멈추고 난희를 노려보자 쌍분이 이번엔 뒤통수를 쳤다.

"애미가 대학 가라니까 왜 공고 나와 전봇대에서 떨어져! 나 죽으면 너 혼자 어쩔겨!"

"누나 있잖아! 아버지도 있고!"

"네 아버진 내가 데려갈겨! 네 누나 등골 그만 파먹어!"

쌍분 말에 난희가 주저앉아 깔깔 웃음을 터트렸다.

"아이고, 우리 아버지 어째? 엄마가 데리고 간다네!"

호진은 귀가 들리지 않아 무슨 말을 하는 줄도 모르고 그저 쌍분만 보며 웃었다. 쌍분이 호진을 보며 다짐하듯 말한다.

"내가 나 갈 때 꼭 데리고 간다, 너!"

"누가 보면 엄마가 아버지한테 평생 맞고 산 거 모르고 두 부부 사이좋다 하겠네. 엄마, 두 분 합장해드릴까? 나란히."

"합장은 개뿔. 나는 이 산, 네 아버진 저 산!"

난희가 또 까르르 웃음을 터트리는데, 주머니에서 전화

벨이 울렸다. 흙이 잔뜩 묻은 손을 털고 휴대폰을 꺼내 수신자 이름을 보더니 난희가 인상을 찡그렸다. 기자에게 온 전화였다. 무슨 소리를 할지 뻔했지만, 나중에 지청구 듣는 게 싫어 전화를 받았다.

"왜, 또 희자 언니 남편 얘기냐? 언니, 그러지 마라. 언니 할 일 없고 외로워 그러는 건 아는데, 말 만들지 마!"

"궁금하잖아."

얄밉게 웃는 기자가 미워서 희자 언니 남편은 자연사로 죽었으니 제발 그만하라고 호통을 쳤다. 하지만 그 말이 통할 기자가 아니었다.

"야야, 웃기지 마! 자연사는…. 벽장에서 가둬죽였으면서. 그건 그거고, 성재가 동문들 초대한다더라. 너 올 거지? 꼭 와. 꼭 오는 거다!"

기자는 대답도 듣지 않고 전화를 끊어버렸다. 기자처럼 이렇게 말 만드는 공장들이 있다. 난희는 고개를 절레절레 젓다가 멈췄던 일을 다시 시작했다.

"누나, 오늘도 자고 가?"

운동을 마친 인봉이 옆으로 다가왔다.

"영원이랑 한판 뜨러 갈 거라 못 자."

영원의 촬영이 비는 날을 벼르고 기다렸는데 마침 오늘이 그날이었다. 동문회에서 자꾸 마주치는 것도 불편한 데다, 이해하려 할수록 점점 커지기만 하는 분통 때문에 기분이 말이 아니었다. 난희는 이참에 제대로 붙어서 담판을 지을 생각이었다.

밭일을 마치고 저녁이 되어서야 난희가 영원의 집을 찾았다. 좋은 마음으로 온 게 아닌 걸 알면서도 영원은 반갑게 맞아주었다.

"어서 와. 늦었네."

"웃지 마. 따지러 온 거야."

난희가 자신을 밀치고 들어가는데도 영원은 여전히 웃으며 소파를 가리켰다.

"저기 앉아."

영원이 차를 준비하는 동안 집을 둘러보던 난희가 테이블 위에 놓인 사진을 발견했다. 영원의 첫 번째 남편 대철이었다. 유부남이었던 대철은 영원과 결혼하기 위해 부인과 이혼한 남자였다. 그의 사진을 보니 숙희와 바람났던 남편이 떠올랐다. 난희는 기분이 상해 사진을 테이블에 엎어놓았다.

영원이 과일과 차를 가져와 테이블에 내려놓고는 엎어놓은 사진을 다시 똑바로 세웠다. 난희는 그것조차 못마땅해 가시 돋친 말을 뱉었다.

"그 남자, 너랑 살았던 유부남이지?"

"나랑 사랑해 결혼하고, 피치 못해 이혼한 사람이지."

"다시 부인한테 갔다며."

"내가 싫어 간 게 아니라, 부인이 자기 없음 죽겠다니까 갔지. 근데 간 건 간 거고, 못 잊겠는 건 못 잊겠는 거고."

영원은 난희가 자기 속을 긁는 걸 알면서도 웃어넘겼다.

"아, 됐고. 너 지금까지 숙희 년 보는 이유가 뭔데? 걔 보고 나 보고 양다리도 아니고, 너 뭐하는 짓인데?"

난희가 벼르던 얘길 꺼냈다. 영원은 그녀의 단짝 친구였다. 누구보다 좋아했고 믿었던 친구였기에 그때 그 일에 대한 배신감이 너무 컸다. 게다가 자신에겐 원수 같은 숙희를 지금껏 친구로 가까이 두고 있는 영원을 이해할 수 없었다.

"숙희, 병원에서 치료 손 놨대. 말기 암. 그동안 안 봤는데 마지막으로 얼굴 보자고 해서…. 우리 나이가 그러네, 그치? 저승이 코앞."

난희는 생각지도 못했던 말에 순간 마음이 흔들렸다. 하지만 삼십여 년 쌓여 있던 분과 억울함을 밀어낼 만큼은 아니었다.

"아 됐어! 그만해. 아프면 어쩌라고? 아프면 모든 죄가 다 용서되냐? 그래? 그럼 나도 아프고 싶네! 나도 아프고 싶어! 나는 내 인생 조진 숙희 년보다 네가 더 미워! 내 절친이란 년이, 나한텐 그년이랑 끝낸대놓고, 미국에서 만나가지고 온갖 좋은 데 쏘다니며 희희낙락…."

속사포처럼 원망을 쏟아내는 난희 앞에서 갑자기 영원이

스카프를 풀기 시작했다. 그러자 목을 가로지르는 커다란 흉터 자국이 드러났다. 난희가 말문이 막혀 멈칫하자 영원이 담담히 입을 열었다.

"목 딴 건 아니고, 갑상선암. 그땐 수술 기술이 없어서. 흉하지? 미국 가서 바로 병에 걸렸는데 숙희가 소문 듣고 왔더라고."

"그, 그, 그래 좋다. 그, 그땐 수술 때문이라 치고, 그다음엔? 그다음에도 봤잖아!"

난희는 당황스러워 말을 더듬거리면서도 고집스럽게 영원을 몰아붙였다.

영원은 오늘 모든 오해를 풀겠다고 마음먹은 터라 입고 있던 셔츠와 속옷을 벗고 가발까지 벗었다. 난희는 충격으로 굳어버려 아무 말도 할 수 없었다. 봉긋하니 예뻤던 영원의 유방이 사라진 자리엔 칼자국만 남아 있었고, 그 풍성하던 머리칼도 뭉텅이로 빠져나가 애처로웠다. 뒤돌아 보여준 등짝에도 흉한 칼자국이 무성했다. 도대체 영원에게 무슨 일이 있었던 걸까. 할 말을 잃고 그저 바라보고만 있는 난희의 눈가가 붉어졌다.

영원은 주섬주섬 옷을 챙겨 입었다.

"처음엔 한쪽만 암이었는데, 그래서 등짝 오려서 복원 수술까지 받았는데 다시 다른 쪽에 암이…. 그래서 잘랐네. 이후에 다시 난소암으로 아랫배 따고. 항암 한 달 남았어. 일

년 전 다른 쪽 난소가 또 재발했거든. 암이 한 번 걸린다고 안 끝나더라고. 항암이 끝나도 늘 불안불안하고. 숙희 이용했어 내가. 간호할 사람이 없더라고. 완이랑 어머닌 아는데 내가 너한테 말하지 말랬어. 너 화났는데 이거 빌미 삼아 나 동정하느라 화병 날까 봐. 배우니까 이미지도 있고."

그 큰일을 아무렇지 않은 듯 담담히 말하던 영원이 가발을 머리에 얹고 난희에게 물었다.

"잘 썼니, 나?"

"거울 보면 알겠네!"

거울 없이도 가발을 능숙하게 쓰는 영원의 모습에 난희는 속이 아팠지만, 입에서는 매운 말이 튀어나갔다.

"우리 집엔 거울이 없어요. 난 내 몸 보기 싫어. 좀 미워. 밥 먹고 가라."

난희는 영원이 정말 미웠다. 분하고 억울한 세월을 그녀를 미워하는 걸로 풀어왔는데, 그렇게 미워하는 마음으로 악다구니를 쳐야 그나마 위안이 될 것 같았는데, 영원이는 자신이 품었던 그 미움조차 죄가 되게 만들었다. 영원은 혼자 죽을 고비를 넘기면서 아무것도 모르는 난희가 그녀를 미워하도록 내버려둔 나쁜 친구였다. 미워했던 그 세월이 죄스러워서 난희는 상처투성이로 서 있는 친구가 가슴 저리게 아팠다.

"그, 그러게 유부남 만나고 지저분하게 왜 살아? 그러니까 그딴 병이 걸리지! 천벌 받은 거야. 알아? 할 말 있어?"

"없지. 천벌 받은 년이 무슨 할 말이 있냐. 그냥 아팠다고, 나도 걔 보는 데는 사정이 있었다고… 그냥 말하는 거야."

영원의 눈에 눈물이 고였다. 난희 눈에도 눈물이 고였다. 난희는 더 이상 영원이를 미워할 수 없다는 걸 알았다. 이미 모진 말들을 쏟아낸 자신이 부끄럽고 싫어서 황망히 영원의 집을 빠져나왔다. 지나가는 사람이 쳐다보든 말든 눈물 콧물 쏟아내며 울고 있는 난희의 가슴은 미워했던 시간만큼, 그리고 원망했던 마음만큼 처절하게 무너지고 있었다.

쥐어뜯고 싸워도
친구니까 괜찮아

희자는 아침 미사를 끝내고 오늘도 어김없이 자신을 따라 나오는 성재에게 작정하고 따져 물었다.

"저번 날 그랬잖아요, 그쪽이! 내가 저번 날 밤에 한 짓을 다 안다고! 대체 저번 날 밤, 내가 뭘 했는데? 내가 뭘 했는데, 대체!"

성재는 그런 그녀를 가만히 보다가 귀여운 듯 미소를 지었다.

"노루 쳤지?"

희자는 옛날이나 지금이나 자신을 놀리며 즐거워하는 성재가 얄미워 눈을 흘겼다.

"사람을 놀리고…. 예나 지금이나 여자 갖고 노는 게 취미야, 이성재 씨는?"

"너, 내가 이성재인 줄 아는구나. 그렇게 모르는 척을 하더니."

성재가 반색을 했다.

"내 인생에서 이성재 씨는 오십 년 전에 이미 끝났어요."

"오십 년 전 너 동네에서 이사 가기 전날, 나랑 만나기로 한 그 재 너머 성황당에 내가 안 가서?"

희자는 문득 성재에게 버림받았던 그 밤이 떠올라 속상했다. 부엉이 우는 소리가 요란했던 그날 밤 희자는 두려움을 이기며 어두운 성황당에서 그를 기다렸다. 하지만 그는 끝내 나타나지 않았다.

희자는 성재를 노려보다가 이내 발길을 돌렸다. 성재가 그녀 앞을 막아섰다.

"가려고 했어. 근데 어머니가 쓰러지셨어. 네 남편 정철이 형한테 못 간다 전해달랬어. 근데 형이 내 말은 안 전하고, 그날 거기 가서 널 꼬신 거야. 이후 넌 내 연락 끊었고. 내가 그 사실을 안 건 형이 너랑 결혼하고 나서 말해줘서 안 거야."

희자는 오십 년 지난 일에 죽은 남편까지 들먹이는 게 화가 났다.

"죽은 자는 말이 없다고, 말 막 해요 지금?"

"사실이니까."

성재가 진심을 다해 말했지만 희자는 더 들을 것도 없다는 듯 버스 정류장을 향해 걸어갔다.

"그래서 동문 파티 안 온다고? 석균이 형, 쌍분 어머님, 정아 씨, 충남이, 영원이, 난희, 기자까지 다 오는데 안 온다고?"

성재가 등 뒤에서 소리쳤다. 내일 그가 동문들을 집으로 초대해 파티를 연다는 소식은 희자도 알고 있었다. 딱히 갈 마음이 없었는데 성재 입에서 기자 이름이 나오자 잠시 멈칫했다. 하지만 희자는 가타부타 대답 없이 내처 걸었다.

"아, 됐다. 말어. 내가 뭐 구걸하는 것도 아니고 안 오면 말지, 뭐."

성재는 빠른 걸음으로 희자를 지나치며 구시렁댔다.

"갈 거야! 기자 오면 나도 가."

희자가 그렇게 말하고 발 빠르게 가버리자 성재는 웃으며 고개를 저었다.

충남은 음식 준비를 도와달라는 성재의 문자를 받고 퍽이나 설렜다. 성재는 옛날 그녀의 첫사랑이었다. 나이 들어 주책이다 싶었지만 둘 다 싱글인데 못 꼬실 건 뭐냐는 생각도 들었다.

성재와 함께 장을 봐서 그의 오피스텔에 들어갔다. 일흔 넘은 노인이 홀로 사는 집이라기에는 젊은 냄새가 풀풀 넘치는 집이었다. 집 안에는 아내와 같이 찍은 사진들이 유난히 많이 놓여 있었다. 사진 속 두 사람은 다정해 보였고, 그의 아내는 아파서 수척한 얼굴에도 행복한 미소를 짓고 있었다.

"부인이 참 고왔네."

충남이 사진을 보며 말했다. 성재는 죽은 부인 이야기를 피하고 싶은지 말을 돌렸다.

"네 덕분에 내일 동문회가 거하게 치러지겠다. 근데 넌 왜 여적 혼자야? 설마 나 기다렸냐?"

"뭐래?"

"너 예전에 오빠 오빠 하며 나 쫓아다녔잖아. 영화 보여달라 애원하고."

"언제? 언제? 나는 내 가족들 때문에 여기저기 돈 빌리러 다닌 게 치가 떨려서, 나이 들어 누구한테 단 한 번도 뭘 부탁한 적이 없네! 늙었어? 없는 말을 지어내고!"

충남은 언제 적 얘기를 잊지도 않고 꺼내 놀리는 성재가 얄미워 시치미를 뗐다.

"그랬나? 내 기억이 틀렸나? 근데 아직도 되게 귀엽다, 너. 하하하."

성재는 얼굴을 붉히는 충남의 표정이 어린 시절과 똑같아서 예전처럼 그녀의 앞머리를 흩뜨렸다. 충남은 그 손길이 싫지 않았지만 민망한 기분에 손등을 탁 쳤다.

"늙은 여자 머릴 왜 만져! 소문에 선수였다더니, 진짜 그랬나 보네?"

"허허허. 그때가 좋았지. 바람필 수 있을 때, 그때가 좋았어!"

성재가 호탕하게 웃었다.

음식 준비를 마치자 성재가 차로 데려다주겠다며 충남을 따라나섰다. 멋들어진 선글라스를 끼고 운전하는 성재, 오디오에서 흘러나오는 잔잔한 음악, 시원하게 스쳐 지나가는 차창 밖 풍경이 충남에겐 더없이 로맨틱하게 느껴졌다.

"우리 이러고 가니까, 꼭 젊어서 연애하는 거 같다. 그치?"

성재가 기분 좋은 웃음을 띠며 말했다.

"오빠는 그래? 난 글쎄네."

충남은 마음에도 없는 소리를 했다.

"이상하게… 아무리 늙어도 마음은 안 늙어. 몸 따라 마음도 같이 늙으면 덜 외로울 거 같은데…."

그렇게 말하고 성재가 콧노래를 흥얼거렸다. 충남은 그의 말에 가슴이 설레는 걸 느꼈다. 얼마 만에 느껴보는 감정인지 모른다. 자신에게 아직도 이런 게 남아 있는 줄은 몰랐다. 그의 말대로 몸은 늙어도 마음은 늙지 않는 것인가 싶기도 했다. 그녀는 가슴을 간질이는 작은 떨림을 음미하며, 아직은 제 인생도 사랑도 끝나지 않은 거라고 자신에게 속삭였다.

다음 날 아침, 희자와 정아는 성재 집에 가져갈 선물을 사기 위해 마트에 들렀다. 그런데 정아가 무심결에 들려준 이야기에 희자가 팩 토라졌다. 며칠 전 술자리에서 석균이 성재에게 희자랑 잤냐고 물어봤더니 성재가 가타부타 대답 없이 웃기만 했다는 것이다.

"웃어?"

희자가 성난 목소리로 되물었다.

"그래, 웃더래. 이 양반이 아주 신이 났더라고. 잤네, 잤어, 하면서."

"실성했대? 왜 웃어?"

"내 말이. 오해 사게 왜 웃냐고."

정아는 떠보듯 말끝을 올리고 희자를 살폈다. 희자는 기가 막혀 콧바람을 흥흥 내뿜다가, 정아가 고른 물건을 도로 진열대에 놓으며 소리쳤다.

"사지 마! 그냥 가."

성큼성큼 걸어가는 희자 뒤를 쫄래쫄래 따라가며 정아가 물었다.

"따질 거야?"

"따져야지."

"밥은 먹고 따져. 밥상머리에서 밥도 못 먹게 하지 말고.

다 먹고 난 연후에. 근데… 진짜 둘이 잤니?"

희자가 걸음을 멈추고 노려보자 정아는 민망한 듯 휴대폰을 꺼내며 구시렁거렸다.

"늙어 그게 뭐 흉이냐? 근데 순영이 앤 왜 전화를 안 받아? 저번 일로 삐쳤나? 에고… 자식이 아니라 상전이네, 상전."

정아는 며칠째 통화가 안 되는 순영이 마음에 걸렸다. 그래도 애미한테 쏘가지 부리는 줄로만 알았지, 순영이 짐을 싸들고 나와 창문도 없는 고시원에 들어가 있을 줄은 꿈에도 생각지 못했다.

성재 집에선 동문회 준비가 한창이었다. 제일 먼저 도착한 충남은 성재를 도와 식탁에 음식을 내놓았다. 영원이 열어놓은 문으로 들어서며 반갑게 인사했다.

"언니, 벌써 왔네?"

"야, 이게 누구야? 영원이."

성재가 알아보고 달려 나가자 영원이 그를 얼싸안았다. 두 사람의 모습에 질투를 느낀 충남이 구시렁댔다.

"미국 사람도 아니면서 뭐하는 짓이야?"

"에라, 그럼 내친김에 이것까지다!"

영원은 보란 듯이 성재 볼에 입을 맞췄다.

"앉아, 앉아! 가끔 티브이에서 보니 어제 본 것 같네. 차

가져올게."

성재가 너털웃음을 지으며 주방으로 가자, 충남이 거실 상에 음식을 내려놓으며 못마땅한 표정을 지었다.

"음식 날러!"

대충 충남의 마음을 눈치챈 영원이 귓속말을 했다.

"둘이 신혼 같다. 좋지?"

"미쳤어."

슬쩍 눈을 흘기며 핀잔을 주는 충남의 입꼬리가 말과는 달리 슬쩍 올라갔다.

곧이어 기자, 석균, 정아, 희자, 난희와 쌍분이 모두 모여 왁자지껄한 동문회가 시작되었다. 희자는 오늘 기자와 담판을 지으려고 단단히 벼르고 온 참이라 표정이 밝지 못했다. 마트에서부터 기분이 나빠 있었지만, 밥은 먹고 따지라는 정아의 신신당부 때문에 식사가 끝날 때까지 꾹 참았다. 그러다 술이 몇 잔씩 돌고 나자 작정하고 온 말을 끄집어냈다.

"왜? 놀랐니? 내 남편 바람폈대서? 나도 험한 꼴 당하고 살았어! 그래도 당시에 나, 내 남편 바람핀 거 아무한테도 말 안 했어. 애들 생각해서. 내가 그때 충격으로 이 병 저 병 걸려 허구한 날 병원 신셀 지면서도… 나, 정아한테조차…."

"맞아. 나한테도 안 했어."

정아가 맞장구를 쳤다. 그러자 가만 듣고 있던 난희도 희자 편을 들었다.

"형부가… 언니가 하도 참고 이 꼴 저 꼴 다 봐주다 병드니까, 죄책감에 그냥 제가 제 발로 걸어서 벽장 들어간 거야. '여보, 나 당신 자는 방 벽장에 가둬줘. 다신 바람 못 피게.' 하시면서!"

"벽장 들어간다잖아, 내 남편이! 나한테 사죄한다고!"

희자가 흥분해서 소리쳤다. 남편 죽은 것만도 원통한데 굶겨 죽였다는 누명까지 쓰는 건 참을 수 없었다.

"그러다 돌연사 하신 거고. 자다 죽었으니 당연히 몰랐지."

난희가 자초지종을 마무리했다.

"남자 새끼들은 왜 다들 그렇게 바람을 핀다니? 아랫도릴 그냥 콱! 다시 태어나면 다 개돼지로 태어나라!"

기자가 미안한지 버럭 소리를 지르고, 저만 몰리는 상황이 속상했는지 희자에게 따졌다.

"그래도 나도 친군데, 그런 일이 있으면 나한테 오늘처럼 상세히 말을 해줘야지! 왜 띄엄띄엄…."

"띄엄띄엄은…. 다 해줬는데 언니가 우겼잖아! 왜 우리까지 이상한 사람 만들어? 미안하다 잘못했다 하고 끝내 언니."

내내 조용히 듣고만 있던 영원이 딱 잘라 말했다. 기자는 자존심을 세워가며 뻗대던 것도 소용없어지자 더는 아무 말도 못하고 물만 마셨다. 희자는 아직 따질 게 남았는지 다시 기자를 다그쳤다.

"누가 전했니, 그 말? 나는 너한테 남편 벽장에서 죽은 거 말한 적이 없는데. 말해. 그 말 전한 사람이 대체 누구니?"

순간, 석균과 충남이 동시에 딸꾹질을 했다. 둘 다 찔리는 구석이 있는 모양이었다. 사람들 시선이 둘에게 집중되자 충남이 다급하게 손사래를 쳤다.

"왜 날 봐? 오빠지?"

충남이 다그치자 석균은 대꾸도 못하고 물만 벌컥벌컥 들이켰다. 정아가 석균의 허벅지를 꼬집었다.

"으이그!"

"아… 나는 그냥… 그냥…."

석균은 변명거리를 찾아 말을 더듬다가 괜히 기자에게 호통을 쳤다.

"너 사람이 왜 그래? 내가 벽장에서 죽었다고 했지, 가둬 죽였다 했냐? 아이고, 내가 그냥 없어져버려야 이 꼴을 안 당하지!"

석균은 큰 모함이라도 당한 사람처럼 지레 성질을 부리고 자리에서 벌떡 일어났다. 성재가 석균을 잡으려고 하자 정아가 앉으라고 손짓했다.

"냅둬요. 일 가는 거야. 그리고 기자 너, 남의 상처 갖고 말 만드는 거 아냐! 안됐다곤 못할망정 그러지 마, 늙어서!"

기자는 억울하다는 듯 얼굴을 찌푸리며 푸념을 늘어놓았다.

"그래, 다 내 잘못이다. 다 내 잘못이야! 너희들 그러는 거 아니다. 맨날 너희들끼리 편먹고, 사람 왕따시키고…. 내가 가진 거 없이 못산다고 그러는 거 아냐. 내가 살아온 날들을 생각하면 너희들이 나한테 이러진 못한다. 여기서 나보다 고생한 년 있으면 나와보라 그래. 시댁 식구, 남편, 이혼한 애들 하나같이…. 진짜 나보다 힘든 년 있으면 나와보라고!"

"여기 있네! 오쌍분 여사!"

난희가 짜증난 얼굴로 제 엄마를 가리켰다. 쌍분은 자기 얘기하는 줄도 모르고 꾸벅꾸벅 졸고 있었다.

"내 아래로 자식 둘 죽고, 남편한테 육십 년 넘게 맞고 산 울 어머니 여기 계시네! 딸년은 과부에 아들은 장애인! 우리 아버지가 육대독자, 다리 분질러져서야 술 끊고 입 닫고 엄마한테 들던 몽둥이 내려놓으셨어! 언니, 아무리 급해도 우리 엄마 앞에서 고생 자랑은 아니지!"

"그래, 그래. 내가 죽일 년이다! 내가 죽일 년!"

기자는 그렇게 악을 쓰고는 팩 토라져 나가버렸다. 영원이 따라 나가려 하자 난희가 손을 잡아챘다.

"앉아! 저 언니 달래고 싶으면, 오늘 언니 보도로 일하는 콜라텍이나 가자."

"콜라텍?"

"기자 언니가 우리 다 거기 데리고 가고 싶은데, 자존심에 말은 못하고 딴지 거는 거야. 그 일도 손님을 데려가야 가오가 서거든."

난희의 설명을 듣고도 영원은 무슨 소린가 하는 얼굴이다. 난희는 가보면 안다며 히히 웃고는 영원에게 과일 한 쪽을 내밀었다.

"넌 꼭 가. 얼굴마담으로."

그것이 난희가 미안하다는 말 대신 청하는 화해임을 알아챈 영원은 과일을 냉큼 받아먹으며 싱긋 웃었다.

분위기가 슬슬 정리되는 것 같자 정아가 희자에게 눈짓을 했다.

"우리도 이제 가자."

희자는 들은 체도 안 하고 이번엔 성재에게 따졌다.

"석균 씨한테 나랑 잤다 그랬다면서요? 우리가 언제 잤어요? 따, 딱 한 번 입 맞춘 적은 있어도 우리가 언제 자!"

느닷없는 희자의 말에 깜짝 놀란 충남이 딸꾹질을 했다. 오십 년도 더 된 옛날 일인 줄 알면서도 충남은 왠지 성재에게 서운한 마음이 들었다.

여자들만 콜라텍에서 만나기로 한 뒤 각자 차에 나눠 타고 성재 집을 나왔다. 충남을 제 차에 태운 영원이 농담 반진담 반으로 성재와 사귀어보라며 그녀를 부추겼다.

"지난 일이야."

충남은 차창 밖으로 고개를 돌렸다.

"지난 일은…. 그럼 아까 오빠한테 먹을 거 주고, 딸꾹질하고, 틈만 나면 오빠 보고… 그건 다 뭐니? 그냥 사귀자 그래."

충남이 어이없다는 듯 고개를 돌려 영원을 빤히 보았다.

"뭘 봐? 친구처럼 애인처럼 좀 좋아? 연애하면 치매 예방도 된대."

"치매 안 걸리려고 연애하니?"

"그럼 어때?"

"됐다 그래. 그리고 왜 내가 먼저 사귀자 그래? 자기가 그럼 몰라도."

"늙어 그게 뭐 문제야?"

"내가 스물두 살 첫 적금 타서 목돈 만지던 날, 하늘에 두고 맹세한 사람이야. 다신 남한테 부탁 않는다! 온 형제들이 사는 데 허덕이며 여기저기 빚 얻으러 다니고 일자리 사정하러 다니고…. 구걸, 동냥은 그때로 됐어. 난 절대, 절대, 다신 누구한테든 대가리 안 숙여."

"머리 숙이면 어때? 머리가 떨어지는 것도 아닌데. 언니, 옛날에 사귀었던 교장 선생님도 언니가 좀만 머리 숙였음 잡을 수 있었어. 그 남자 비위 맞추기 싫다고 꼬장꼬장하다,

떠나고 나서 언니 얼마나 울었니?"

"됐다고! 머리 안 숙여! 초라한 거 딱 질색이야!"

충남은 속상한 표정을 감추려 다시 창밖으로 시선을 돌렸다.

"그러셔. 혼자 독야청청, 독고다이 하셔! 내가 말을 말지."

"내가 여적도 혼자 살았는데 이제 와 왜 고갤 숙여? 외롭지도 않은데."

충남은 짐짓 외롭지 않다고 당당하게 말했지만, 서글픈 거짓말이었다. 때마침 성재에게 문자가 왔다.

'만나서 반가웠다. 또 보자.'

충남은 문자를 뚫어지게 쳐다봤다. 자신이 외로운 것인지, 이 짧은 문자에도 충남의 가슴은 봄날 바람처럼 설레었다.

희자는 정아를 따라 콜라텍 앞까지 와놓고 절대 안 들어가겠다고 버텼다. 어쩔 수 없이 희자를 제외하고 모두 안으로 들어갔다. 쌍분은 처음 보는 콜라텍이 신기한지 춤추는 노인들을 보고 '돌았나? 잘 도네.' 하며 신이 났고, 정아도 물개 박수를 치며 '이런 세상이 있는 줄도 모르고 죽었으면 억울했겠다.'고 깔깔거렸다. 기자는 영원이 와준 게 반갑고 좋아서 얼싸안고는 연달아 고맙단 인사를 했다.

그때, 충남 앞으로 한 노인이 다가와 춤을 추자며 손을 내밀었다. 안 그래도 늙은이와 어울리기 싫어하는 충남 눈에 그가 들어올 리 없다는 걸 잘 아는 난희가 얼른 노인 앞에 나섰다.

"이 언니 춤 못 춰요. 사장님, 가셔요."

그러고는 주머니에서 휴대폰을 꺼내 문자를 확인하더니 살짝 미소를 지었다.

"오 분 있다가 나와, 오 분."

난희는 기자에게 귓속말을 하고는 휴대폰을 쥔 채 밖으로 나갔다. 콜라텍 앞에 희자가 서 있었다.

"들어갔다가 가. 여기까지 와서 안 들어가는 건 또 뭐야?"

난희가 손을 잡아 끌었지만 희자는 싫은 표정을 짓고는 손을 휘저었다.

"난 싫어, 이런 데. 너도 이런 데 다니지 마. 격 떨어져. 그리고 아무리 먹고살 게 없어도 보도가 뭐니, 보도가? 파출부를 하든가 차라리 쓰레길 줍지."

"허리 수술 받고 어떻게 파출부를 하고 쓰레기를 줍니? 언니, 우리는 팔자 좋아 먹고살 건 걱정 안 하잖아. 기자 언닌 안 그래. 이렇게라도 사는 게 기특하지. 그리고 여기 있는 사람들 무시하지 마. 늙은이들 방구석에 있으면 병나니까 푼돈 쥐고 와서 이렇게라도 시간 때우는 거야. 외로워 그런다고, 외로워. 나도 그렇고. 여기 안 오면 내가 뭐하니? 완이 년은 저 알아서 잘 산다고 상관 말라 그러고, 티비 보는 것도 하루 이틀이지!"

희자는 듣고 보니 그럴 만하겠다 싶어 미안한 마음이 들었다.

"알았어. 너는 다녀. 근데 나는 안 들어갈래."

그때 기자가 나와 괜히 퉁명스럽게 말을 붙였다.

"왜, 또 시비 걸라고 나 부르냐?"

난희가 그런 거 아니니 좋게좋게 얘기하라는 당부를 하고 콜라텍으로 들어가자, 희자가 기자 손을 잡고 골목으로 걸어갔다.

"왜, 골목에서 붙게?"

기자가 부루퉁해서 시비를 붙였지만, 정작 희자가 내민 건 하얀 돈 봉투였다.

"야, 야 이러지 마. 왜 돈을 줘 나한테!"

기자가 당황해서 손사래를 쳤다. 희자는 콜라텍에 오기 전에 정아에게 기자 사정을 전해 들었다. 이혼한 아들의 애를 혼자 키운다는 얘기를 들으니 속이 상해서 생활비 한 번은 보태주고 싶었다. 그리고 보도 같은 거 하지 말라고 얘기할 생각이었지만 난희 말을 듣고 그 얘기는 관두기로 했다.

"조용히 하고 좀 넣어둬, 좀!"

"너, 나 동정하냐?"

기자가 돈 봉투를 들고 속상한 마음에 울먹였다.

"동정은 무슨… 친구 사이에 우정이지! 너 싫으면 네 손주 용돈 줘! 내가 네 손주 용돈도 못 줘?"

희자는 혹시 돈을 돌려줄까 봐 급하게 발걸음을 옮겼다. 몇 걸음 걸어가던 희자가 무슨 생각이 났는지 다시 기자에게 다가왔다.

"내가 가게 안 들어가는 건 너 무시하는 게 아니고 나는 그냥 시끄러운 데가 싫어. 그리고 허리 조심해. 어? 전화하고. 어?"

희자는 기자 손을 한 번 꼭 잡고 다시 바쁘게 걸어갔다. 기자는 친구의 뒷모습을 보다가 들고 있던 봉투를 슬며시 열었다. 오만 원짜리 지폐가 빼곡히 들어 있는 것을 보자 순간 마음이 울컥했다.

"친구야… 고맙다!"

기자의 목소리에 희자가 걸음을 멈췄다. 그리고 돌아서서 다시 친구 앞으로 종종걸음 쳐 왔다.

"그래, 가보자 콜라텍!"

청춘도 한때, 늙어 친구들과 어울려 노는 것도 한때가 되리라.

박완,
이제 그만!

며칠째 연하가 내 전화를 피하고 있다. 그에게 무슨 일이 생긴 건 아닌지 불안하기도 하고, 이대로 그와 인연이 끊어질까 봐 조바심이 일기도 한다. 다시 전화를 해봐도 받지 않는다.

나는 왜 이러고 있는 걸까. 나는 대체 어떤 사람일까. 사람들이 보는 나는 어떨까. 내가 먼저 사랑하고, 죽도록 사랑한다고 고백해서 결국엔 내 남자로 만들고, 비가 오나 눈이 오나 영원히 함께하자고 철석같이 맹세한 남자를, 사고 이후 뒤도 안 돌아보고 차버린… 냉정하고 비정한 여자. 모두 맞는 말이지만, 내 인생을 그렇게 한 줄로 정리해버린다면 나는 정말 외로울 것 같다.

오늘도 출판사에서 원고를 복사하며, 틈틈이 연하에게 전화를 걸었다. 그는 여전히 받지 않고 있다. 지금껏 연하는 한 번도 내 연락을 일방적으로 피한 적이 없다. 그러나 이번에는 달랐다. 그의 마음에 어떤 변화가 있거나, 그의 상황에 문제가 생긴 거라고밖에 생각할 수 없다. 난 그 어느 쪽도 바라지 않는다. 불안함과 조바심으로 다시 전화를 거는데 동진 선배가 다가왔다.

"연하 오늘도 전화 안 받아?"

온 신경이 연하에게 가 있어 대답이 나오지 않았다. 내 어깨를 토닥여주고 가는 동진 선배의 표정이 굳어 있는 것을 봤지만 그를 달래줄 마음의 여유도 없었다. 나는 수신이 되지 않는 전화에 매달려 계속해서 통화를 시도했다. 연하는 지금 어디서 무슨 생각을 하고 있는 걸까? 그가 있는 슬로베니아가 오늘따라 너무 먼, 닿을 수 없는 나라로 느껴졌다.

늦은 밤, 침대에 앉아 맥주를 홀짝거리며 노트북을 들여다보고 있을 때 메일 하나가 왔다. 혹시나 하는 마음에 열어보니 연하의 메일이었다. 기대에 부풀어 첨부되어 있는 동영상을 열었다.

화면 속에서 연하는 차를 타고 달리고 있다. 창으로 들어오는 바람에 그의 머리카락이 흩날린다. 그와 함께했던 저 바람 냄새를 맡고 싶다. 연하가 밝게 웃으며 카메라를 보고 얘기한다.

"지금 난 드라이브 중. 운전은…."

카메라를 돌려 운전석을 비추자 풍성한 금발을 휘날리는 보헤미안 느낌의 여인이 생기발랄하게 웃고 있다.

"한국말을 모르는, 이번 주에 꼬신 여자."

"뭐야…."

나는 밀려드는 질투심에 화면을 노려봤다.

"오늘은 날이 너무 좋아. 그래서 삼 년 동안 가보고 싶어도 안 갔던 그곳을 갔지. 그날 난 이 길을 막 뛰고 있었어. 내 생애 가장 설레던 날이었어."

처음엔 연하가 어디를 가고 있는지 알지 못했다. 그러나 익숙한 건물과 길이 눈에 들어오자 순식간에 내 눈가는 붉어졌다. 결코 떠올리고 싶지 않은 그날의 기억이 되살아나 온몸을 차갑게 훑고 지나갔다.

그날 우리는 통화를 하며 서로 다른 길을 달리고 있었다.

"왜, 왜, 왜, 뛰어야 되는데, 왜?"

"내가 오늘 너한테 프러포즈를 할 거거든."

연하 목소리는 한껏 들떠 있었다. 결혼이 싫다던 연하를 위해 나는 기꺼이 동거를 선택했다. 그랬는데 프러포즈라니! 세상이 내 것인 양 가슴 가득 행복감이 밀려왔다.

"우리가 만날 그 성당에서 오후 여섯 시 정각에 프러포즈를 하면, 영원한 사랑이 이뤄진다는 전설이 있대. 진짜로!

우리 결혼하자! 혹시, 대충 뛰는 거 아니지?"

연하는 다른 길에서 성당으로 달려가고 있었다.

"가, 가, 가, 가!"

나도 달렸다.

"이런 곧 여섯 시다."

헐떡이는 그의 목소리가 기쁨으로 고양되었다.

"간다, 고고고고!"

그곳으로 달려가기만 하면 된다. 그가 달려올 그곳으로. 숨이 목까지 차올랐지만 그 무엇도 그에게 달려가는 나를 막지 못한다. 마법이 시작되는 그 시간에 맞춰 나는 그곳으로 달렸다.

성당이 보였다. 반대쪽 길에서 막 달려 나오는 연하도. 나를 발견한 그가 환하게 웃으며 골목을 빠져나와 광장 쪽으로 들어서고 있었다. 나도 멈추지 않고 달리며 그에게 손을 흔들었다. 곧 서로를 힘껏 안게 될 그곳을 향해, 그가 프러포즈를 할 마법의 공간으로.

순간 어디서 나타났는지 대형 트럭 한 대가 연하 쪽으로 속도를 내며 달려온다. 설마! 찢어질 듯한 브레이크 파열음과 허공에 날아오른 연하, 공포에 질린 내 비명소리에 세상이 멈춰버렸다. 소리도 움직임도 멈춰버린 시간 속에 피를 흘리며 쓰러져 있는 연하가 보였다. 연하 주위로 몰려드는 사람들을 보고 나는 땅 속으로 꺼지듯 그 자리에 주저앉고 말았다. 그때 여섯 시를 알리는 성당의 종소리가 들려왔다. 마치 악마의 저주처럼.

연하가 보내준 동영상에서 그 성당의 맑은 종소리가 흘러나왔다.

"종소리 듣고 있어? 여기 오는 게 나도 편하진 않았지만, 용기를 냈지. 우리의 영원한 우정을 꼭 빌고 싶었거든. 완아, 난 영원히 널 사랑해, 친구로서. 외로워하지 마. 너한텐 내가 있다."

나는 노트북을 덮어버렸다. 연하는 봉인하고 싶었던 그 저주의 순간으로 끝끝내 나를 밀어붙였다. 아무 일 없었던 것처럼 시치미를 떼고 쿨한 척 이어오던 우리의 관계는 끝이 났다. 견뎌보려고 이를 앙다물어도 가슴을 쥐어짜는 통증이 밀려왔다. 나는 마시던 맥주를 한 입에 털어 넣고 냉장고로 가 술을 마구 꺼내 마셨다. 술이 이 통증을 잊게 해주길 바라면서 마시고 또 마셨다.

몸을 가누지 못할 만큼 마셨지만 가슴속 통증은 조금도 나아지지 않는다. 오히려 빗장을 풀어놓은 듯 연하와 사랑했던 순간들이 더 격렬하게 나를 아프게 했다. 죽을 것같이 아파서, 숨을 쉴 수 없어서 무작정 집을 나섰다. 도망칠 수 있다면 도망가고 싶었다. 그곳이 지옥일지라도 나는 기꺼이 도망치고 싶었다.

내가 갈 수 있는 곳은 고작 동진 선배가 있는 출판사였다. 나는 비를 쫄딱 맞고 출판사 앞으로 달려갔다. 내 전화를 받은 선배가 건물 앞에 나와 있었다. 나는 그를 보자마자 주저앉아 울었다.

"선배… 내 기억 좀 어떻게 해줘봐. 내 머릿속 기억 좀 어떻게 해줘봐봐. 연하… 연하 좀 어떻게 해봐!"

나는 가슴이 뒤틀리는 고통에 신음을 내지르며 울었다. 한참 동안 나를 아프게 바라보던 동진 선배가 천천히 입을 맞췄다. 연하를 지울 수만 있다면, 그럴 수만 있다면 살리에르처럼 악마에게 영혼이라도 팔 수 있을 것 같았다. 그렇게 나는 그의 입술을 받아들였다.

복받쳐 오르던 감정이 사그라지고 난 뒤, 나는 뒤늦은 죄책감에 선배 얼굴을 제대로 볼 수 없었다. 연하 때문에 힘이 들면 늘 그를 찾았지만 그는 선을 지켜왔었다. 아무리 아내와 자녀가 있는 유부남이라도 그도 남자인데 왜 욕정이 없었을까. 그러나 선배가 경계를 잘 지켜왔기에 나는 한편으로는 서운하면서도 또 한편으로는 더 믿으며 기댔었는지 모른다. 그런데 조금 전 선배가 그 선을 넘었다. 아니 내가 그 선을 넘게 만들었다. 하지만 넘고 나니 이건 아니라는 생각이 확실히 들었다.

선배가 우산을 씌워 나를 집까지 바래다주었다. 집 앞에서 돌려보내려 했는데 선배는 그럴 마음이 없어 보였다. 그와 단둘이 오피스텔에 들어가는 게 불편했지만, 차만 마시고 가라며 그를 집 안에 들였다.

집에 들어서자마자 여기저기 널린 책을 치우는 내게 선배가 말했다.

"씻어. 감기 걸려. 지금 하는 번역 급한데, 감기 걸려 지장 줄 거야?"

"그… 그럼 십 분만."

젖은 옷도 갈아입을 겸 재빨리 샤워를 하고 나오니 선배가 뜨거운 차를 끓여놓고 같이 볼 영화도 한 편 준비했다. 나는 아무 일 없었던 것처럼 웃으며 영화를 보았다. 하지만 마음은 편하지 않았다. 이건 너무나 분명한 실수다. 연하를 잊기 위해 더 이상 선배를 이용하면 안 된다고 내 안에서 경고를 보내고 있었다. 선배를 위해서, 또 나를 위해서 이런 식의 관계를 계속할 수는 없었다.

"저기… 선배."

그는 내가 무슨 말을 꺼내려는지 알고 있다는 듯 서둘러 자리에서 일어났다.

"실은 이 영화 나는 봤어. 보고 자. 기분 전환될 거야. 딴 생각 말고, 잡생각 말고, 이상한 생각 말고 그냥… 보고 자."

"미안 선배. 정말… 미…."

"안녕."

동진 선배는 내 사과가 끝나기도 전에 집을 나갔다. 그도 알고 있었다. 내가 잠시 그의 곁에 머물다 떠날 거라는 것을. 나는 창가로 걸어가 오피스텔을 빠져나가는 동진 선배의 뒷모습을 바라보았다.

'선배… 이젠 진짜 안녕. 박완, 너도 이제 그만.'

그 순간 나는 내 안의 목소리를 들었다. 연하와의 문제는 오롯이 내 문제이고, 이제는 선배의 도움 없이도 홀로 일어설 수 있다고 말하는 목소리를. 그리고 이젠 그럴 때가 되었다는 것도 확실히 알았다.

알아서 하게 내버려둬!

아침부터 희자는 외출복을 꺼내놓고 성당에 가야 할지 말아야 할지 고민 중이었다. 봉사를 하기로 했으니 가야 하는데, 성재와 마주치는 게 껄끄러워 선뜻 나서게 되질 않는다.

어젯밤에는 성재가 전화해서 '굿 밤!'이라는 말을 남기고 끊었다. 민호에게 물어보니 잘 자라는 뜻이란다. 남이야 잘 자든 말든 징그럽게 무슨 상관인가 싶었다. 지난번 성당에서 만났을 땐 죽은 남편 얘길 꺼내더니, 엊그제 동문들 앞에서는 언제 우리가 잤느냐고 진지하게 따져 묻는 말에도 실실 웃기만 할 뿐 똑 부러지게 말 한마디 없었다. 사람이 늙었으면 예의가 있어야 하는데 할 말 안 할 말 못 가리니, 그와 마주치는 게 무서워서 성당에 가는 일조차 이렇게 망설

이게 된다.

'그래, 내가 피해야 할 이유가 어디 있어!'

결국 희자는 꺼내두었던 외출복을 주섬주섬 갈아입었다. 그러고는 성당으로 걸어가며 기자에게 전화를 했다. 정아가 그녀 얘기를 속 시원하게 받아주질 않아서다. 희자가 성재 욕을 늘어놓으니 기자는 손바닥을 맞추듯 맞장구를 쳐준다.

"너도 그렇게 느꼈지? 내가 그럴 줄 알았어. 눈치 없는 너도 그렇게 느낄 줄 알았다고."

"성재는 너한테 아직도 관심 있어. 내가 딱 보니 척 하고 알겠더라. 근데 넌 진짜 관심 없어?"

기자가 은근슬쩍 그녀를 떠본다.

"내가 뭐 관심이 있겠니? 내일모레 죽을 늙은이가 뭔 관심이 있겠어! 나, 그렇게 안 살았다."

희자는 억울한 마음에 버럭 소리를 질렀다. 하필이면 그때 어디서 나타났는지 성재가 불쑥 다가왔다. 희자가 움찔해 서둘러 전화를 끊었다.

"잘 잤냐, 꼬마?"

희자는 혹시 누가 들었을까 봐 주변을 살피고 성재를 노려봤다.

"내 나이가 칠십이에요. 누가 꼬마야?"

성재는 놀리는 게 재밌는지 큰 소리를 내며 웃었다. 희자는 골이 나서 그를 지나쳐 걸어갔다. 성재가 희자 뒤를 졸졸 따라갔다.

"오늘 봉사한다며? 나도 할 건데. 근데 너 안 힘들겠냐?"

희자는 제발 내 걱정은 말아줬으면 하는 맘으로 성재를 외면하고 쌩하니 성당으로 들어갔다.

오늘의 봉사거리는 성당 청소였다. 각자 구역을 맡았는데 희자는 하필 화장실을 청소하느라 곤욕을 치르고 있었다. 가뜩이나 비위가 약한데 더러운 변기를 닦자니 자기도 모르게 헛구역질이 올라왔다. 눈을 질끈 감아보았지만 자꾸 올라오는 구역질을 멈출 수 없었다.

그때 누군가 등을 톡톡 건드리기에 돌아보니, 성재가 씩 웃으며 그녀 손에서 솔을 빼앗았다.

"넌 쉬어! 내가 할게."

성재는 한 손으로 입을 틀어막고 이마에 뻘뻘 땀을 흘리는 희자를 안쓰럽게 내려다보고 있었다. 자존심대로 하자면 성재를 밀어내고 다시 변기를 붙잡았을 그녀지만 올라오는 구토를 견딜 자신이 없었다. 희자는 터덜터덜 화장실 밖으로 나갔다. 다음엔 물 양동이 나르는 일을 시도했지만 그마저도 힘에 겨워 대신 하겠다는 성재에게 넘기고 말았다. 그러고 나니 왜 나는 이런 것도 못할까 싶어 속이 상했다.

몇 시간 뒤, 성당 대청소를 끝낸 신도들이 손을 마주잡고 한자리에 둥그렇게 모여 한 사람씩 봉사 소감을 나누었다.

"맨날 젊은이들 신세 지다, 이렇게 늙은이들이 다 같이 모여 우리 성당을 청소하니까 좋았습니다."

"요셉 님이 많이 도와주셔서 잘 마칠 수 있었네요."

"저는 봉사하는 어르신들 보며 정말 감사하고 충만한 마음이 들었습니다."

신도들의 감상에 이어 젊은 신부도 흐뭇한 미소를 띠며 말했다.

"저도 봉사의 즐거움을 알아 너무너무 기쁘고 좋았습니다."

성재가 말을 끝내고 옆에 있는 희자를 보았다. 희자는 제 차례인 줄도 모르고 지친 얼굴로 멍하니 바닥만 바라보고 있었다. 혼자 할 수 있다고 다짐하고 시작한 봉사인데 도움이 되지 못한 자신에게 실망이 이만저만이 아니었다.

"마리아 님?"

"마리아 님…."

사람들이 희자를 호명했지만 그녀는 생각에 빠져 자신을 부르는 소리를 듣지 못했다. 성재가 희자 손을 흔들었다. 그제야 정신이 든 희자가 고개를 번쩍 들었다.

"무, 무슨… 말들 하는 거죠 지금?"

"오늘 봉사 소감 말하고 있었습니다, 마리아 님."

"봉사… 소감? 어떻게 말하는 거죠?"

"그냥 솔직히."

신부가 말했다.

"네, 그럼 전 솔직히…."

희자는 곰곰이 생각하다가 문득 슬픈 표정을 지으며 덧붙였다.

"힘들었네요."

"더 없어요?"

한 신도가 싫은 내색을 하며 물었다.

"음… 더 솔직히 말하면 진짜 많이… 힘들었네요. 너무 많이…. 이상입니다."

희자는 이런 말밖에 할 수 없는 자신이 부끄러워 한없이 서글펐다. 성재는 그런 그녀가 귀여워 킥킥 웃음을 터트렸다.

성재는 힘겨운 걸음으로 돌아서는 희자에게 초콜릿 하나를 내밀었다.

"힘들어 보이던데, 먹어."

희자는 민망한 기분으로 주변을 살폈다. 언젠가 성재를 바람둥이 사탄이라며 조심하라던 여신도가 멀리서 희자와 성재를 노려보고 있었다. 희자는 부러 그가 내민 초콜릿을 밀어냈다.

"이런 거 주지 마요. 그러니까 사탄 소리 들어."

"누가 그러는데, 내가 사탄이라고?"

희자는 눈을 흘기며 멀어지는 여신도를 턱 끝으로 가리켰다.

“저 자매.”

“이거 저 신도님이 준 건데? 내가 좋은가 보드라고. 자꾸 말 시키고 뭘 줘.”

성재가 웃으며 초콜릿을 입에 넣었다. 희자는 다들 왜 이러나 싶어 없는 기운이 더 빠졌다.

“네 집에 가서 나 차 한 잔 줄래?”

“싫어요.”

희자는 화를 낼 기운도 없었다.

“그럼 맘 날 때 줘라. 참, 나 차 가져왔는데 집에 데려다 줄까?”

그제야 희자가 걸음을 멈추고 덤덤히 말했다.

“차 가져와요.”

“내 차 탈래? 알았어. 금방 올게. 여기 있어라!”

성재는 한껏 들떠서 잰걸음으로 주차장으로 걸어갔다.

“뒤뚱뒤뚱…. 엿을 먹어야 정신을 차리지.”

희자가 입을 삐죽였다.

성재가 서둘러 차를 몰고 나왔지만 희자는 기다리기로 한 자리에 없었다.

“하하하! 갔네. 야… 여전히 매력 있어 조희자! 매력 있어, 매력 있어.”

성재는 기분 좋게 휘파람을 불었다.

정아는 간밤에 희자가 성재에 대해 늘어놓은 푸념이 예사롭지 않게 느껴졌다. 어제 동문회에서 봤던 충남의 묘한 행동까지 떠오르자 머릿속이 복잡했다. 다 늙은 친구끼리 삼각관계에 얽혀 육십 년 넘는 우정을 통째로 잃겠다 싶은 생각이 든 것이다. 정아는 그 생각 때문에 집안일도 손에 안 잡혀 결국 영원에게 전화를 걸었다.

충남이 성재에게 마음이 있는 게 맞느냐고 묻자 영원은 아니라고 딱 잘라 말했다.

"아니긴 뭐가 아냐? 누굴 바보 천치로 아나. 충남이가 성재 씨 힐끔거리는 거 내가 다 봤는데 아냐? 이러다 난리 나 진짜! 오해는 무슨 오해야!"

정아는 마음이 조급해져 목소리가 높아졌다.

"왜, 소리를 질러 언니는!"

영원은 주방에서 차를 끓이고 있는 충남이 들을까 싶어 베란다로 나갔다. 어젯밤 난희, 충남과 늦도록 술을 마시고 난희네 집에서 다 같이 잤던 것이다.

"소리 안 지르게 생겼니? 늙어서 친구, 선후배 사이에 지저분한 일 생기게 생겼는데. 내가 말 만드는 사람이냐? 걱정하는 거잖아! 충남이 말리라고."

"언니가 희자 언니 말려요! 왜 내가 충남 언닐 말려? 일평생에 이제야 제대로 물 만났는데!"

"조희자가 말려지니?"

영원은 이게 무슨 소리인가 싶었다. 눈치로 봐서는 희자가 성재를 마음에 두는 것 같지는 않았다.

"희자 언니가 오빠 좋대?"

"걔가 좋다 싫다 말해? 남자가 끌고 가면 어디로 가는지도 모르고 그냥 끌려가는 애가."

정아 말을 듣고 나서야 영원은 고개를 끄덕였다.

"하긴, 전에 형부도 불도그 같은 개상이었는데…. 난 안 끌려갈 줄 알았는데, 기어이 남자가 좋다고 끌고 가니까 끌려가더라."

그때 충남이 쟁반에 차를 받쳐 들고 베란다로 왔다. 영원은 의자에 앉으려는 충남에게 나가라는 손짓을 했다. 충남이 의미심장한 미소를 지으며 영원 앞에 제 휴대폰을 내밀어 보였다. 화면에는 귀여운 이모티콘과 '꼬마야, 잘 잤니. 어젠 못 나가서 미안했다. 또 보자.' 하는 문자가 담겨 있었다.

"성재 오빠."

충남은 자랑하듯 말하고 뻐기는 표정으로 거실로 들어갔다. 영원이 들고 있는 전화기에서 정아 목소리가 흘러나왔다.

"영원아, 너 내 말 들어? 어쩔 거야, 충남이!"

"언니 순영이랑 연락해?"

말을 돌린다는 게 여태껏 일부러 피하던 말이 튀어나와버렸다. 혼자 뜨끔한 영원이 입술을 오므렸다.

"갑자기 순영이 얘긴 왜 해?"

정아는 아직 아무것도 모르고 있는 모양이다.

"그냥 순영이가 잘 있나 해서."

"잘 있지 그럼. 번번이 만만한 애미 갈구며. 아, 하던 얘기나 마저 해. 너 어쩔 거야 충남이?"

"난 충남 언니 밀 거야. 언닌 언니 알아서 해."

"아주 지랄해, 아주! 밀긴 뭘 밀어? 내일모레 관짝 이고 갈 것들이 남자 하나 때문에 육십 년 언니 동생 사이 이제 금 가네, 금 가! 편들지 말고 주둥이 닫아!"

정아가 호통치고는 전화를 끊었다. 영원이 고개를 젓고 차를 한 모금 마시는데 마침 난희가 베란다 문을 열고 들어왔다. 난희는 조금 피곤한 얼굴로 차를 마시며 다 안다는 듯 입을 열었다.

"충남 언니랑 희자 언니랑 성재 오빠 삼각관계 돌입한 거 같지?"

"정아 언니가 주둥이 닫으래."

난희가 입술에 손가락을 대고 재밌어하며 웃었다.

"쉿! 밥 먹자."

난희가 베란다를 나가자 다시 충남이 밀고 들어와 다짜고짜 물었다.

"어제 우리 본 거, 완이… 어쩔 거?"

어제 그녀들은 동진과 함께 있는 완이를 우연히 목격했다. 충남은 제 카페를 드나드는 젊은 예술가들과 교수들에게 바람을 맞아 잔뜩 골이 나서 영원을 불러냈었다. 그런데 공교롭게도 충남이 바람 맞은 술집이 동진의 출판사 근처에 있었다. 술을 한잔 마시고 나가다가 비를 쫄딱 맞으며 울고 있는 완이에게 키스하는 동진을 본 것이다.

"도를 아십니까 알아? 세상에 이 도 저 도 많지만, 내가 살아보니 진짜 도 중에 도는 '냅도'야! 완이가 알아서 해. 냅둬!"

영원은 어제 완이 일에 대해서는 모르는 척하는 게 상책이라고 생각했다.

"맞다."

충남은 잠시 생각하다가 수긍했다. 아무리 딸 같은 애라도 사생활에 배 놔라 감 놔라 할 수는 없는 일이었다.

영원이 일이 있다고 먼저 나간 뒤 식사를 마친 난희와 충남도 각자 일터에 나갈 준비를 하느라 바빴다. 로션을 바르던 충남은 한쪽 벽을 가득 채우고 있는 어린 시절 완이 사진에 눈길이 갔다. 발레를 하고 노래자랑에 나가고 바이올린을 켜는 어린 시절 완이를 보니 어제 일이 떠올라 마음이 착잡했다.

"크크크. 우리 완이 그때 진짜 귀엽지? 예쁘고?"

옆에서 립스틱을 바르던 난희가 웃으며 감회에 젖었다.

"얘는 뭘 많이 배웠네."

"내가 시키니까. 우리 완이 내 말이라면 껌뻑 죽잖아. 근데 내가 작가가 되고 싶었잖아. 그래서 어느 날 다 때려치우고 작가 하랬지."

"그러니까 걔가… 네 말을 들어?"

충남이 놀라 돌아보았다.

"그럼! 그러니까 내가 살았지. 남편이 바람펴도, 아버지가 술 마시고 도박하고 엄마를 패도, 완이 때문에 살았어, 내가."

충남은 쭉 둘러보던 사진 중 하나를 들어 올렸다.

"나도 있네."

완이 대학교 졸업식 때 함께 찍은 사진이었다.

"가져."

난희가 선심 쓰듯 말했다.

"그럴까?"

사진을 들여다보던 충남은 옛 생각이 떠올라 가만히 미소를 지었다. 이렇게 예쁘고 딸 같은 완이가 어쩌다 유부남에 빠져 있나 싶어 마음이 불편했다.

그녀들이 화장을 마칠 즈음 완이가 연락도 없이 엄마를 찾아왔다. 난희는 부르지도 않았는데 찾아온 딸이 반가워 밥부터 차려 내주었다.

"정말 나 가게 데려다주러 왔어?"

난희가 반찬을 집어주며 완이에게 물었다.

"그랬다니까. 우리 못 본 지 꽤 됐잖아. 그립더라고. 밤에 비 오는데 이 아줌마가 잘 주무시나, 걱정되더라."

그 말에 기분이 좋아진 난희가 완이 볼에 뽀뽀를 했다.

"그렇겐 하지 마."

"좋아 죽겠는걸!"

난희가 마치 사랑을 고백하는 연인처럼 수줍게 웃으며 말하자 완이 어이없는 웃음을 터트렸다.

"내가 그렇게 좋아?"

충남은 모녀의 애정 행각을 못마땅한 듯 바라보았다. 딸은커녕 결혼도 안 해본 자신 앞에서 이렇게 유난을 떠는 게 약이 오르기도 했지만 난희가 완이 일을 알면 저렇게 이쁘기만 할까 싶은 생각이 들었던 것이다.

"너 딸 없지? 그럼 말을 하지 마!"

난희가 충남의 못마땅한 눈길을 보고 미안한 듯 한마디 던지곤 다시 완이 숟갈에 반찬을 올려주며 덧붙인다.

"내가 남자가 너만큼 예뻤으면 상사병이 걸려도 골백번은 걸렸을 거다. 히히. 이거 먹어."

"네 엄만 완이 너 좋아 죽는데, 너는 어때?"

속이 꼬인 충남이 넌지시 완이에게 물었다.

"나?"

완이는 잔뜩 기대에 찬 눈빛으로 자신을 보는 난희를 보며 말한다.

"부담 되지."

"부담 돼라."

난희가 웃으며 받아쳤다. 완이는 그런 엄마가 귀여워 볼에 입을 맞추고 웃었다.

"예뻐, 진짜…."

난희도 딸의 뽀뽀 세례에 좋아서 웃음을 흘렸다.

"그럼 됐네."

충남이 보고 있던 검정고시 책장을 넘기며 중얼거렸다.

"뭐가?"

완이 물었지만 충남은 대답하지 않았다. 엄마 뜻을 잘 따르는 딸이니 유부남 문제도 알아서 해결하려니 하는 마음이 들었던 것이다. 하지만 자꾸 신경이 쓰이는 건 어쩔 수 없었다. 사랑에 빠지면 눈에 뵈는 것도 없다는데 완이 스스로 사리 분별이 될까 걱정이 꼬리를 물고 자꾸만 늘어졌다.

몰라줘서
미안하고 미안해

영원이 순영을 데리고 병원에 들렀다. 진찰 결과 순영의 상태는 생각보다 심각했다. 의사는 여기저기 탈골에, 금까지 간 뼈를 보고 한두 번 맞아서 생긴 상처가 아니라며 고개를 저었다. 영원은 팔에 깁스를 하고 앞서가는 순영을 안쓰럽게 바라봤다.

두 사람은 병원을 나와 가까운 공원 벤치에 앉았다. 진단서까지 떼고 이혼과 새 출발 준비를 시작해서인지 순영은 한결 편안해 보였다.

"친구랑 미국 갈 거야. 알아보니 식당이나 카페밖엔 일자리가 없어서, 당분간 가서 그거라도 하려고. 이모가 살았던 플로리다래. 거기 어때?"

영원은 깁스를 한 순영의 팔을 보며 한숨을 쉬었다.

"너 엄마 아빠한테 왜 상의 안 해? 이런 큰일을. 아빤 무서워해도 엄마는…. 혹시 너 엄마한테 뭐 서운한 거 있니?"

"아빠한테 서운한 거 있지."

순영은 서글프게 웃으며 하늘을 올려다보았다.

"엄마한텐 내가 서운한 게 뭐 있겠어. 남의 자식 이만큼 키워준 걸로 됐지. 없어, 서운한 거."

그때 순영의 휴대폰이 울렸다. '엄마'라고 쓰인 화면을 마음 아프게 보던 그녀는 끝내 전화를 받지 않았다. 아니, 받을 수가 없었다. 눈물이 쏟아질 것 같은데, 영원 앞에서 눈물을 보이기가 편치 않았기 때문이다. 순영에게 엄마 정아는 서운한 대상이 아니라 고마움 그 자체였다. 본인의 삶도 녹록지 않은데, 친딸도 아닌 자신을 지금까지 곁에 있게 해준 그 고마움과 은혜를 어찌 갚을 수 있을지. 잘 살고 싶었는데, 그래서 조금이나마 갚고 싶었는데 이런 꼴을 보여주게 되어 가슴이 쓰라렸다.

정아는 전화기를 걱정스레 내려다보았다.

"단단히 삐쳤나 보네, 이게."

며칠째 전화해도 받지 않고 매번 부탁하던 청소도 해달라는 말이 없으니 그녀는 속이 터질 것 같았다. 아기를 업고 청소기를 돌리고 있는데 수영이 잠이 덜 깬 얼굴로 방에서 나왔다.

"밥은?"

정아는 청소기를 끄고 부랴부랴 냉장고에서 반찬을 꺼냈다.

"네 언니한테 전화해봤어?"

순영과 연락이 안 되자 수영에게 전화 한번 해보라고 부탁을 해놨던 참이다.

"안 했는데?"

수영은 식탁에 앉아 정아가 차려준 밥을 입에 넣으며 무심히 말했다.

"너는 왜 그러니? 부모 죽으면 형제밖에 없는데, 형제끼리 살갑게 좀 하지! 내가 언니 안 좋아 보인다고 전화해보랬잖아! 왜 그렇게 인정머리가 없어!"

정아가 서운한 마음에 목소리를 높였다.

"유치원 원생 떨어져 짜증나는데, 왜 엄마까지 그래! 내가 놀아? 나 살기도 바빠!"

수영이 먹던 숟가락을 놓으며 짜증을 냈다.

"원생이… 많이 떨어졌어?"

정아는 괜한 소리를 했나 싶어 딸의 숟가락에 반찬을 올리며 걱정을 했다.

영원은 순영과 헤어져 정아네 집으로 향했다. 정아에게

어떻게 말을 꺼내야 할지 마음이 심란해 죽겠는데 충남이 전화를 했다.

"성재 오빠가 문자했어. '꼬마야, 언제 차 마시자. 시간 날 때 전화해.' 그렇게. 어떡해?"

지금 영원은 충남의 연애에까지 신경 쓸 마음의 여유가 없었다.

"순영이 남편한테 맞은 거 진단서 끊었어. 십이 주 나왔어. 나 지금 정아 언니네 가는 중이야. 그런 내가 이 와중에 언니한테 이런 전화 받아야 돼?"

"아니."

충남은 두말없이 전화를 끊었다. 가끔 주책맞은 것 같아도 사리분별 하나는 분명한 충남다웠다.

영원은 전화도 없이 불쑥 찾아간 게 미안했지만 정아는 반갑게 맞아주며 부랴부랴 과일을 내왔다.

"어떡하냐, 줄 게 없네. 고작 시든 과일 몇 쪽이다. 지나가는 길에 왔대도 손님 대접이 영 그러네."

영원은 과일 한 쪽을 집어먹으며 애써 웃음을 지었다.

"먹을 만한데 뭐."

영원을 보자 콜라텍 갔던 날이 생각났는지 정아가 킥킥 웃었다.

"근데, 그 콜라텍인지 뭔지 하는 데 진짜 웃기더라. 세상에 나만 한 늙은이들이 바글바글. 내가 요즘 거기 갔다 온 생각만 하면 크크크. 늙은이들이 하나같이 춤을 어찌나 잘 추던지. 이래, 이래."

정아가 벌떡 일어나 노인들이 추던 춤을 따라 추더니, 다시 깔깔 웃으며 자리에 앉았다.

"아이고, 웃겨 죽는 줄 알았네."

그런 정아를 심란하게 보던 영원이 힘겹게 말을 꺼냈다.

"언니, 내가 여기 온 건…."

그때, 정아 휴대폰에서 문자 수신음이 울렸다.

"잠깐만."

문자를 보는 정아 얼굴이 눈에 띄게 밝아졌다. 정아는 자랑하듯 휴대폰 화면을 영원에게 내밀었다.

"이거 봐라."

'집에 가는 길. 저번 날 성질낸 거 미안.'이라는 문자와 함께 순영이 요양원을 찾아가 할머니와 함께 찍은 사진을 보낸 것이다. 정아는 사진 속 두 사람을 쓰다듬다가 휴대폰을 옆에 내려놓았다.

"히히, 기지배. 이게 쏘가지는 별나도 딸년 중에 제일 예뻐! 영원아, 너 언제 우리 엄마 보러 가자. 아마 이번에 보면 우리 엄마 보는 거 마지막일걸."

"석균 오빠는?"

"순영이 남편 만나러. 둘이 죽이 잘 맞잖아. 서로 교수 사위, 장인어른 해가며."

그 교수 사위가 무슨 짓을 했는지 말해야 하는 영원은 속이 답답했다.

"언니… 내가 여기… 사실은 순영이 때문에 왔네."

"순영이 때문에? 왜?"

영원은 조심스럽게 순영에 대한 이야기를 털어놓은 뒤 핸드백에서 사진 몇 장을 꺼내 정아 앞에 내려놓았다. 정아는 영원이 대체 무슨 얘기를 하는 건지 도무지 모르겠다는 표정이었다. 한 여자가 남편에게 맞아 전치 십이 주 진단을 받았다는데, 그게 바로 딸 순영이라니. 그리고 여기저기 시퍼렇게 멍이 들고 뼈까지 부러져 깁스를 한, 맹수한테 짓밟힌 가녀린 아기 동물 같은 사진 속 여자가 내 딸 순영이라니.

사진을 쥔 정아의 손이 덜덜 떨리더니 두 눈 가득 눈물이 차올랐다. 기가 차고 억장이 무너졌다. 얼마나 아팠을까. 혼자 그 고통을 견디느라 얼마나 외로웠을까. 정아는 딸아이가 겪었을 아픔이 심장을 쥐어짜듯 몰려와 꺼이꺼이 울음을 터트렸다. 몸이 약해 아픈 줄만 알았다. 얼굴도 보여주지 않는 딸에게 서운하기까지 했었다. 정아는 좀 더 들여다보지 못하고, 그 아픔을 눈치채지 못한 자신이 원망스럽고 미안해서 꺼이꺼이 울었다.

영원은 정아를 차마 볼 수 없어 고개를 돌려 눈시울 붉혔다. 한참 눈물 바람을 하던 정아가 겨우 마음을 다잡고 자리에서 일어났다.

"순영이한테 가자."

순영은 고시원 앞 카페에서 미국 이민 팸플릿을 보며 환한 표정으로 친구와 수다를 떨고 있었다. 정아와 영원은 차에 앉아 카페 안의 순영을 훔쳐보고 있었다. 순영은 남편한테 맞고 산 여자라는 게 믿기지 않을 만큼 행복한 표정이었다. 그 폭력의 그늘에서 벗어난 것이 좋아 저렇게 즐거워하는구나 싶어, 정아는 안쓰러운 마음에 깊은 한숨을 내쉬었다.

"신혼 초에 한 번인가 두 번인가… 남편이 술 취하면 성질이 욱한다, 무섭다 그러긴 하더라고. 그래서 내가 버럭 했지. 남자 새끼들 다 그런다고, 그게 뭐 대수냐고. 그랬더니 그 뒤론 말이 없더라고. 그래서 나는 별일 없는 줄 알았지. 이런 줄 알았나."

그때 자신이 좀 더 다정하게 받아주었으면 이런 지경까지는 안 왔을지 모른다는 생각에 억장이 무너졌다. 정아 눈에 다시 왈칵 눈물이 차올랐다.

"이혼시켜야 돼. 의사 말이 완전 골병 수준이래. 언니 때는 이러고도 다 살았다지만 요즘 세상은…."

"그만 말해."

정아는 이를 앙다물었다. 말하지 않아도 이젠 알았다. 교수 사위를 트럭으로 가져다준대도 순영에게 참고 살라는 어리석은 말은 하지 않을 것이다.

"석균 오빠랑 순영이 사이는 좀 심각한 일이니까… 두고 두고 천천히 풀자 언니."

그때 순영이 친구와 팔짱을 끼고 즐겁게 카페를 걸어 나왔다. 순영이 그녀들의 차 뒤로 예쁘게 웃으며 지나치자, 영원은 차에 시동을 걸었다.

"간다, 언니."

정아는 사라지는 순영의 뒷모습을 아프게 바라보았다.

석균은 옷을 사주겠다는 교수 사위의 전화에 기분이 한껏 들떠 있었다. 교수 사위와 함께 있을 때면 저절로 목에 힘이 들어가고 으쓱해지는 석균이었다. 중학교 졸업장밖에 없다는 게 평생 자격지심이 되어 그를 따라붙었다. 그래서 더 기죽지 않으려고 바득바득 목대를 세우고 자존심을 지켜왔다. 그런 그에게 대학 교수 직함에 살갑기까지 한 사위는 기를 한껏 살려주고도 남는 존재였다.

"이건 어떠냐, 오 교수?"

석균은 네이비 색 콤비를 들어 보이며 물었다.

"좋습니다."

사위가 시원스럽게 대답했다. 석균은 신이 나서 옆에 걸린 점퍼도 집어 들었다.

"아이고, 이것도 좋네."

"그것도 좋네요. 사세요 아버님. 제가 다 사드릴게요. 사세요. 근데… 어머니는 오늘 우리 집 일 가셨나?"

사위가 석균의 눈치를 살피며 물었다.

"수영이네 갔을걸. 순영이 년이랑 전번에 팽 한 거 같던데. 거기 다신 안 간다더라고. 순영이 년이 오라고 빌기 전엔."

석균은 옷 고르는 데 정신이 팔려 건성으로 대답했다.

"아, 네…."

"마누라 단속 잘해, 오 교수 너! 맨날 지어미한테 팩팩대게 만들어 왜?"

순영의 처지를 알 리 없는 석균이 도리어 사위를 두둔하며 비위를 맞췄다.

사위와 헤어진 석균은 선물로 받은 옷을 동생에게 나눠주고 술까지 한잔 걸친 뒤, 기분 좋게 집으로 향했다.

정아는 소파에 앉아 창밖만 바라보았다. 그래도 웃는 모습을 보여준 순영이 고마웠다. 오죽했으면 집 나온 것만으로 그렇게 밝아질 수 있을까 싶어 또 마음이 아리고 안쓰러웠다.

"어라? 너 있었냐?"

기분 좋게 취한 석균이 집 안으로 들어서며 물었다. 동네가 시끄럽도록 딸들 이름을 불렀는데도 정아가 나오지 않아

열쇠로 문을 따고 들어오던 참이다.

"근데 문을 안 열어? 이게 진짜 서방을 뭐로 알고…."

석균은 사위가 백화점에서 사준 옷을 한쪽에 던져놓고 정아에게 다가왔다.

"콱, 그냥!"

석균은 발길질을 할 것처럼 발을 들어 올렸다가 히히히 웃으며 정아 옆에 앉았다.

"내가 늙은 걸 감사해, 너! 오늘 기분 좋은 걸 감사하고! 물 떠와!"

"순영이 이혼한대."

정아가 담담하게 말했다.

"지랄…. 왜? 왜? 왜? 남편이 너무 잘해줘 그런대냐? 남편이 돈 많이 벌어다주고, 남편이 저 싫어라하는 아버지 이런 좋은 옷 사주고 그래서 그런대?"

창 쪽으로 고개를 돌린 정아 눈에 눈물이 차올랐다. 그런 줄도 모르고 석균은 계속 제 기분에 취해 말을 이어갔다.

"아이고 미친년. 배지가 불러서 지랄이지. 호강에 겨워 지랄이야 그게. 하는 일이라곤 맨날 돈 쓰며 뭐 배우러 다니고 처자빠져 자고, 남편 벌어다주는 돈으로 그저 처먹는 게 일이면서."

석균이 실실거리며 정아 귀에 대고 버럭 목소리를 높였다.

"너 닮아 그게 지랄이야! 알아!"

순간 정아가 벌떡 일어나 쩍! 소리 나게 석균의 뺨을 올려붙였다. 그러곤 테이블에 놓인 사진을 얼굴에 흩뿌렸다.

"그래! 나 닮아 여적 참았겠지! 미련 곰탱이 같은 나 닮아, 여적 맞고도 참았겠지! 다 내 죄다, 다 내 죄!"

눈물을 뚝뚝 떨어뜨리며 정아가 소리쳤다. 그녀는 사위가 사줬다는 석균의 옷을 꺼내 갈기갈기 찢어버리고 방 안으로 들어가 엉엉 소리 내어 울었다. 석균은 어리둥절한 얼굴로 정아가 던진 사진들을 하나하나 집어 들었다. 순영의 몸 이곳저곳이 찢어지고 멍든 사진들이었다. 순간 석균의 무릎이 풀리고 가슴이 쿵 내려앉았다.

죽어서도
뜨거운 화해는 가능하다

정아는 출근하는 석균을 거들떠보지도 않았다. 아무리 화나는 일이 있어도 꼭 챙겨주던 아침밥도 차리지 않고, 석균이 미안한 마음에 계속 말을 걸어도 무시해버렸다.

석균은 버스를 타고 일터인 아파트 단지 앞 정류장에 내렸지만 몇 시간째 그곳에 서서 생각에 잠겼다. 교수 사위 봤다고 그렇게 으스대고 좋아했는데 그동안 그놈이 순영을 때렸다고 생각하니 배신감이 차올랐다. 뼈에 금이 가고 멍이 시퍼렇게 들도록 순영을 때려놓고, 석균에게는 선물을 사주며 살살거리던 사위가 괘씸해 견딜 수 없었다.

그때 함께 경비 일을 하는 동료가 그에게 다가왔다.

"아, 여기서 뭐해요? 왜 출근 안 했어요? 아저씨 때문에 내가 일을 두 시간을 더 하고, 일 단지 아저씨들한테 단지 맡기고… 뭐예요?"

짜증을 내는 동료의 말에 대꾸도 없이 석균이 막 도착한 버스에 올라탔다. 괘씸한 사위를 요절낼 아이디어가 떠올랐던 것이다.

석균은 사위가 일하는 대학 캠퍼스에 들어서자마자 지나가는 학생을 붙잡고 물었다.

"심리학과 오세오 교수실이 어디냐?"

"인문학부는 저긴데요."

학생이 바로 앞의 건물을 가리켰다. 마침 건물 바로 앞에 주차된 사위의 차도 보였다.

석균은 마음을 다잡고 건물로 들어가 교수실 앞에 섰다. 문에 붙어 있는 이름표를 보자 떼어 바닥에 던져버리고는 벌컥 문을 열고 들어갔다. 책상에 코를 박고 앉아 있던 사위가 깜짝 놀라 일어섰다.

"아버님!"

석균은 소파 테이블에 놓인 생수병을 사위에게 던지고는 달려들어 멱살을 휘어잡고 주먹을 날렸다.

"아이고, 왜 그러세요 아버님!"

뒤통수며 등짝을 사정없이 때리는 석균을 피해 도망가며 사위가 엄살을 떨어댔다. 책상 위에 있던 책과 서류를 마구 집어던지던 석균이 주머니에서 사진을 꺼내 사위 얼굴에 던졌다.

"봐라, 이거!"

바닥에 흩뿌려진 순영의 사진을 보고 사위는 잠시 놀라는 눈치였다. 석균은 분이 풀리지 않아 의자를 들어 사위에게 내던졌다.

"아프냐? 너도 맞으니까 아프지? 이 개호로잡놈아!"

사위 얼굴에서 피가 났지만, 석균은 멈추지 않고 신고 있던 신발을 벗어 등짝을 마구 휘갈겼다. 머리를 감싼 채 웅크려 있던 사위가 갑자기 '아이, 쌍!' 하더니 석균의 팔을 뒤로 꺾어 벽으로 확 밀쳤다.

"그러게 딸내미 교육을 제대로 시키지 그랬어!"

사위는 석균의 팔을 꽉 잡고는 다른 한 손으로 휴대폰을 꺼내 피가 흐르는 제 얼굴을 찍어댔다. 그러더니 야비한 표정으로 휴대폰의 사진첩을 열어 석균 앞에 내밀었다.

"이거 봐봐, 이거!"

순영이 카페에서 남자 선생에게 커피 만드는 법을 배우고, 시음하는 사진이었다.

"그게 뭐? 커피 배우는 학생들이랑…."

"이제 와 딸년 편이냐? 주워 온 애 갖고 이제 와 아버지 흉내 내고! 당신이 그랬다며? 남편한텐 뭐든 숨기지 말라고! 초등학교 때 그 일 당신도 안다며?"

사위가 뒤로 꺾어 잡고 있던 석균의 팔을 더 세게 꺾으며 소리쳤다. 석균 얼굴이 충격으로 멍해졌다. 그 일이 순영에게 지금껏 상처로 남아 있을 거라곤 생각지 못했다. 그 일이 빌미가 되어 딸이 의심받고 남편한테 매질까지 당하게 될 줄은 몰랐다.

"아빠, 사장님 아들 오빠가 나 만졌다고! 바지에 손 넣고! 아빠! 내 말 듣냐고!"

그때 순영은 초등학교 육 학년이었다. 철공소에서 일하던 석균을 찾아와 울고불고 소리치는 순영에게 석균은 위로 한 마디 없이 호통을 쳤다.

"초상났냐? 그러게 왜 치마를 처입어?"

애가 닳게 울어대는 순영에게 되려 호통을 치면서, 석균은 못 배우고 가난한 자신에게 화가 났다. 딸이 그런 몹쓸 짓을 당한 게 모두 자신이 무능해서인 것 같아 참을 수가 없었다. 울고 있는 순영에 대한 걱정보다 힘없는 자신에 대한 원망이 더 컸다.

"나 바지 입었다고! 그래도 강제로 막 그랬다고!"

소리치는 순영을 외면한 채 석균은 이를 앙다물고 철근만 잘랐다. 못난 애비라는 자격지심 때문에 딸을 달래줄 생각도 못했다.

석균은 그때 일이 떠올라 온몸에 힘이 쭉 빠졌다. 딸의 불행이 모두 자기 때문이었다는 생각에 머릿속이 하얘졌다. 사위가 석균을 바닥에 내동댕이치자, 얼굴이 바닥에 긁히면서 피가 흘렀다.

"당신도 알잖아, 걔 원래 그런 거. 그래, 좀 때렸다. 아니, 좀 많이 때렸다. 어쩔래? 이 사진에 내가 때렸단 증거 있어? 없지? 자해중독, 중학교 때부터 있었다며? 자기가 고백했어! 그렇게 몰아가면 그뿐이야! 이쯤에서 끝냅시다."

사위는 미동도 하지 않는 석균을 향해 침을 뱉고 교수실을 나가버렸다.

어린 딸의 상처를 보듬어주지 못한 아버지를 그 아이는 지금껏 용서하지 못하고 있었다. 그날 울며 보채던 순영의 상처를 보듬어주었다면…. 가슴을 치며 후회해봤자 이미 지나간 일이었다. 돌이킬 수 없는 일이었다.

석균은 눈물이 차올랐지만 정신을 가다듬고 일어나 앉아 휴대폰으로 피가 흐르는 제 얼굴을 찍었다. 그러고는 바닥에 떨어져 지저분해진 순영의 사진을 하나하나 닦아가며 챙겨 넣었다. 이번에는 물러서지 않고 딸을 위해 싸우리라 독하게 마음먹으며 석균이 밖으로 나갔다.

캠퍼스 여기저기를 돌며 적당한 물건을 찾던 석균이 어디선가 삽을 들고 와 사위의 차로 다가갔다. 사위에게 꺾인 팔이 아프고 바닥에 쓸린 얼굴이 쓰라렸지만 그런 것쯤은 아무렇지 않았다. 지금껏 맞고 살면서 친정에 한마디 하소연도 못했을 딸을 대신해 석균이 사위의 차를 삽으로 내리쳤다.

삑삑삑!

차에서 시끄러운 경보음이 울렸지만 석균은 멈추지 않았다. 차가 부서지고 찌그러질 때마다 사위가 휘두르는 매질에 무너져 내렸을 순영의 몸과 마음이 떠올라 가슴이 미어졌다.

차를 몽땅 때려 부수고야 경찰차가 도착했다. 경찰서로 가는 동안 석균은 주머니에서 휴대폰을 꺼내 사위 몰래 녹음해두었던 파일을 켰다.

'그래, 좀 때렸다. 아니, 좀 많이 때렸다. 어쩔래? 이 사진에 내가 때렸단 증거 있어? 없지?'

잡음 하나 없이 녹음된 사위의 목소리를 석균은 듣고 또 들었다.

정아는 순영이 지내고 있는 고시원을 찾았다. 창문 하나 없는 비좁은 방이 꽉 막힌 자신의 가슴 같아서 숨이 턱 막혔다. 이런 곳에서 순영이 지낸다고 생각하니 또 마음이 쓰렸다.

정아는 그렇게 큰일을 당하고 살면서 어떻게 친정엄마한테 한마디 언질도 없었느냐고 순영을 다그쳤다. 그동안 엄마한테 서운한 게 많았나 싶어 정아는 가슴이 아팠지만 순영은 애써 밝은 미소를 지어 보였다.

"서운한 거 없어, 진짜! 내가 엄마한테 서운할 게 뭐 있어?"

"엄마한테 서운한 게 없는데 이래? 서운한 게 있으니까 이러지."

"없네요, 진짜로 서운한 거."

"내가 수영이, 호영이랑 네가 싸우면 걔들 편들고…."

"그럼 다 큰 첫째가 어린 둘째 셋째랑 싸우는데, 큰애 나무라지 작은애들 나무랄까?"

순영은 짐짓 서운한 게 없다고 정아를 달랬다.

"나는 너 서운하게 한 게 천지빼까리로 기억나는데… 왜 너는 기억이 안 나?"

정아는 비 오던 날 수영과 호영이를 데리러 가서 핫도그까지 사 먹이면서도 순영을 까맣게 잊어 비를 쫄딱 맞게 한 일까지 떠올라 미안하고 가슴이 아팠다.

"에헤, 그만해. 없어. 있어도 잊었어. 됐어."

순영이 괜찮다고 해도 정아 맘은 그렇지가 않았다.

"그래, 내가 너 차별했다! 너 하나 키울 땐 모르겠더니, 배 아파서 내 새끼 낳으니까 내 새끼가 더 예쁘더라! 근데 그건 다 옛날 얘기지! 나 젊어 철없을 때 얘기지! 이제 나 늙고 너 나이 들어서… 마주 보고 앉아 있으면 서로 다 불쌍한 인생이지. 애미한테 서운한 게 있으면 말로 해야지! 입 놔뒀다 뭐해? 어떻게 너한테 이렇게 큰일이 있는데, 애미한테 말을 안 해! 어떻게!"

"그만해 엄마. 지쳐."

순영은 애써 눈물을 참으며 차곡차곡 접어놓은 수건 하나를 꺼내 정아 눈물을 닦아주었다.

"나 지칠 거 걱정하는 년이 이래? 내 생각하는 년이 이래!"

"미안하다, 엄마. 나 결혼하면 엄마 편할 줄 알았을 건데, 이렇게 다시 시끄럽게 됐네."

"뭐?"

"엄마가 나 결혼하던 날, 친구들한테 깔깔대며 그랬잖아. 이젠 다 끝났다, 다 끝났어, 아고, 시원해."

정아는 별 뜻 없이 한 말이었는데 그게 순영에게는 아픔이었나 싶어 마음이 짠했다.

"그 말에 서운했냐?"

"아니, 그냥…. 나도 엄마 어떻게 살아왔는지 아니까. 애 못 낳는다고, 나 입양했다고, 아들 못 낳는다고 친가에서 온갖 구박받은 거 내가 봐서 다 아니까. 그때 그냥 다짐했지. 엄마 더는 힘들게 안 해야지. 나 때문에 힘든 건 결혼하기 전으로 끝내자, 하고. 그래서 참았지, 좀. 미안하네, 문 여사."

"소송해."

정아가 겨우 울음을 멈추고 단호하게 말했다.

"안 해."

"왜 안 해? 빈손으로 어쩌게? 소송해! 나는 그냥 못 끝내. 내가 그놈 사지를 찢어버릴 거야. 어디서… 어디서 감히 내 딸을 패!"

다시 울분이 차올라 눈물 흘리는 정아를 순영이 꼭 안고 다독였다.

"참아, 제발. 엄마 부탁해. 조용히 살고 싶어. 나 보육원 때부터 지금까지 사는 게 너무 시끄러워. 그 인간 죽이고 싶은 것보다 내가 원하는 건, 그냥 조용히… 조용히."

순영은 지쳐 있었다. 몸도 마음도 만신창이였다. 더 이상은 싸울 힘도, 싸울 의지도 없었다. 그저 조용히 떠나 다시 시작하고 싶을 뿐이었다.

"아우, 나는 못 참아! 나는 못 참아!"

"엄마 힘들면 나 더 힘들어. 그냥 조용히…."

"어우… 어머니, 이 불쌍한 거 어떡해. 아우… 어머니…."

바보처럼 참으며 살다가, 또 바보처럼 참으며 떠나겠다는 순영을 끌어안고 정아는 울부짖었다.

순영은 우느라 진이 빠진 정아를 데리고 근처 식당으로 갔다. 퉁퉁 부은 눈으로 말없이 밥만 떠넘기는 엄마를 보며 순영은 되려 밝게 웃었다. 서운한 일보다 고마운 게 많은 엄마다. 남의 자식 이렇게 키워준 것만도 고맙고, 정이 많아 퍼주기만 하면서도 자기 몸 축나는 것도 모르는 미련한 엄마가 안쓰러웠다.

"맛있다!"

엄마와 마주 앉아 밥을 먹는 게 얼마 만인지. 엄마에게 자신의 불행을 들킬까 봐, 그래서 엄마 마음을 아프게 할까 봐 엄마가 집에 와도 자리를 피했었다. 그 시간 동안 얼마나 외로웠는지….

"꼭꼭 씹어. 꼭꼭."

정아가 순영의 밥숟갈 위에 반찬을 올려준다.

"기분 좋아, 히히. 엄마 나 친구랑 미국 갈 생각만 하면 막 기분이 좋아. 요즘은 잠도 잘 자고 아침에도 벌떡벌떡 일어나고. 그러니까 엄마도 기분 좋아야 돼. 난 이혼한 게 아니라 해방된 거야, 해방. 자유, 프리. 알지?"

정아가 순영의 마음을 읽고 힘차게 고개를 끄덕였다.

"맞다. 해방이네, 자유네 자유! 네 말이 맞네."

마음을 다잡은 정아는 숟가락 하나 가득 밥을 퍼 입에 넣었다.

"잘한다. 그래야지. 꼭꼭!"

그런 엄마의 모습에 마음이 놓이는지 순영이 편안한 웃음을 지었다.

순영을 고시원에 들여보내고 집으로 돌아오는 내내 정아는 이런저런 상념으로 가슴이 먹먹했다. 이젠 자유를 얻었다고 기뻐하는 순영의 지나간 시간이 억울하고 아까웠다. 그나마 다시 시작하기에 늦지 않은 나이라는 게 위안거리였지만 뻥 뚫린 가슴을 메워주진 못했다. 문득 엄마가 떠올랐다. 평생 고생만 하다가 요양원에 갇혀 죽을 날을 기다리고 있는 엄마의 인생도 아까웠다. 엄마처럼은 살지 않겠다고 마음먹었지만 엄마보다 나을 것 없는 자신의 인생도 아깝긴 마찬가지였다.

정아는 엄마가 보고 싶어 요양원으로 전화를 걸었다.

"안녕하세요? 에고, 잘 계시죠? 저, 차양순 할머니 보호잔데… 아시는구나. 저희 어머니 어떠신가 싶어 전화했는데. 아, 그렇구나. 좋구나. 그럼 좋을 때 한번 가야겠네, 날 잡아서."

정아가 말을 흐렸다. 딸들 눈치 남편 눈치 보느라 정작 자신이 하고 싶은 일엔 시간 내기가 힘들었다. 문득 부질없고 그런 자신이 미련하다 싶어 작심하고 덧붙였다.

"내일 갈게요. 네, 네. 그때 뵙겠습니다."

전화를 끊은 정아가 집을 한번 올려다보고는 주차장에 있는 석균의 차로 휘적휘적 걸어갔다.

정아가 차를 몰고 찾아간 곳은 희자네 집이었다. 문을 열고 맞아주는 희자에게 가타부타 말도 않고 정아는 거실 소파에 가 누워버렸다.

"뭔 일이야?"

희자가 걱정스레 물었다.

"엄마한테 같이 가. 자고 내일 아침에."

"그럼 아침에 오면 되지, 왜 이 밤에. 석균 씨는 너 여기 온 거 알아?"

정아는 대꾸 없이 텔레비전만 뚫어지게 보았다

"석균 씨 저녁밥은 어떡해?"

"처먹든가 말든가."

"내가 전화할까? 너 여기 있으니까 그리 알라고."

희자가 정아 눈치를 보며 물었다.

"냅둬."

"무슨 일 있어?"

"시끄러."

"잠자리 펴줘?"

"시끄러."

정아는 만사가 귀찮은지 눈을 감아버렸다. 희자는 더 이상 묻지 않고 소파에 올려두었던 이불을 펼쳐 덮어줬다. 잠이 들었나 싶었던 정아가 입을 열었다.

"희자야, 순영이가… 남편한테 맞았다."

정아의 감은 눈에서 주르륵 눈물이 흘러내렸다. 희자가 놀라 숨을 훅 들이마시고 조심스레 물었다.

"많… 이?"

정아는 눈을 꾹 감고 앙다문 입술 사이로 울음을 삼키고 있었다. 이 지경으로 우는 친구를 보니 대답이 필요 없었다.

"어떡해…."

희자는 우는 친구를 짠하게 보며 눈시울을 붉혔다.

다음 날, 순영은 남편의 자동차를 박살낸 석균을 경찰서에서 빼내기 위해 자신의 진단서를 포기해야만 했다. 남편은 서류를 넘기지 않으면 아버지를 즉결심판에 넘기겠다고 협박했다. 병원 진단서는 순영이 남편에게 재산분할을 요구하려고 준비해둔 것이었다. 그 돈으로 미국에서 카페라도 차릴 생각에 잔뜩 부풀어 있었는데 아버지가 그 기회마저 날려버린 것이다.

어쩔 수 없이 서류를 넘기는 것으로 남편과 합의하고 경찰서를 나서자, 뒤따라 나온 석균이 순영을 데리고 순대국밥집으로 갔다. 음식이 나오자마자 게걸스럽게 먹던 석균이 아무렇지 않게 물었다.

"그래서 미국 간다고?"

"네."

"자주 와. 다 잊고, 잘 살고."

"뭘 벌써 다 잊어요."

순영이 톡 쏘아붙였다. 그렇게 쉽게 잊을 수 있는 일이라면 그녀도 잊고 싶었다. 순영은 어린 시절 당했던 성추행보다 그것이 마치 그녀의 잘못인 양 나 몰라라 했던 아버지에게 받은 상처가 더 컸다. 석균이 놀란 눈으로 순영을 바라봤지만, 그녀는 퉁명스레 말을 이었다.

"내가 뭐 아버지가 잊으라면 잊고, 말라면 말아요?"

석균은 더 할 말이 없는 듯 숟가락을 놓고 자리에서 일어났다.

"가서 연락처 남겨라."

석균은 미안하단 말 한마디 없이 그렇게 딸을 보냈다. 자신에 대한 변명 따윈 하고 싶지 않았다. 그래서 그는 딸에게 그날의 진실을 말하지 않은 채 그렇게 보내고 말았다.

사실 순영이 울며 석균에게 소리쳤던 그날, 그는 그 사장 아들을 찾아가 흠씬 두들겨 패주었다. '싫다는데 왜 만져! 싫다는데 왜 만져!' 그러다 직장에서 잘린다고 동료들이 말렸지만 그는 귀한 내 딸을 왜 만지냐고 소리치며 주먹을 휘둘렀다.

이 이야기는 나중에 나중에, 어느 날 술 취한 석균 아저씨가 나에게 털어놓은 얘기였다. 그때 나는 아저씨에게 물었다. 그렇게 직장까지 잘렸으면서, 아버지로서 도리를 다했으면서, 왜 딸에게 미안하다고 말 한마디 못했느냐고. 그리고 그때 그 진실을 왜 말 안 했느냐고. 그의 대답은 간단했다. 자신은 그 시대 남자들이 다 그랬듯, 미안하단 말을 하는 법을 배운 적이 없고, 그리고 진실이고 뭐고 무슨 말을 할 게 있냐고. 딸을 성추행한 놈보다 자신의 가난이 더 미웠는데.

바보 같은 그가 죽고 나서 나는 순영에게 그 사실을 전했다. 순영이 아버지 영정사진을 끌어안고 오열하는 모습을 보면서 나는 알았다. 인생이란 죽어서도 끝나지 않는다는 걸, 죽어서도 뜨거운 화해는 가능하다는 걸 말이다.

바람이 분다,
파도가 친다

다음 날 아침, 난희는 딸 완이와 함께 이틀째 머물고 있던 쌍분네 집을 부리나케 빠져나왔다. 요양원으로 먼저 출발하겠다는 정아와 희자의 연락을 받고 나서는 길이었다. 마지막일지도 모르는 정아의 엄마를 이참에 뵈러 가야 할 것 같아서 완이를 운전기사 삼아 앞세웠다.

오늘따라 정아 엄마의 컨디션은 유난히 좋은 상태였다. 마침 날씨도 따뜻하고 화창해 내친김에 바다 구경을 가기로 했다. 정아의 엄마까지 대동하고 모처럼 떠나는 여행이라 모두 신이 나 있었다.

"엄마 나 아셔? 나 누구? 어? 엄마가 어려서 밥도 많이 해주셨는데. 삼 년 전에도 한 번 뵙고. 나 누구?"

난희가 친근하게 물어봐도 정아 엄마는 눈만 껌뻑였다.

"모르나 보네, 우리 어머니."

정아가 웃으며 말하자 이번에는 희자가 나섰다.

"엄마, 나는 누구?"

"희… 희…."

난희는 못 알아보더니 희자는 알겠는지 힘겹게 입을 열어 웅얼거리자 희자가 정아 엄마의 손을 꼭 잡았다.

"아이고, 고마워라 울 어머니."

그 모습을 흐뭇하게 바라보던 정아가 엄마 귀에 대고 속삭였다.

"엄마, 우리 바다 간다. 좋지?"

엄마가 짓는 옅은 웃음에 덩달아 웃던 정아는 순간 심장이 쿵 내려앉았다. 마주 잡은 엄마의 손에 갑자기 힘이 들어갔기 때문이다. 정아의 눈시울이 붉어졌다. 정신이 오락가락해 딸 얼굴도 못 알아보던 엄마가 오늘은 그 어느 때보다 맑아 보였다. 정아는 제 손을 꽉 잡은 엄마 손길에서 이게 마지막일지 모른다는 예감이 들었다.

"완아, 가까운 데 가자. 너무 멀린 어머니 힘들다."

그렇게 말하는 정아의 목소리가 가늘게 떨렸다.

바닷가에 도착하자 정아는 엄마를 휠체어에 태워 드넓게 펼쳐진 모래사장을 걸었다. 희자는 흐뭇한 얼굴로 휠체어를 따르고, 난희와 완은 그 뒤에서 서로에게 장난을 걸고 있었다. 그때 무리 지어 날아가는 바닷새를 본 정아가 손을 들어 새를 가리켰다.

"엄마, 새다 새! 아우, 예뻐라! 어미 새, 애기 새, 아빠 새, 친구 새, 다 있네, 다."

정아 엄마가 힘겹게 고개를 들어 새들의 날갯짓을 편안한 얼굴로 바라보았다. 희자가 예쁜 조개껍질 하나를 주워 정아 엄마 손에 쥐여주었다.

"엄마, 잡아."

정아 엄마는 조개껍질을 받아들고 다시 새를 올려다보았다. 정아는 엄마 얼굴에 퍼지는 잔잔한 미소를 기분 좋게 보다가 그녀의 시선을 따라 날아가는 새들을 바라보았다. 새들은 드넓은 창공을 거침없이 날고 있었다. 가고 싶은 곳 어디든 날아가는 새들을 보니 정아도 세상 일 훌훌 던지고 자유롭게 날고 싶은 마음이었다. 아니, 보는 것만으로도 마음은 이미 그렇게 하늘을 날고 있었다.

그때, 정아 엄마의 손이 스르르 풀리더니 손바닥에 쥐고 있던 조개껍질이 툭 떨어졌다. 희자가 모래밭에 떨어진 조개껍질을 주워 다시 쥐여주려다 고개를 들어 멍한 눈으로 정아를 바라보았다. 정아가 놀라 굳어 있는 희자에게 고개를 돌렸다. 그러곤 더없이 편안한 얼굴로 눈을 감고 있는 엄마 얼굴을 들여다보았다.

정아는 다시 담담하게 고개를 들어 새들을 바라보았다. 살아생전 새가 되고 싶다던 엄마가 제발 다음 생에는 훨훨 나는 새로 태어나길 빌면서, 지지리 궁상에 등골이 휘도록 고생만 하던 지금의 엄마로 다시는 태어나지 말라고 빌면서 정아는 눈물을 흘렸다.

"정아야…."

울음을 삼키며 희자가 허망하게 정아를 불렀지만, 정아는 아무 말 없이 휠체어를 몰고 앞으로 걸어나갔다.

"엄마… 새 봐라, 새."

정아는 엄마와 함께 조금이라도 더 걷고 싶었다. 엄마와 더 얘기하고 싶었다.

"엄마, 생각나? 할머니 무덤 앞에서 엄마가 그랬지? 저기 날아가는 새가 되고 싶다고. 엄마… 새 돼라. 꼭… 새로 태어나…."

엄마가 돌아가셨다. 오십 년 과부로 살며 평생을 농사일로 허리가 휘게 자식 셋을 건사하다, 천식과 온갖 노환으로 오 년을 요양병원에서 고생하고, 기껏 살아생전 처음으로 사랑하는 딸과 바닷가에 온 날, 자유롭게 훨훨 나는 새를 바라보며 그렇게 돌아가셨다.

좀 떨어진 곳에서 딸과 장난을 치던 난희가 먼저 심상치 않은 분위기를 감지했다. 희자는 바다를 바라보며 눈물을 뚝뚝 흘리고, 정아는 휠체어를 밀며 백사장 끝으로 걸어가고 있었다. 난희와 완이 희자 곁으로 뛰어갔다.

"왜 그래?"

"어머니… 가셨다."

희자가 눈물을 닦으며 말했다. 정아를 위해 마음을 추스르는 모습이었다. 난희의 얼굴에도 금세 슬픔과 막막함이 깃들기 시작했다. 그녀들을 지켜보던 완은 이 상황에서 어떡해야 할지 몰라 그저 난희를 재촉했다.

"정아 이모한테 안 가봐?"

"좀 냅둬."

"어떡해."

"어떡하긴 뭘. 장례 치러야지."

난희는 다시 작게 한숨을 쉬며 휴대폰을 꺼내 충남에게 전화를 걸었다.

"언니, 정아 언니 어머니 돌아가셨네. 여기? 만리포해수욕장 근처. 언니가 장례는 빠꿈이니까 언니한테 처음 전화했지. 석균 오빠한테는 언니 전화 끊고. 아, 그래? 구급차를 일단 여기로 불러? 아… 사람이 죽어도 그게 오는구나. 언니는 주변에 여럿 죽으니 별걸 다 아네."

난희를 따라 걷던 완이 정아를 돌아보았다. 정아는 더 이상 딸의 이야기를 들을 수 없는 엄마와 얼굴을 맞대고 계속 이야기하고 있었다. 그 모습이 너무 쓸쓸하고 가슴 아파 눈시울이 뜨거워졌다. 난희는 정아를 대신해 지인들에게 부고를 전하느라 분주했고, 희자는 의연하게 차에 기대 생각에 빠져 있었다. 한 사람의 죽음 앞에서 모두들 각자 할 수 있는 최선을 다하고 있는데, 완이 혼자만 어쩔 줄 모르고 있었다. 그러며 생각했다.

'경험 없는 내 자신이 조개껍질처럼 작고 초라하게 느껴지고, 온갖 세상일을 겪은 늙은 어른들이 거대하고 대단해 보일 때가 있다. 죽은 자는 죽은 자, 그래도 산 자는 살아야 한다고 분명한 선을 그을 때. 사람의 힘으로 할 수 없는 일과 할 수 있는 일을 확실히 분간할 때. 어쩔 수 없는 모든 것을 순리라고 받아들일 때. 나는 어른들이 산처럼 거대하고 위대하고 대단해 보인다.'

앰뷸런스로 정아 엄마를 병원에 모신 뒤 각자 집에 들르기 위해 흩어졌다.

희자는 민호에게 연락해 상복을 챙겨 오게 한 뒤 자신도 검은 정장으로 갈아입었다. 일하다 말고 급히 달려온 민호가 희자에게 넥타이를 내밀었다. 희자는 민호의 와이셔츠 깃을 세운 뒤 넥타이를 매기 시작했다. 무언가 빠져나간 듯한 희자의 얼굴을 물끄러미 바라보던 민호가 하얗게 센 희자의 귀밑머리를 쓰다듬으며 물었다.

"엄마도 엄마가 있었어?"

"그럼 있었지, 네 할머니. 일찍 돌아가셔 네가 못 봐 그렇지."

희자는 딸 결혼하는 것만 겨우 보시고 단명한 친정엄마 생각에 마음이 아파왔다.

"이상하다, 엄마가 엄마가 있었다는 게."

"나도 … 있었어, 엄마."

희자는 가슴이 먹먹해졌다. 엄마 없이 이 세상에 나온 사람이 어디 있을까. 자신에게도 평생 내 편이 되어주던 엄마가 있었는데, 엄마 없이 산 세월이 엄마 그늘에 있던 세월의 두 배가 넘는구나 생각하니 서글픔이 밀려왔다.

난희와 완은 집에 들러 옷을 갈아입고 쌍분과 인봉을 데리러 외갓집에 갔다. 그런데 곧장 장례식장으로 가려는 완에게 난희와 쌍분이 마트부터 들러야 한다며 성화를 부렸다. 마트에 들어가자마자 난희는 건어물 코너에 들러 땅콩이며 마른오징어 같은 온갖 안줏거리를 카트에 싣기 시작했다. 인봉도 아픈 다리를 절뚝거리며 쌍분이 시키는 대로 소주를 카트에 옮겨 담고 있었다. 그사이 또 누구에게 전화가 왔는지 난희가 휴대폰을 부여잡고 버럭 화를 냈다.

"홍어 넣으면 비싸대잖아! 오징어회 넣어! 정아 언니 동생들 죄 농사꾼인데 무슨 돈이 있다고. 아, 요즘 누가 홍어를 먹어?"

건어물을 카트에 집어넣던 쌍분이 통화 내용을 듣고 버럭 성질을 냈다.

"홍어는 넣어야지! 상가에 홍어가 없음 뭘 먹어? 나 죽어도 제상에 돈 아껴라!"

화가 단단히 난 쌍분은 콧김을 흥흥 뿜으며 완이와 난희를 두고 먼저 휙 가버렸다. 난희는 쌍분의 뒷모습을 어이없게 보다가 휴대폰에 대고 소리를 질렀다.

"그래, 기자 언니 홍어 넣자. 홍어 넣어! 그래, 넣어!"

잔뜩 짜증을 부리고 전화를 끊은 난희가 다시 마트 안의 물건들을 살폈다.

"장례식장 안 가? 지금 이 상황에 홍어는 뭐고. 진짜 이해 안 가. 상조회사에서 이런 거 다 알아서 하는 거 아냐? 굳이 이걸 사 가야 돼?"

카트에 담긴 물건들을 보고 완이 한마디 하자, 난희가 모르면 국으로 가만있으라는 듯 손사래를 쳤다.

"조용히 해!"

그때, 인봉이 카트를 끌고 난희 옆으로 다가왔다.

"내가 필리핀 여자랑 결혼하는 거 반대하는 엄마를 누난 어떻게 생각해?"

완은 처음 듣는 말이었지만, 난희는 이미 잘 알고 있는지 인봉을 타일렀다.

"걔 스물이라며?"

"스물둘!"

"야, 그 어린앨 데려다…."

"거짓말! 다 내 다리 때문이면서."

인봉이 속상하고 서운한 표정으로 카트를 끌고 가버렸다. 난희는 인봉의 뒷모습을 답답한 듯 보다가 이내 두리번거리며 쌍분을 찾았다. 쌍분은 멀리 떨어지지 않은 여성복 매장 앞에 서 있었다. 마네킹에게 입혀놓은 검은색 양장을 이리저리 만지는 걸 보니 퍽이나 마음에 드는 눈치였다. 난희가 다가가 보니 반짝이가 요란하게 장식된 화려한 옷이었다.

"그거 샀다 언제 입어?"

"맞다. 낼모레 죽을 놈의 거 사서 뭐해."

쌍분은 미련 가득한 눈을 거두고 체념하듯 돌아섰다. 그런데 몇 걸음 걸어가던 쌍분이 갑자기 뒤돌아서더니 버럭 소리를 쳤다.

"내가 낼모레 죽을 놈의 거, 왜 저것도 하나 못 사? 저거 사줘!"

"엄마, 정말 그 반짝이 입고 장례식장 가시게?"

난희는 옷 매장으로 들어가는 쌍분을 따라가며 답답한 듯 소리쳤다.

병원 장례식장에서는 상조회사 직원과 정아, 석균 그리고 충남이 장례물품 확인을 위해 대화를 나누고 있다.

"납골당까지 리무진으로 가?"

충남이 정아와 석균에게 물었다. 리무진이란 말에 지레 허걱한 석균이 주저하는 듯하자, 반쯤 넋이 나간 얼굴로 앉아 있던 정아가 답했다.

"빼."

"관은? 오동나무, 향나무, 솔송, 제일 싼 나왕."

충남이 다시 물었다.

"나왕을 어떻게 해? 관은 오동이지."

석균이 정색하자 정아가 원망스러운 눈초리로 석균을 노려보았다.

"나왕으로 해! 살았을 때 잘하지!"

석균이 잠자코 입을 다물었다. 그때, 정아의 남동생이 문을 벌컥 열고 들어왔다. 덥수룩하게 자란 수염, 초라한 행색의 동생은 술 냄새를 잔뜩 풍기고 있었다.

"우리 엄마 살려내, 우리 엄마! 누나, 엄마 살려내라, 어, 누나!"

그는 정아에게 매달려 울며 소리쳤다. 놀란 석균이 처남을 끌고 밖으로 나갔지만, 정아는 그러거나 말거나 넋이 나간 얼굴이었다. 소란하고 요란한 장례는 그렇게 사흘 만에 덧없이 끝이 났다.

며칠 뒤, 정아와 친구들이 해변에 둥그렇게 둘러앉았다. 정아가 보자기에 싸 온 제 엄마의 분골을 조심스레 꺼냈다.

"동생들이 분골 가져가게 놔둬? 언니가 안 모셨다고 난리 피더니."

충남이 의외라는 듯 물었다. 장례식 내내 정아 동생들은 그녀를 탓했다. 요양병원비 한 번 보태준 적 없으면서, 엄마를 집에서 모시지 않고 요양원에 모셨다고 그녀를 나무랐다. 정아는 넋이 나간 얼굴로 그들의 악다구니를 처연히 듣기만 했다.

"동생들은 납골당에 다 모신 줄 알지. 언니가 몰래 한 줌만 챙겼대."

영원이 대신 답하고 안쓰럽게 정아를 봤다. 정아는 덤덤한 얼굴로 분골 한 줌을 쥐고 자리에서 일어났다.

"우리 엄마 평생 시끄럽게 살아서 시끄러운 거 딱 질색이야. 조용히 뿌려."

정아를 시작으로 희자, 충남, 영원 그리고 난희까지 각자 한 줌씩 분골을 쥐고 바다로 걸어갔다.

"남 일 아니네. 이게 내 일이지."

난희가 중얼거렸다.

굴곡진 삶을 산 정아 엄마의 뼛가루는 바닷가 바람 위로, 파도 위로 날아갔다.

완이는 차에 기대 엄마와 이모들의 모습을 착잡한 얼굴로 바라보았다. 언젠가는 이모들도 저렇게 가실 날이 오겠지. 그리고 내 엄마도. 슬픔보다는 차라리 편안해 보이는 이모들과 엄마의 얼굴을 보면서, 언젠가 자신도 엄마를 보내며 후회 없이 편안한 미소를 지을 수 있을까 생각했다. 그 편안함은 어디서 오는지도 궁금했다.

'그래, 엄마 소원인데 글 쓰자. 엄마 얘기, 이모들 얘기 한번 해보자. 나중에 후회 말고.'

나중에 아주 먼 나중에 엄마와 이별하는 날이 왔을 때, 엄마와 친구들의 글이 자신에게 위안이 될지도 모른다는 생각, 엄마를 좀 더 편안하게 보내게 될지도 모른다는 생각이 들었다.

그날 밤 석균은 문득 옆자리가 허전해 잠에서 깨어났다.

"순영아…. 순영아…."

정아를 부르며 집 안을 살피던 석균이 조심스럽게 화장실 문을 열었다. 화장실 바닥엔 빈 맥주병이 뒹굴고, 정아는 벽에 기대앉아 세상이 무너진 것처럼 엉엉 울고 있었다. 그녀의 서러운 울음소리가 동굴 같은 화장실 가득 울렸다. 석균은 말없이 그 모습을 보다가 화장실 수납장에서 수건을 꺼내 무릎에 가만히 놓아주었다.

"무슨 술을…."

위로의 말을 하고 싶었지만 석균은 끝내 아무 말도 못하고 화장실을 나왔다.

살면서 아무리 경험 많은 어른이어도, 이 세상에 내 어머니가 돌아가시는 경험은 그 누구에게나 단 한 번뿐이다. 그래서 슬픈 건 어쩔 수 없이 슬픈 것이었다. 늙은 딸이 늙은 엄마를 그렇게 보냈다.

되돌아갈 수 있는 길,
되돌아갈 수 없는 길

평일 오전이라 공원은 한산하고 조용했다. 나는 기분 전환도 할 겸 오랜만에 엄마와 산책을 나왔다. 갑작스레 큰일을 치르느라 몸과 마음이 지쳐 있던 엄마도 기분 전환이 되는지 밝은 표정이었다.

딩동.

엄마가 문자 수신음을 듣고 휴대폰을 확인하는 동안 나는 잠시 산책 나온 강아지에 한눈을 팔고 있었다. 그런데 그때 엄마는 결코 믿고 싶지도, 믿을 수도 없는 문자 하나를 발견했다. 스팸 문자를 지우던 엄마가 며칠 전에 온 충남 이모의 문자를 뒤늦게 열어본 것이다.

'난희야, 완이가 유부남을 만난다. 출판사 국장, 걔 유부

남 맞지? 내 느낌은 확실해. 걔 그 유부남과 분명히 바람피워. 말려라.'

엄마는 이게 무슨 뚱딴지같은 소린가 싶었지만 아무렇지 않게 무시할 수도 없었다. 충남 이모 눈치가 빠른 건 이미 알고 있었고, 나와 동진 선배 사이라면 예전에 연인이었으니 결코 불가능한 일만은 아니었다. 나는 그런 줄도 모르고 엄마에게 다가가 등뒤에서 와락 끌어안았다.

"엄마! 바람 좋다, 그치?"

나를 바라보는 엄마의 표정이 딱딱하게 굳어 있었다. 그 이유를 알 리 없었던 나는 어깨에 팔을 두르고 엄마를 위로했다.

"슬퍼? 많이? 할머니… 생각나?"

엄마는 나를 빤히 보기만 할 뿐 아무 말도 하지 않았다.

"내가 기쁘게 해줄까? 내가 엄마 소원 들어줄게. 글 쓸게. 이모들이랑 엄마 이야기. 기분 좋지?"

엄마가 막 웃으며 좋아할 거라고 기대했는데, 엄마는 어깨에 걸친 내 팔을 찬바람이 나도록 뿌리치고 먼저 앞으로 걸어갔다. 나는 그때 엄마의 그 서늘한 반응이 나와 동진 선배 때문이라는 걸 결코 알지 못했다.

다음 날 밀려든 단체손님 때문에 가게 안이 분주했지만 엄마 마음은 온통 나와 동진 선배 문제에 가 있었다. 동진 선배가 우리 집 비밀번호를 알고 누르던 일이 떠오르고, 동진 선배를 혼자 보내기 싫어 맥주 한잔하자던 내 표정까지 줄줄이 떠올랐다. '만에 하나라도…' 엄마는 그 만에 하나도 절대 받아들일 수 없었다.

"악!"

파를 썰며 딴생각에 빠져 있던 엄마가 결국 손가락을 베고 말았다. 주방 행주로 대충 손가락을 감싼 뒤 엄마는 걱정하는 직원들에겐 대꾸도 않고 휴대폰을 들고 카운터 쪽으로 갔다. 엄마는 바람피운 남편 때문에 자신이 얼마나 고통을 당했는지 아는 딸이 유부남과 그럴 리 없다 생각했다. 엄마는 괜히 죄 없는 딸을 의심했구나 싶어, 그런 괴상한 문자를 보낸 충남 이모에게 화가 치밀었다.

"충남 언니, 영원이랑 나 좀 보자. 내가 언니네 갈까, 언니가 올래?"

무슨 용건인지 눈치챈 충남 이모가 순순히 집으로 오겠다고 했다.

그날 밤 영원 이모와 함께 집에 온 충남 이모를 보자마자 엄마는 삿대질을 해대며 몰아붙였다.

"사람이 할 말이 있고 안 할 말이 있어! 어떻게 그런 막말을 해? 어떻게, 어떻게, 어떻게!"

충남 이모는 눈도 꿈쩍하지 않았다. 오히려 뚝심 있게 엄마를 노려보며 목소리를 높였다.

"소리 낮춰!"

"내가 지금 소리 낮추게 생겼어? 멀쩡한 내 딸년을 유부남하고 바람피운다고 몰아가는데! 대체 날, 내 딸년을 어떻게 보고 그런 소릴 해! 내가 숙희 년한테 당한 게 있는데, 내 딸년을 유부남 만나라고 시켰겠냐? 내가 딸년을 그렇게 가르쳤겠어! 언닌 대체 나이 어디로 먹어? 왜 없는 말을 만들어? 걔들 그냥 친한 대학 선후배야! 내가 언니가 언니만 아님 어젯밤에 뛰어갔어! 사는 게 심심해?"

엄마는 분에 겨워 충남 이모를 향해 달려들었다. 두 사람 사이에서 아무 말 없이 앉아만 있던 영원 이모가 엄마의 어깨를 잡고 말렸다.

"야야야, 야 난희야!"

"내가 심심해서 말할 거 같으면, 말 많은 기자한테 따따부따하지 미쳤다고 너한테 말해?"

충남이 지지 않고 쏘아붙였다.

"뭐?"

영원 이모가 더 이상 못 듣겠다는 듯 자리에서 벌떡 일어났다.

"이렇게 싸울 거면 둘이 싸워. 뭐하는 짓이야 나이 먹은 사람들이! 아우, 나 갈래."

"가긴 어딜 가. 넌 여기 있어!"

엄마는 영원 이모를 소파에 눌러 앉혔다. 애당초 영원 이모를 같이 부른 이유는 혹시라도 생길지 모를 몸싸움을 막아달라는 뜻이었다. 엄마는 다시 충남 이모를 노려보며 버럭버럭 소리쳤다.

"뭘 봤니, 대체? 대체 언니가 뭘 봤기에 하나밖에 없는 내 딸년한테 그런 막말을 하냐고! 자는 거 봤냐? 둘이 뒹구는 거라도 봤어? 보고 그런 소리 해?"

말을 마치자 엄마는 속이 타는지 물을 벌컥벌컥 마셨다.

"아오… 진짜…."

중간에 끼어 이러지도 저러지도 못하는 영원 이모도 물을 들이켰다.

"둘이 뒹구는 건 못 봤고, 입 맞추는 건 봤다. 왜?"

둘의 반응엔 아랑곳없이 충남 이모가 엄마를 똑바로 보며 직구를 날렸다. 영원 이모가 물 잔을 바닥에 내던지며 충남 이모를 막으려 했다.

"언니가 뭘 봐, 뭘? 코앞의 글자도 못 봐서 돋보기 끼고 살면서! 눈도 안 보이면서 뭘 봐?"

"입 닥치고, 넌 난희 건져! 오늘 일은 내가 다 뒤집어써!"

영원 이모에게 호통을 치고 충남 이모가 다시 엄마에게 단호하게 말했다.

"내가 분명히 봤어. 출판사 앞에서 비 오는 날 둘이 입 맞추더라."

충남 이모의 말이 끝나자 영원 이모가 자리를 박차고 일어나 밖으로 나갔다. 엄마는 그새 눈가에 눈물이 차올라 충남 이모를 노려보며 되물었다.

“진짜… 봤냐?”

“난 너랑 끝나는 것보다 완이 인생이 더 중요해. 우리 사이 안 좋아지는 게 뭔 상관이야? 내 딸년 같은 네 딸년 완이, 인생 조지게 생겼는데! 확실해. 그리고 아니면 너나 완이 인생이나 땡큐고. 기면 갈 길 아니니 가지 마라, 말리면 되고.”

상황을 깔끔하게 정리한 충남 이모가 엄마 어깨를 툭 치고 나갔다. 참담한 얼굴로 방바닥에 주저앉아 있던 엄마가 마음을 가다듬고 영원 이모에게 전화를 걸었다.

“완이 연하랑 왜 헤어졌냐? 동진이 때문이냐? 너랑 완이 친구처럼 친하잖아.”

먼저 나갔지만 빌라 입구에서 충남 이모를 기다리던 영원 이모가 차분히 대꾸했다.

“내가 아는 건 한 가지야. 완이는 완이 인생, 완이가 알아서 할 거라는 거. 더는 아무것도 몰라.”

말을 끝내자 어느새 다가온 충남 이모가 휴대폰을 뺏어들었다.

“난희야, 일단 완이 휴대폰 뒤져. 지난번 완이가 영원이 화랑 왔을 때 내가 얼핏 보니까, 휴대폰 비밀기호가 리을이더라. 확인해.”

충남 이모가 그렇게 할 말을 다 하고 전화를 끊자 엄마는 깊은 한숨을 내쉬었다.

"완이 너, 엄마 속이는 거 있어?"

오래간만에 연하와 영상통화를 하고 있는데, 엄마가 전화해서는 다짜고짜 이렇게 물었다.

"뜬금없이…. 속일 게 있어야 속이지. 왜? 금고에 돈이 비냐? 엄마, 나 연하랑 일로 통화 중. 제발 끊어."

나는 웃으며 별스럽지 않게 전화를 끊었다. 그때 엄마가 얼마나 절망스러운 감정에 빠져 있었는지 나는 알지 못했다.

"다시 켜."

내가 다시 노트북을 보며 말하자 연하는 휴대폰 사진을 열어 자신이 그린 만화 여주인공을 보여줬다. 발랄함이 한껏 묻어나는 귀엽고 예쁜 캐릭터였다. 나는 그림을 보며 기대감에 젖어 작게 웃었다.

"귀엽다. 근데 이 여자주인공… 혹시… 나?"

"아니. 새로 만난 니키타."

"니키타는 뭐니?"

실망스런 감정을 애써 숨기며 내가 물었다.

"말했잖아. 음악 카페의 알바 점원 아가씨. 대학원생이래. 진짜 예쁘지? 섹시하고?"

연하가 그녀와 함께 찍은 사진을 연달아 보여주었다.

"너 진짜 걔… 사귀어?"

어쩔 수 없이 일어나는 질투를 겨우 가라앉히며 물었다. 연하가 웃음을 터트렸다.

"생각만 해도 좋아 죽겠니?"

내가 참다못해 이죽거리자 연하는 웃음을 흘리며 자랑하듯 말했다

"근데, 얘 되게 당돌하다. 글쎄, 나랑 두 번째 데이트하는 날이었는데, 갑자기 차 마시다 아주 맑은 눈으로 날 보면서 당돌하게 그러더라. 근데, 밤에 돼요?"

"그래서?"

"당근 된다 그랬지! 그리고 이번엔 내가 물었지? 혹시 밤에 그럼… 그걸 확인해볼 생각이 있냐고."

"그랬더니, 애니타임 오케이라디?"

"어."

연하의 웃음소리가 스피커를 통해 흘러나왔다. 나는 결국 이성을 잃고 옆에 놓여 있던 물 컵을 들어 연하에게 확 뿌려버렸다.

"어머머머머! 내 노트북!"

물이 컵을 떠난 순간, 내가 미친 짓을 했다는 걸 깨달았지만 이미 늦었다. 내가 수건으로 노트북을 닦으며 호들갑을 떨고 있을 때, 엄마는 홀로 소주를 마시며 동진 선배와 나의

관계, 그리고 내가 연하와 헤어진 이유를 생각하며 괴로워하고 있었다.

누가 그랬다. 우리는 다 인생이란 길 위에 서 있는 쓸쓸한 방랑자라고. 그리고 그 길은 되돌아갈 수 있는 길과 절대 되돌아갈 수 없는, 두 갈래의 길로 분명히 나뉘어 있다고.

어떤 길은 이미 지나쳐왔어도 마음만 있으면 언제든 되돌아갈 수 있어서, 즐거운 설렘이 되고 기쁨이 되고, 새롭게 다시 시작하고 싶은 찬란한 희망이나 기대가 되기도 하지만, 어떤 길은 이미 너무 멀리 와서, 혹은 이미 돌아가는 길이 가로막혀 되돌아가려야 갈 수 없는 길이 돼버리기도 한다. 나와 연하는 지금 각자 어떤 길 위에 서 있을까?

늙어 좋은 게
뭔 줄 아냐?

난희의 집에서 나온 충남은 영원과 함께 자신의 카페로 가는 중이었다. 그때 성재에게 또 문자가 왔다. 귀여운 이모티콘에 '잘 자라, 꼬마.'라고 쓰인 문자였다. 충남은 희자에게 들은 말이 있어 가뜩이나 속이 상해 있던 터라 이 문자가 반갑지만은 않았다.

며칠 전 장례식을 마치고 집으로 돌아가는 차 안에서 희자가 충남에게 성재 얘기를 꺼냈다. 요즘 성재가 그녀에게 꼬마라고 불러서 불만이라는 것이다. 충남은 자신도 그에게 꼬마야 어쩌고 하는 문자를 받으며 가슴 설레었던 터라 기분이 상했다.

그런 말로 자기 마음을 흔들어놓고 희자에게도 똑같은 문자를 하다니 참 맹랑한 사람이라는 생각이 들었다. 그러거나 말거나 무시할 수 있으면 좋으련만, 충남은 실망스럽고 속상한 마음에 성재에게 득달같이 전화를 걸었다.

"오빠, 뭐해? 나도 꼬마 희자 언니도 꼬마. 꼬마, 꼬마 부르며 뭐하는 짓이야, 지금?"

충남이 따지고 들었다.

"그게 뭐 어때서? 희자는 작아서 꼬마, 너는 어리고 귀여워 꼬마. 그래서 나한텐 둘 다 꼬마!"

충남은 '너는 어리고 귀여워 꼬마'라는 말에 꽂혀 또다시 심장이 떨렸다. 그 바람에 말문이 막혀 더는 따지지도 못하고 다급히 전화를 끊었다. 심장이 너무 뛰어 청심환이라도 먹어야 하나 생각하는데, 운전하던 영원이 은근슬쩍 묻는다.

"뭐래?"

"몰라."

충남은 쑥스러운 기분에 창밖으로 휙 고개를 돌렸다.

"우리 언니 비밀 생겼네…. 히히."

영원은 그런 충남이 귀엽다는 듯 웃었다. 충남은 '너는 어리고 귀여워 꼬마. 너는 어리고 귀여워 꼬마…'라고 하던 성재의 말이 계속 머릿속을 맴돌아 고개를 흔들었다.

"왜 체머리를 흔들어?"

"운전이나 해."

영원이 자꾸 말을 걸어와도 충남의 귓전엔 성재 목소리만 맴돌았다. 후후 숨을 몰아쉬던 충남이 얼굴까지 벌게져 소리쳤다.

"야, 에어컨 켜!"

"아직 에어컨 켤 날씨는 아닌데…. 왜, 성재 오빠랑 전화하더니 달뜨냐?"

"에어컨이나 켜!"

영원이 충남을 힐끗 보며 웃다가 장난스럽게 노래를 불렀다.

"십오야 밝은 둥근달이 둥실둥실 둥실 떠오면, 설레는 마음 아가씨 마음, 울렁울렁 울렁거리네…."

다음 날 아침에도 어김없이 예쁜 이모티콘과 함께 성재의 문자가 왔다.

'잘 잤냐, 꼬마! 오늘도 좋은 하루!'

충남의 입꼬리가 올라가려던 찰나, 화장실에서 나온 조카 주영이 그녀에게 칫솔을 건넨다. 놀란 충남이 얼른 휴대폰을 주머니에 넣고 칫솔을 받아 들었다.

"영원 고모는 항암이 힘든가, 아직 자네."

주영은 걱정스러운 듯 거실에서 자고 있는 영원에게 눈길을 보냈다.

"냅둬."

충남이 양치를 하려다 말고 카페로 나가는 주영에게 묻는다.

"넌 고모 연애하는 거 어떻게 생각해?"

"좋아."

주영이 활짝 웃으며 말했다. 충남은 기분이 좋아져 이번에는 멀찍이서 마루를 닦고 있는 종식에게 물었다.

"넌?"

"나도. 플라토닉일 거 아냐. 정신적 사랑."

"설마… 고모가 잠도 잘 건 아니지?"

"만약 그럼 우린…. 왝! 우, 징그러."

종식과 주영이 그녀를 놀리며 나가자 충남은 순간 의기소침해졌다. 늙어 처지고 탄력 없는 제 몸을 상상하니 사랑이고 뭐고 자신이 없어졌다.

화장실로 들어가 양치를 하던 충남이 치약을 뱉어내고 다시 휴대폰을 꺼내 성재의 문자를 읽었다. 조금 전까지 시무룩하던 얼굴이 활짝 펴지며 자기도 모르게 미소가 번졌다. 그러다 퍼뜩 정신을 차리고 거울을 노려보며 정색했다.

"미쳤니, 왜 웃어? 뭐가 웃겨서 웃어? 징그럽게!"

"언니, 미쳤어? 왜 그래?"

어느새 잠에서 깬 영원이 커피를 마시며 걱정스런 눈으로 충남을 보고 있다.

"거울 보고 뭐하는 짓이야? 왜 그걸 보고 말을 해? 나는 누구?"

영원은 정말 걱정스러운 얼굴이었다. 충남은 쥐구멍에라도 숨고 싶은 심정으로 후다닥 입을 헹구고 화장실을 빠져나갔다.

"언니, 나는 누구? 말해봐, 나는 누구?"

"영원이!"

민망해진 충남이 소리쳤다.

"됐네, 안 돌았으면."

영원은 그제야 마음이 놓이는지 커피를 홀짝거렸다.

아침 댓바람부터 성재가 희자 집을 찾아왔다. 희자는 애써 그를 무시하고 국에 만 밥을 꾸역꾸역 마저 먹기 시작했다. 성재는 제 집인 듯 소파에 앉더니 들고 온 봉지에서 묵주 구슬들과 고무줄을 꺼냈다.

"네가 봉사할 마음이 아무리 있어도 기운이 없어서 안 돼. 그래서 내가 생각했지. 너한테 맞는 봉사거리가 뭘까. 이거더라고. 그래서 어제저녁 성당 가서 받아 왔지. 이건 집에서도 성당에서도 할 수 있겠더라고. 봐, 쉽지?"

성재는 돋보기를 끼고 고무줄에 한 올 한 올 구슬을 꿰어 완성한 묵주를 자랑스럽게 흔들어 보였다.

"가요, 이제."

희자가 차갑게 말했다. 성재는 서운한 얼굴로 쓰고 있던 돋보기를 벗었다.

"인정머리 없이. 사람이 집까지 찾아왔는데 차 한 잔은 줘야지."

"싫어요. 차 주는 것도 싫고 이성재 씨도 싫고."

희자는 보란 듯이 등을 돌리고 후루룩 밥을 떠 넘겼다. 그 모습마저 귀엽다는 듯 성재가 허허 웃었다.

"왜 밥을 그렇게 먹어? 잘 차려 먹지."

"남이야."

"대체 내가 뭐가 그렇게 싫은데?"

성재가 억울한 기분이 들어 물었다. 희자는 그새 비운 밥그릇을 식탁 위에 내려놓고 그를 돌아보았다.

"그렇게 웃는 거. 왜 웃어요? 맨날 실없이…. 석균 씨가 나랑 잤냐 물을 때도 웃었다 그러고, 내가 우리가 언제 잤냐고 따질 때도 웃고, 지금도 괜히 웃고. 오십 년 전 나랑 헤어질 때도 이성재 씬 지금처럼 실실 웃었죠? 나는 울어도 거긴 웃었죠?"

희자는 가슴에 담아두었던 오십 년 전 감정까지 끄집어냈다. 자신은 진지하고 심각한데 그는 늘 장난스럽고 가벼웠다. 그 가벼움이 자신을 놀리는 것 같아 기분 나쁘고, 진지한 자기 마음을 몰라주는 것 같아 속이 상했다. 오십 년 전, 바로 그날도 그랬다.

성재는 그제야 희자 마음을 눈치채고 따뜻한 미소를 지어 보였다.

"아니, 울었다. 남자 놈이 사흘은 울었다. 너 시집갔달 때. 나보다 네가 먼저 갔잖아. 그래서 군대 안 가도 되는 사대독잔데 나이 서른 다 돼서 자원해 군대 갔는데…. 너는 그거 모르지?"

희자는 처음 듣는 그의 진심이 당황스러웠다. 그녀는 할 말을 찾지 못하고 멍하니 그를 바라봤다.

"나, 그때 많이 아팠다."

"… 이제 가."

희자가 싱크대로 가 물을 틀었다. 성재의 진지한 모습이 자신을 놀리는 건가 싶기도 하고, 다 지나간 옛일 떠올려 뭐하나 싶기도 했다. 성재는 벽에 걸린 시계를 보더니 테이블에 놓여 있던 컵에 수돗물을 받아 아침에 깜빡했던 약을 먹었다.

"우리 여행 갈래? 친구 하자, 친한 친구."

성재가 설거지를 하는 희자에게 불쑥 얼굴을 디밀었다. 희자는 성재가 마신 컵을 빼앗아 닦으며 딱딱하게 대꾸했다.

"난 남자랑 친구 안 해요. 특히 그 노란 심장약 먹는 사람이랑은. 난 내 남편이 심장병으로 죽어서 심장병 있는 사람은 여자고 남자고 딱 질색이야."

그 말이 우스웠던지 껄껄 웃던 성재가 식탁 위에 가득한 약병들을 보았다.

"너도 약 많이 먹네."

그때 전화벨 소리가 울렸다. 희자가 부랴부랴 젖은 손을 닦고 전화를 받았다.

"어, 민호야."

"집에 그 아저씨 뭐야?"

민호는 정아가 알려준 대로 시시티브이 화면을 연결해 시간이 날 때마다 희자를 들여다보고 있었다. 시시티브이가 아들에게도 연결된 걸 모르는 희자는 민호의 질문이 당황스럽기만 했다.

"뭐래, 얘가?"

"그냥… 느낌이… 지금 남자랑 있지? 왜 있어 남자랑? 누가 집에 남자 들이래?"

민호는 얼버무리면서도 싫은 내색을 숨기지 않았다.

"남자는 무슨. 요셉! 성당 사람! 봉사거리!"

희자는 당황해 목소리를 높이고 급하게 전화를 끊은 뒤 성재의 등을 밀었다.

"나가요. 내 자식이 싫대!"

성재는 희자 아들이 어떻게 자신이 집에 온 걸 알았나 싶어 고개를 갸웃거리다, 집 안 곳곳에 달린 시시티브이를 보자 이해가 되었다.

"그래. 나중에 또 보자. 여행 가는 거 잘 생각해보고. 날이 너무 좋아. 우리가 내년에 이 광경을 볼지 말지 모르는 인생 아니냐. 너랑 나랑 약봉지 왕창 들고, 조심조심 꽃구경 한번 가자."

성재는 기분 좋게 웃으며 그녀 집을 나갔다. 희자는 여행 어쩌고 하는 말이 마음에 안 들어 작게 구시렁거린다.

"지랄만 계속…."

희자는 곧장 민호에게 다시 전화를 걸었다. 민호가 전화를 받자마자 남자친구 같은 거 징그럽다, 오해하지 마라, 아들에게 변명을 늘어놓던 그녀는 문득 고개를 갸웃했다.

"근데 너 남자 온 건 어떻게 알아?"

충남은 아침 설거지를 하다 성재 생각에 빠져들어 자신도 모르게 또 휴대폰을 들여다보았다.

'아휴, 내가 왜 이래.'

충남은 고개를 저으며 얼른 전화기를 주머니에 넣었다. 그러면서도 머릿속에선 성재와의 연애 장면이 영화처럼 이어지고 있었다.

둘이 다정하게 아침을 먹고 씻으러 들어갔던 성재가 머리를 털며 욕실에서 나온다.

'커피 타.'

그의 말에 그녀는 설거지하며 새침하게 답한다.

'싫어.'

'그럼 내가 타줄게.'

그는 따뜻하게 웃으며 우아한 손길로 커피를 내린다. 모락모락 김이 피어오르는 커피가 그와 그녀 앞에 놓인다. 둘은 행복한 미소로 서로를 바라보며 커피 잔을 든다. 살짝 건배를 할지, 러브 샷을 할지, 아니면 우아하게 마실지 그녀는 잠시 망설인다.

충남은 방금 한 상상이 퍽 마음에 들어 설레는 얼굴로 작게 웃었다.

"그래, 맞아. 그 오빠 커피 정도는 타줄 거야. 한번 만나봐? 재밌을지도 모르잖아. 근데 사람이 다 장단점이 있는 건데, 그 오빠 다 좋을까?"

충남은 상상 속의 영화를 계속 돌렸다.

그가 커피를 다 마시고 자리에서 일어난다. 그러더니 다시 설거지를 하고 있는 그녀에게 다가온다.

'근데 설거질 너무 더럽게 한다. 세제 범벅이네. 환경을 생각해야지. 쌀뜨물로 해. 밀가루나. 요즘 누가 거품 세젤 쓰니?'

'나, 나도 보통 땐 밀가루 쓰거든! 근데 이건 고, 고기 국물 그릇이라…'

그녀가 당황해서 버벅거린다.

'오빠가 뭘 좀 가르쳐주면 그냥 네, 하고 들어라. 말이 많아!'

그의 호통에 그녀가 씩씩거리며 애꿎은 그릇을 요란하게 문지른다.

다시 현실로 돌아온 충남은 골이 나서 목소리를 높였다.

"분명히 그럴 거야. 오빠가, 오빠가, 하면서 날 가르치려 들겠지!"

설거지를 끝내고 티브이 앞에 앉으니 잠시 끊어졌던 머릿속 영화 장면이 다시 펼쳐졌다.

그녀가 좋아하는 코미디 프로를 보고 있을 때 그가 리모컨을 빼앗아 뉴스 채널로 돌려버린다.

'뉴스 좀 보자.'

정신 번쩍 들어 현실로 돌아온 충남은 기분이 상해 티브이를 확 꺼버렸다.

"뉴스만 보겠지? 배운 놈 티내면서. 본 뉴스 또 보고, 본 뉴스 또 보고…."

충남은 소파 테이블에 놓여 있던 수학책을 펴며 고개를 흔들었다.

"숙제나 하자, 숙제나."

충남은 풀리지 않는 수학 문제로 끙끙거리다 또다시 상상 속으로 빠져들었다.

그녀의 수학책을 빤히 보던 그가 답답한 듯 한마디 한다.

'야, 이때는 곱셈 공식 구 번 아니냐.'

그녀는 슬픈 눈으로 그를 본다. 최선을 다하고 있는 자신을 알아달라는 애원의 눈빛이다. 그는 가차 없이 그녀를 다그친다.

'검정고시 학원을 몇 년을 다녔으면서 그걸 모르냐? 정신을 차려! 너 바보냐? 엑스 세제곱 플러스 와이 세제곱 마이너스 일 플러스 삼엑스와이! 곱셈 공식 구 번! 곱셈 공식 구 번! 너 대체 공불 하는 거야 마는 거야?'

자존심이 상한 충남이 허공에 대고 소리를 질렀다.

"내가 알아서 할 거야! 이날 이때껏 육십 넘어 살면서, 내 일은 여적 내가 알아서 다 했어! 건들지 마! 냅둬!"

"언니."

영원의 목소리에 충남이 고개를 돌렸다. 화장실에서 막 세수를 하고 나온 영원이 아무도 없는 허공에 대고 버럭버럭 소리를 지르는 충남을 보고 놀란 얼굴이다.

"나, 지금 언니 하는 짓 싹 다 봤다. 왜 그래?"

"끝낼 거야."

충남은 잔뜩 속상한 얼굴로 뜬금없는 말을 하더니 거실 서랍장을 뒤적였다.

"괜히 가슴은 두근대고. 내가 이러다 제 명에 못 살고 심장마비 걸려 뒤지지. 끝, 끝, 끝! 여기서 끝!"

서랍장에서 청심환을 찾아 우적우적 씹으며 충남이 울먹였다. 영원은 어이가 없어 헛웃음을 내뱉었다.

"그래서 정말 성재 오빠랑 끝낸다고? 둘이 뭐 시작이라도 했냐, 끝내게?"

"했지."

충남의 단호한 말에 영원의 눈이 휘둥그레졌다. 충남이 자기 머리를 손가락으로 툭툭 치며 말했다.

"대가리로."

영원은 황당해 말문이 막혔다. 충남이 확신에 찬 얼굴로 덧붙였다.

"그랬더니 아냐. 텔레비전도 내 맘대로 못 볼 거야! 공부 많이 했으니 툭하면 이래라저래라 내 일에 끼어들 거고, 그 오빠 자식들 때문에 속 썩으면 나도 같이 속 썩을 거고…."

"아이고, 벌써 애 낳았네, 애 낳았어! 누가 오빠랑 살랬어? 놀랬지!"

"놀다 정들면? 울고 짤 일밖에 더 있어! 늙어 좋은 게 뭔 줄 아냐? 안 봐도 비디오야. 훤히 다 보여! 그 오빠 만나면 맘 편히 못 살 불쌍한 내 앞날이! 끝. 여기서 끝."

충남은 모든 정리가 끝났다는 듯 자리를 떴다. 영원은 어이없는 웃음을 흘리다 목소리를 높였다.

"어떻게 저렇게 똑똑해! 늙으면 썩어질 몸 쓰고 가라, 쓰고 가! 그래, 그렇게 살아라, 그냥!"

그날 충남의 똑 부러지는 정리를 영원에게 전해 들은 완은 어른들의 경험이 다시 한 번 부러웠다. 경험이란 그런 것인가? 가보지 않아도, 이미 그 끝을 훤히 아는 것.

그렇다면 지금 자신의 혼란은 다만 경험이 없어서인가? 완이는 차라리 나이 들고 싶었다. 그래서 어서, 이러지도 못하고 저러지도 못하는 이 혼란을 아무렇지 않게 이겨내고 싶었다.

엄마도 없고
딸도 가고…

정아는 아침 식사 준비로 분주했지만 마음은 정처 없이 허공을 떠돌았다. 한 번에 너무 많은 일들이 몰아친 탓에 며칠이 지나도 여전히 가슴이 뻥 뚫려 있었다. 그 구멍으로 무시로 시린 바람이 지나가고 그럴 때마다 불쑥불쑥 눈물이 차올랐다.

"내 딸 순영이는 자유를 찾았고, 엄마도 훨훨 나는 새 되고…."

정아는 마음을 다져보려 그렇게 중얼거렸지만 도리어 울컥 눈물이 차오르고 말았다. 애써 눈물을 참으며 힘을 줘 나물을 무쳤다. 그때 막 잠에서 깬 석균이 방에서 나왔다.

"물."

"떠 자셔."

정아는 석균 몰래 눈물을 닦고 퉁명스럽게 말했다. 석균은 뭐라 한마디 하려다 그만두고 슬금슬금 정아 눈치를 보며 냉장고에서 물을 꺼내 마셨다. 얼핏 보니 또 눈물 바람을 한 모양이었다.

"어머닌 좋은 데 가셨어. 좋은 데 안 갈 이유가 없잖아. 그리고 내가 나중에 순영이 년한테 아주아주 큰 선물을 할 거다. 그럼 네가 그땐 나한테 진짜 잘하게 될 거고. 물도 떠 주겠지."

석균은 이미 성재와 함께 사위를 응징할 계획을 세우고 있었다. 위자료 한 푼 받지 못하고 미국으로 떠나게 될 순영한테 그가 할 수 있는 마지막 아버지 노릇이었다. 그럼 분명히 정아도 자신에게 고마워할 것이다.

"순영이 비행기가 내일 새벽이냐?"

석균이 다시 말을 붙였지만 정아는 밥을 푸고 찌개 간을 볼 뿐 아무런 대답도 하지 않았다. 석균은 슬쩍 눈치를 보며 덧붙였다.

"보러 갈 거지? 나도 가? 나는… 뭐 안 봐도 되겠지? 뭐, 나중에 너랑 내가 미국 가면 되니까…. 뭐 나중에 보지, 뭐. 나중에."

결국 한마디 대답도 듣지 못한 석균은 민망한 듯 반찬을 손으로 집어먹고 화장실로 들어갔다. 정아는 하던 일을 멈추고 속상해 중얼거렸다.

"나중 좋아하시네. 나도 울 엄마 나중에 잘 모실라 그랬네. 나중이 어딨어."

엄마 생각에 긴 한숨을 내쉬던 정아가 갑자기 안방으로 들어가 장롱 서랍을 뒤졌다. 여러 개의 집문서 중 제 명의로 된 걸 찾아 주머니에 넣고 희자에게 전화를 걸었다.

"희자야, 나 집 하나 팔아주라."

"내가? 집을… 어디다 팔아? 나 그런 거 못 파는데. 그런 건 충남이가 잘할 건데."

희자가 당황스러워했다. 집은커녕 솥뚜껑 하나 팔아본 적 없는 희자에겐 안 되겠다 싶어 정아는 곧장 충남에게 전화를 했다.

"집을 팔아? 언니, 그런 얘긴 눈 뜨자마자 할 얘긴 아닌 거 같은데…."

"알지, 나도. 근데 내가 오죽하면…."

눈치 빠른 충남은 더 이상 묻지 않았다.

"언니가 '오죽하면'이면 난 무조건이네. 팔아줄게. 오빠 모르게? 맞지?"

정아가 막 통화를 끝냈을 때 석균이 방으로 들어왔다. 정아는 아무 일 없었다는 듯 안방을 나갔다. 석균은 방바닥에 널린 집문서를 보고 고개를 갸웃했지만 별스럽지 않게 그것들을 정리해 서랍장에 넣었다.

석균을 피해 화장실로 들어온 정아는 눈시울을 붉히며 결연한 다짐을 했다.

"엄마도 없고, 내가 이제 무서울 게 뭐 있어. 이제부터 아주 막갈 거다."

정아와 희자는 순영을 데리고 마트에 갔다. 미국으로 떠날 순영에게 필요한 물건들을 미리 사서 챙겨주기 위해서다. 희자가 마트 한쪽에서 통화 중인 순영을 힐끗 보고 걱정스럽게 입을 열었다.

"집을 팔아 순영이 준다고?"

"어."

정아는 물건이 한 가득 담긴 카트를 끌며 심드렁하게 답했다. 이미 마음을 굳힌 모양이다.

"석균 씨가 그러래?"

"아니."

"뭐라고 그러면?"

"뭐라 그러든 말든."

"그러다 너 석균 씨한테 이혼당해."

"그럼 당하면 되겠네."

정아는 담담히 카트를 밀고 앞으로 걸어갔다.

"정아야, 너 이상해."

희자는 이런 정아가 낯설었다. 석균의 말이라면 절절 매고, 그 비위를 맞추느라 간 쓸개까지 빼놓고 살던 예전의 정아와는 너무도 다른 모습이었다.

"너만큼?"

장난처럼 넘겼지만 정아는 석균에게 관심을 끊은 것이 은근히 뿌듯하게 느껴졌다.

순영이 통화를 마치고 다가와 정아 어깨에 다정하게 팔을 둘렀다.

"엄마, 수영이랑 호영이가 노래방 가재. 간만에 우리 가자! 우리 신나게 놀다 헤어지자, 어?"

"그러자. 놀다 헤어지자! 아고, 재밌겠다! 낄낄낄."

정아는 환한 얼굴로 깔깔 웃었다.

"엄마가 밝아서 좋아."

"나도 네가 밝아서 좋아."

서로를 바라보며 사랑스럽게 웃는 모녀가 부러워서 희자가 작게 중얼거렸다.

"딸 있어 좋겠다, 넌."

정아가 세 딸과 노래방에서 신나게 노래를 부르고 있는데 테이블 위의 휴대폰이 요란하게 떨렸다. 희자가 발신인을 확인하고 정아에게 들이밀었지만 정아는 받지 않았다. 그러자 순영, 호영, 수영에게까지 차례로 전화가 걸려왔다. 아무도 받으려 하지 않는 통에 결국 수영이 전화기를 들고 밖으로 나갔다.

"아빠 왜?"

석균은 사위에게 곧 통쾌한 복수를 할 생각에 의기양양해서 길을 걷고 있었다.

"너희들 오늘 모였냐? 거기 어디냐? 내가 좋은 일이 있을 거 같은데, 일 보고 그리 갈라 그러는데…."

수영은 의기소침한 목소리로 모이지 않았다고 거짓말을 했다. 석균은 걸음을 멈추었다.

"왜 순영일 안 만나? 그럼 네 엄만 어디 간 거야? 전화도 안 받고."

수영은 노래방 유리창 너머로 신나게 노래를 부르고 있는 정아를 보며 말했다.

"엄마? 할머니 때문에 힘드셔서 희자 이모네 갔나? 난 모르겠네. 아빠, 그냥… 언니 맘도 그런 거 같은데 조용히 보내자. 나중에 엄마랑 나랑 호영 언니랑 미국 가시면 되잖아요."

석균은 이대로 순영을 보내는 게 서운했다.

"미국을 언제 가, 내가! 알았어. 뭐, 나중에 한번 가보지 뭐. 네가 비행기 표 사."

전화를 끊고 나니 순영을 그 지경으로 만든 사위에 대한 분노가 다시 올라왔다.

"내가 오 서방… 아니, 오세오 이 개새끼를!"

석균은 욕을 내뱉으며 카페 안으로 쿵쾅쿵쾅 걸어 들어갔다.

카페에는 먼저 도착한 성재와 사위가 자리를 잡고 앉아 있었다. 휴대폰으로 녹음한 음성 파일을 들었는지 사위의 얼굴이 벌겋게 달아올라 있었다. 석균은 사위를 보자마자 성큼 다가가 멱살을 잡아 올렸다.

"이 개새끼!"

"에헤!"

성재가 석균을 뜯어말렸다. 씩씩거리며 자리에 앉으려던 석균이 다시 일어나 사위의 뺨을 후려갈겼다. 갑작스럽게 뺨을 맞은 사위가 도끼눈을 뜨고 석균을 노려봤다.

"눈깔을 확!"

석균이 손가락 두 개를 펴 눈을 찌를 듯한 동작을 취했다.

"형님, 고만!"

아직 대답을 듣기 전인지 성재가 그를 진정시켰다.

"이 개새끼 그거 들려주니까, 뭐래?"

겨우 자리에 앉은 석균이 흥분해서 물었다.

"어쩔 거야?"

아직 대답을 듣기 전인지 성재가 사위에게 담담히 물었다.

"오천."

사위가 화를 삭이며 답했다.

"일억, 아니, 이이이, 이억!"

석균이 소리쳤다.

"조용히 계셔, 형님은."

성재가 가방에서 서류뭉치를 꺼내 사위 앞에 내밀었다.

"재산이 많네. 아파트에 이 층짜리 건물 하나, 개인 연구실까지. 거기 교수직은 안 건드리는 대가로…."

"내가 그걸 어떻게 믿어요!"

사위가 성재 말을 자르며 소리쳤다. 담담한 표정이던 성재가 처음으로 미간을 찌푸렸다.

"안 믿으면 어쩔 건데? 내가 그쪽 교수직도 못하게 할 것 같았으면 벌써 손썼지. 말했잖아, 오자마자. 총장이 내 친구. 고대 법대 동기. 안 믿기면 인터넷 찾아봐. 나는 이성재."

성재 말에 사위가 울상을 지었다. 성재는 다시 담담히 말을 이었다.

"아무튼 다시 말하는데, 이혼은 했으니 교수직 유지 대가로 딱 잘라, 오억."

사위가 후후 숨을 몰아쉬더니 테이블에 놓인 아이스커피를 벌컥벌컥 들이켰다.

"그럼 얘긴 끝난 걸로. 돈은 지금 당장 넣기."

성재는 묵묵히 가방에 서류를 집어넣었다.

"지금 당장 내가 오억이…."

"그건 알아서."

오억이라는 말에 석균이 침을 꿀꺽 삼켰다. 있는 집안에서 태어나 많이 배운 것 갖고 유세나 떤다고 욕했던 성재가 처음으로 멋있고 위대하게 느껴졌다. 똑똑한 후배 덕분에 자신도 덩달아 높은 사람이 된 것만 같았다. 석균은 잘 했다는 뜻으로 테이블 밑으로 성재 무릎을 꽉 잡았다.

"갑시다, 형님."

서류를 다 챙긴 성재가 자리에서 일어나자 사위가 다급하게 팔목을 잡았다.

"녹음된 거는…."

"돈 들어오면 폐기 처분 약속! 안 들어오면 그땐 유투브, 언론, 총장 총동원이고. 내가 못할 거 같아? 나는 한다면 하는 대쪽 같은 판검사, 변호사를 지낸 이성재."

성재는 그의 팔을 휙 뿌리치고 석균과 함께 카페를 나갔다. 주차장으로 걸어가며 석균이 성재 손을 꽉 붙잡았다.

"너 말은 그렇게 해도 돈 받으면 저놈 교수직 박탈할 거지? 그치? 그치? 내 딸년 복수해줄 거지?"

"쉿!"

성재가 놀라 뒤를 돌아보더니 손가락으로 입을 막았다. 석균도 돌아봤지만 뒤에는 아무도 없었다. 성재가 낮은 목소리로 그를 타일렀다.

"저놈이 앙심 품으면 어쩔 건데? 미국 쫓아가면? 순영이만 더 괴로워요. 쥐를 몰아도 쥐구멍은 열어둬야죠. 부모한테 인간 되는 법 못 배운 거 안됐다 생각하쇼."

성재가 느닷없이 낄낄 웃고는 휴대폰을 흔들어 보였다.

"대신 이건 안 주지. 저놈 죽을 때까지. 낄낄. 내가 먼저 죽으려나?"

"얌마, 이건 너랑 나랑 말한 거랑 틀리잖아. 딸년이 맞았는데 돈이 무슨 소용이야!"

"에헤, 이성적으로 생각해요 형님."

성재는 주변을 두리번거리다가 번쩍번쩍 광이 나는 차 한 대를 턱 끝으로 가리켰다.

"감정은 여기다 풀고. 내가 타고 오는 거 봤지. 새 차 샀나 봐."

성재가 손가락으로 바닥에 떨어진 낡은 못 하나를 가리켰다. 석균이 주변을 두리번거렸다.

"시시티브이 없어."

"그래?"

석균은 얼른 바닥에 떨어진 못을 주워 사위의 새 차를 긁어댔다. 지켜보던 성재가 호탕하게 웃었다.

"갑시다, 이제."

"좀만 더 긁자. 좀만."

"사람 온다, 형님."

순간 들려오는 발소리에 성재가 석균의 팔을 잡고 건물

뒤편으로 숨었다. 혼자 화를 삭이며 걸어오던 사위가 긁힌 차를 보고 길길이 날뛰는 소리에 두 사람은 킥킥거리며 소년 같은 웃음을 흘렸다.

성재 덕분에 통쾌하게 복수하고 집으로 돌아가는 길, 석균은 버스에 앉아 순영에게 전할 말을 연습했다.

"수… 순영아, 통장번호 알려주라. 아빠가 돈 줄게. 오세오 놈한테 네 복수를 했다. 아니, 아니, 아빠가 오세오 놈한테 시원하게 복수하고 네 몫을 찾았다. … 잘 가라. 엄마 아버지 걱정은 말고, 너나 몸조심하고. 순영아, 또 보자."

겨우 할 말을 정리한 석균이 심호흡을 하고 순영에게 전화를 걸었다.

'지금 번호는 고객님의 사정으로 인해 당분간 착신이 정지되었습니다.'

석균의 눈시울이 붉어졌다. 다시 걸어봐도 들려오는 건 똑같은 안내 음성뿐이었다. 석균은 전화기를 내리고 창가로 고개를 돌렸다. 늦은 건가, 이미 떠났단 말인가. 그의 마음은 텅 빈 버스 안처럼 공허하고 쓸쓸했다.

하룻밤만 지나면 딸 순영이 먼 타국으로 떠날 예정이다. 마지막 인사를 집도 공항도 아닌 길 한복판에서 하는 정아의 마음이 아렸다. 그러나 떠나는 순영의 심정을 생각해 눈물을 삼키며 애써 밝은 미소를 지었다. 내일 떠나면 언제 또 볼지 모르는 딸의 모습을 하나도 빠짐없이 눈에 담고 싶었다. 정아는 순영의 얼굴도 만져주고 머리도 넘겨주며 손가락 하나하나에 딸의 모습을 담았다. 정아는 눈물이 쏟아질 것 같았지만 목소리를 밝게 꾸몄다.

"가. 새벽 첫 비행기라며. 늦어."

"건강하세요."

순영도 마음이 아파 엄마를 차마 못 보고 동생들이 기다리는 차로 걸어갔다. 그러다 문득 뒤를 돌아 정아를 똑바로 쳐다봤다.

"엄마."

딸의 다정한 목소리에 정아가 조심스럽게 고개를 들었다. 순영은 짐짓 밝은 표정으로 손가락을 들어 보였다. 패물을 팔 때 챙겨두었던 돌반지가 순영의 새끼손가락에서 빛나고 있었다.

"돌반지!"

"돌반지? 쟤 보육원서 일곱 살 때 데려왔잖아."

함께 서 있던 희자가 정아에게 속삭였다.

"내가 돈 필요해 패물 다 팔아도 이건 안 팔았다. 엄마가 시집갈 때 해준 이 돌반진! 엄마 대신 이거 가지고 미국 가서 새로 태어날게. 몸조심해!"

정아는 그걸 아직도 간직해온 딸이 고맙고, 한 푼이 아쉬운 순간에도 처분하지 않은 것이 안쓰러워 차마 입이 떨어지지 않았다. 그저 고개만 끄덕이는 정아를 향해 순영이 힘차게 손을 흔들었다.

"엄마, 사랑해!"

난생처음인 것 같았다. 엄마에게 사랑한다 말한 것이. 진작 좀 할걸. 좀 자주 할걸. 쑥스러웠지만 잘했다 생각하며 순영이 동생 차에 올랐다.

정아와 희자는 말없이 멀어지는 차를 지켜봤다. 정아는 시야에서 사라지는 차를 차마 못 보고 휙 돌아섰다. 그때 희자가 소리쳤다.

"새가 나네!"

정아가 희자 시선을 따라 눈길을 돌렸다. 작은 새 한 마리가 순영이 탄 차를 쫓아 훨훨 날아가고 있었다. 정아는 울컥해서 그 자리에 주저앉았다. 희자가 엉엉 우는 정아에게 손수건을 건네며 말했다.

"엄마가 새 되고 싶다더니, 새 돼서 순영이 따라가시나?"

"희자야, 이제 난 엄마도 없고… 딸도 갔다."

정아가 손수건에 얼굴을 묻고 숨이 넘어갈 듯 꺽꺽 울었다. 희자도 울고 싶었지만, 그러면 친구가 더 슬플까 봐 꾹꾹 참아냈다.

"그랬네. 우리 다 고아 됐네."

희자의 담담한 목소리가 정아의 울음소리에 묻혀 도로 위에 잔잔히 흩어졌다.

마치 아무 일도 없었던 것처럼

정오를 훌쩍 넘긴 시각이지만 나는 비몽사몽 잠에 취해 있었다. 새벽까지 일한 탓도 있지만, 연하와 동진 선배 사이에서 이러지도 저러지도 못하는 혼란으로 며칠째 불면의 고통에 시달리는 중이다. 몽롱한 상태로 잠에 취해 있는데, 느닷없이 쾅 하고 문 닫히는 소리가 나 화들짝 일어났다. 무슨 일인가 싶어 주방으로 나와 보니 온갖 반찬통들이 널려 있었다.

"엄마? 엄마!"

반찬통 옆에는 엄마 가방까지 얌전히 놓여 있었지만 엄마는 보이지 않았다. 장이라도 보러 나갔나 싶어 기지개를 켜고 막 물 한 컵을 따라 마시는데, 문이 열리고 엄마가 들어왔다. 엄마의 표정은 머리끝까지 화가 난 사람처럼 딱딱하게 굳어 있었다.

"엄마, 왔으면 왔다고 말을 해야지. 어디 갔다 와?"

엄마는 대답은커녕 눈길 한 번 주지 않고 식탁 위에 놓여 있던 가방을 들고 나가버렸다. 정말 나한테 화가 난 일이 있나 싶어 엄마를 따라 나가려는데 휴대폰이 울렸다. 책상에 있어야 할 휴대폰이 왜 주방에 나와 있나 싶어 고개를 갸웃했다.

'내가 물 마시러 나올 때 잠결에 들고 나왔나?'

전화를 건 사람은 동진 선배였다. 그날 이후 동진 선배와는 통화를 피하고 있었다. 불편한 마음에 일 얘기조차 문자로만 교환했다. 연락을 피하는 내게 선배는 목요일 밤에 출판사에 오라고, 안 오면 자신이 내게 오겠다는 문자를 남겼었다.

더 이상 피하기만 할 수 없어 전화를 받았다. 그리고 선배 말대로 내일 밤에 출판사에서 만나기로 했다. 전화를 끊고 나는 엄마의 행동이 뭔가 수상하다는 느낌을 받았다. 방이 아닌 주방에 나와 있는 전화기도 이상했다.

'혹시 엄마가 내 휴대폰을 만졌나?'

스치듯 드는 불길한 생각에 전화기를 열어, 최근 선배와 주고받은 문자를 다시 보았다.

'선배, 지난밤 미안했어.'

'미안해하지 마.'

'아니, 미안해. 우리 만날래?'

'아내가 왔어. 못 나가. 완아, 그리고 그날 일 실수라고 말하지 마. 그럼 진짜 화낼 거 같다. 나도 너를 사랑한 책임 있어.'

문자를 보니, 내 안의 혼란이 절실히 다가왔고 선배한테 더욱 미안해졌다. 그리고 이제는 이 혼란을 끝내야 한다는, 아니 끝낼 수 있다는 의지가 올라왔다. 그런데 만약 엄마가 이 문자를 봤다면? 생각만으로도 눈앞이 아찔해졌다. 그러나 엄마가 전화기의 잠금 패턴을 알 리 없다 생각하니 마음이 놓였다.

다음 날 아침 엄마에게 문자가 왔다.

'지금 뭐하냐? 밤에 엄마 만날래?'

어제의 엄마 행동이 마음에 걸렸지만, 오늘은 동진 선배와 선약이 있는 날이다. 엄마에게 출판사에 가야 한다는 문자를 보내고, 오랜만에 집중해서 일을 했다.

저녁이 되어 출판사에 들어서니 막 퇴근을 하려던 직원이 반갑게 나를 반겼다.

"완이 씨가 이 밤에 웬일이야?"

나는 동진 선배가 일하는 쪽을 살피고 어색하게 웃었다.

"어… 지나가다 출판사에 불이 켜져 있어서."

"난 애인 만나러 가는데. 대표님하고 놀다 가."

직원이 나간 뒤에 우리는 회의실에 마주 섰다. 그곳은 통유리창이 시원스레 나 있는 방이라 그런지 내 마음도 한결 넓게 트이는 듯했다.

"미안해 정말."

나는 차마 그의 얼굴을 볼 수 없어 발끝만 내려다보았다.

"말했잖아. 나도 너 사랑한다고."

담담한 그의 말에 내가 고개를 들었다.

"선배."

그의 얼굴이 어딘지 모르게 쓸쓸해 보였다.

"내가 아니다, 아니다, 하면서도… 그랬더라고, 너를."

"난, 아냐."

난 솔직하게 털어놓았다. 어쩌면 나도 그가 나를 사랑한다는 걸 눈치챘었는지 모른다. 그래서 그 사랑을 내 도피처로 이용했는지도. 하지만 이젠 그 사랑을 모른 척할 수 없었다. 나의 이기심으로 선배까지 흔들어놓는 건 이제 그만해야 한다. 선배는 그런 내가 밉지도 않은지 여전히 따뜻한 눈길을 보냈다.

"알아. 넌 언제나 연하지. 걜 떠나왔어도… 넌 연하지. 난 네가 연하를 잊는 데 잠깐 이용한… 친구? 선배? 남자?"

"정말… 미안해."

선배는 내 마음을, 내 혼란을 다 알고 있었다. 그래서 그에게 편하게 기댔던 거고 그게 미치도록 미안한 거다.

"그래도 사랑해."

동진 선배가 내 머리를 흩트리며 살짝 웃었다. 괜찮은 척 하면서도 그의 눈이 슬프게 일렁였다.

"근데 알아. 여기서 우린 끝인 거. 그래야 이쁜 것도. 어른이 되나 봐. 내가 마음이 있어도 멈출 때는 멈추는… 그게 돼 이제는."

동진 선배의 말에 나는 마음이 놓여 겨우 미소를 지을 수 있었다.

"후… 다행이다."

그렇게 말해주는 선배가 고마웠다. 내 눈에서는 여러 감정이 뒤섞인 눈물이 흘렀다.

"정말 이게 마지막이다."

무슨 소린가 싶어 고개를 드는데, 동진 선배가 다가와 내 이마에 조심스럽게 입을 맞췄다. 이별의 입맞춤이리라. 나는 가만히 눈을 감고 그의 두 번째이자 마지막 입맞춤을, 그리고 우리의 이별을 받아들였다. 짧은 입맞춤을 끝낸 동진 선배가 나를 품에 안고 등을 다독였다. 앞으로는 헤매지 말라는 응원이었다. 다시 눈물이 차올랐다. 그의 따뜻한 품이 고마웠고, 힘들다는 핑계로 그의 품에 파고들었다가 또 내 맘대로 밀어내는 것이 미안했다.

"이제 우리 어쩌지?"

동진 선배가 포옹을 풀고 창가에 기대앉았다. 나는 곰곰이 생각하다가 어색한 웃음을 지었다.

"집에… 가야지."

"크크, 맞다. 끝난 사람들이 이 밤에 둘이서 할 게 없지."

"갈게."

"어."

문을 향해 걷던 나는 몸을 돌려 선배에게 진심인 듯 농담인 듯 마지막 인사를 건넸다.

"잘 가, 내 첫사랑. 고마웠어, 내 첫사랑!"

"응. 연하한테 가. 길 헤매지 말고."

동진 선배가 따뜻하게 웃었지만, 연하 생각에 나는 마음이 시렸다.

"연하 애인 생겼어."

나는 일부러 밝은 목소리로 답하고 서둘러 밖으로 나왔다.

거리에 만개한 벚꽃이 바람에 흩어지고 있었다. 하늘하늘 흩날리는 벚꽃 잎 사이를 걸으며 마음이 한결 홀가분해졌다는 걸 느꼈다. 이젠 연하가 아닌 누군가를 찾을 만큼 그렇게 죽을 듯이 아프진 않을 것 같았다. 여전히 연하를 생각하면 아프고 힘들지만 이젠 홀로 감당할 자신이 생겼다. 결국엔 나 혼자 힘으로 견뎌야 할 아픔이었다.

지는 꽃잎이 너무나 예뻐서, 혼자 보기 너무 아까워서 연하와 영상통화를 했다. 연하가 잠에서 깬 부스스한 얼굴로 나를 본다. 나는 그 어떤 날보다 가벼워진 미소로 벚꽃과 나를 번갈아 비추며 노래를 불렀다.

"봄바람 휘날리며… 흩날리는 벚꽃 잎이…"

내가 동진 선배와 마지막 입맞춤과 포옹을 하던 그 순간, 엄마는 참담한 심정으로 우리를 지켜보고 있었다. 슬픈 예감은 맞는다고 했던가. 불길한 예감도 맞을 때가 많다는 걸 난 그때 알았다. 동진 선배와의 문자를 몰래 훔쳐본 엄마는 건너편 건물에서 내가 출판사에 도착하길 기다리고 있었다. 엄마는 자신의 눈으로 직접 확인하기 전까진 그 어떤 것도 믿을 수 없었다.

엄마는 통유리창에 비친 나와 동진 선배의 포옹이 우리의 마지막 인사였다는 걸 알 리 없었다. 그저 유부남과 바람난 딸년만 보일 뿐이었다. 아니, 세상에서 엄마 말을 제일 잘 듣는 딸을 꼬드겨 불륜이란 함정으로 이끈 나쁜 유부남, 돌로 쳐 죽일 놈만 보였다. 눈앞에서 벌어진 광경에 엄마가 얼마나 충격을 받았을지 짐작하고도 남았다. 세상이 무너져 내리는 심정이었으리라. 엄마에게 난 세상의 전부였고, 남편을 꼬여낸 숙희를 용서할 수 없었던 것처럼 나를 용서할 수 없었을 것이다. 엄마는 무너져 내리는 세상과 함께 그 자리에 주저앉고 말았다.

다음 날 엄마는 나와 동진 선배의 모습이 눈앞에 아른거려 물조차 넘기지 못했다.

'대학 시절 연애할 때도 내 딸 버리고 바람을 피더니, 이젠 유부남인 주제에 내 딸을 홀려?'

엄마는 나에 대한 배신감을 동진 선배에 대한 분노로 대신하고 있었다. 나를 미워하는 일보다 그것이 엄마에겐 더 쉬운 일이었으니까. 엄마는 분을 참지 못하고 벌떡 일어나 외출 준비를 했다.

그 시각, 동진 선배는 회의 준비로 어수선한 사무실에서 분주하게 움직이는 직원들을 꾸짖고 있었다.

"야야, 오늘 작가 미팅 몇 시야?"

"사십 분 남았습니다."

"근데 아직도 회의 준비한다고 허둥대냐? 자식들이 정신이 있어, 없어!"

그러다 문득 고개를 돌리니 문 앞에 엄마가 서 있었다. 뜻밖의 방문객에 당황한 선배가 한달음에 엄마에게 달려갔다.

"어, 어머니…."

"근처에 왔다가…. 커피 한 잔 주라, 동진아. 바쁜가?"

엄마는 애써 담담한 척 미소까지 지었다. 잠깐 놀라긴 했지만 선배는 밝은 얼굴로 엄마를 맞았다.

"바빠도 드려야죠. 어머니, 이리 오세요."

그는 다닥다닥 붙어 있는 사무용 책상을 지나 자신의 책상 앞으로 엄마를 안내했다. 직원에게 커피를 부탁하고는 책상 위에 잔뜩 늘어놓은 서류를 치우며 선배가 어색한 미소를 지었다.

"너무 지저분하죠. 잠시만요."

"어… 천천히 해."

그렇게 대답하고 주변을 살피던 엄마 눈에 선배와 그의 아내, 그리고 아이들이 다정하게 찍은 사진이 들어왔다. 가족사진을 보자 엄마는 다시 격렬한 분노에 휩싸였다.

동진 선배는 계속해서 책상을 치우다가, 결국 안 되겠던지 엄마에게 어색한 미소를 지었다.

"안 되겠네요. 치워도, 치워도 지저분하네요. 회의실로 가시죠."

때마침 직원이 쟁반에 커피를 받쳐 들고 두 사람 옆으로 다가왔다.

"작가님 오시면 자기들이 먼저 접대해."

선배는 직원에게 그렇게 이르고 엄마를 안내하며 회의실로 향했다. 엄마는 직원이 가져온 커피 잔을 집어 들고 직원에게 따라오지 말라는 손짓을 보냈다. 동진 선배를 따라가며 엄마는 '저 자식이 내 딸과 헤어지기만 한다면 어떤 짓도 하리라!' 하며 이를 악물었다. 그가 뒤를 돌아보며 웃었다.

"요즘 신간이 나와서 회사가 정신이 없…."

엄마가 선배 얼굴에 뜨거운 커피를 냅다 끼얹었다.

"어머!"

순식간에 벌어진 상황에 직원들이 놀라 소리를 질러댔지만, 엄마는 아랑곳하지 않고 선배에게 달려들어 머리채를 잡고 흔들며 소리쳤다.

"야, 이 개새끼야! 네가 감히 내 딸을 건드려? 과부 딸년이라 우습냐? 이 갈아 마셔도 시원치 않을 새끼야!"

엄마가 선배의 머리를 두어 번 벽에 들이받고 나서야, 놀란 직원들이 달려들어 엄마를 뜯어말렸다. 하지만 분이 풀리지 않은 엄마는 그 순간에도 선배에게 매달려 손찌검을 해댔다.

그 난리가 벌어지고 있을 때 나는 서점에서 자료가 될 만한 책들을 찾느라 여념이 없었다. 양손에 한 아름 책을 사 들고 돌아가는데, 전화가 울렸다. 휴대폰을 꺼낼 손도 없고 급하게 기다리는 전화도 없던 터라, 애타게 울려대는 전화를 무시하기로 했다. 그러고는 서점에서 산 자료들을 읽고 정리하느라 받지 못한 전화는 까맣게 잊고 있었다.

저녁 무렵, 자료 정리를 대충 마치고 샤워를 하고 나니 다시 전화가 울렸다.

"어, 미안, 혜미 씨. 내가 낮에 전화하려 그랬는데, 서점이랑 도서관에 자료 찾으러 다니느라 너무 바빴어. 이번 책이 경제 분야라 내가 모르잖아….”

그런데 원고 때문에 한 전화가 아니었다. 그녀는 아침에 엄마가 출판사에 왔었다며 조심스럽게 혹시 한 국장님과 만났냐고 물었다. 내가 어리둥절한 반응을 보이자 그녀가 사무실에서 있었던 일을 들려주었다.

“그래서 선밴? 얼마나 다쳤어? … 다행이네. 어, 아냐… 괜찮아. 고마워요.”

전화를 끊고 참담한 심정을 억누르며 냉장고로 가 맥주 한 캔을 꺼냈다. 도대체 엄마는 언제까지 내 삶을 자기 마음대로 흔들어놓으려는 걸까. 가슴이 갑갑하게 죄어왔다. 나는 깊은 한숨을 몰아쉬고 벌컥벌컥 맥주를 들이켰다.

그날부터였다. 내가 엄마의 소유일 수밖에 없다는 걸 온몸으로 자각했던 그날. 그날 이후 나는 엄마의 것이었고, 엄마의 것일 수밖에 없었다.

엄마가 밭과 이어진 들판으로 나를 우악스럽게 이끈다. 여섯 살의 어린 나이지만 엄마가 풍기는 살기 어린 분노와 처연한 슬픔이 전해져 나는 사시나무 떨듯 떨고 있다. 엄마를 지배하고 있는 감정과 그 감정이 이끄는 장소는 내게 무척이나 낯설고 무섭다. 그 순간 미지의 두려움으로 나를 이끄는 사람은 엄마지만, 그 순간 내가 믿을 수 있는 사람 또한 엄마밖에 없다. 나는 놓칠세라 땀이 차도록 힘주어 엄마 손을 꼭 잡고 있다.

엄마는 풀밭에 털썩 주저앉더니 나를 앞에 앉히고 요구르트 병을 내민다. 엄마가 내 시선을 피해 고개를 돌린다. 막연하지만 깊고 어두운 예감이 나를 감싼다. 그리고 어린 나는 울음을 터트린다.

그때 휴대폰이 울렸다. 엄마였다. 나는 내 안에서 울고 있는 여섯 살 아이를 다독이고 담담하게 전화를 받았다.

"너 뭐해?"

엄마의 딱딱한 목소리가 들려왔다.

"일해."

눈물을 닦고 냉랭하게 대답해주었다.

"엄마 좀 만나."

"일한다고."

"맨날 그놈의 일은… 대체 언제 끝나는데?"

"글쎄."

"일 끝나면 전화해."

통화를 끝내고 나는 행여나 눈물이 흐를까 애꿎은 창밖을 노려봤다.

무기력했던 여섯 살의 어린 나를 위해서라도 이제 더는 엄마의 손아귀에 끌려가지 않을 것이다. 더 이상 내 인생에 끼어들지 말라고, 정확히 엄마에게 말해줄 때가 왔다. 엄마와 한바탕, 내 인생을 걸고 붙을 때가 왔다. 더는 피하지 않을 것이다. 마치 아무 일도 없었던 것처럼, 체념으로 기꺼이 엄마 뜻에 따랐던 무기력한 어린 나 자신을 더는 울게 놔두지 않을 것이다. 더 이상 그렇겐 안 된다.

내 인생은
내가 주연이야

충남은 설레는 마음을 안고 커피숍으로 가고 있었다. 웬일로 성재에게서 만나고 싶다는 연락이 온 것이다. 커피숍에 들어서니 먼저 와 기다리고 있는 성재 앞에 예쁜 꽃다발이 놓여 있었다. 충남은 드디어 본격적인 연애가 시작되는 건가 싶어 뛰는 가슴을 주체할 수 없었다. 하지만 그 기분은 성재의 한마디에 곤두박질치고 말았다.

"뭐, 뭐랬어, 지금?"

그가 건네준 꽃다발에 얼굴을 묻고 향기를 맡던 충남이 되물었다.

"귀먹었냐? 희자랑 여행 가고 싶다고. 좀 도와달라고. 하하하, 아, 쑥스럽네."

"여행을… 내, 내가 아니라 희, 희자 언니랑 가고 싶다고?"

충남은 기가 막혀서 말까지 더듬었다.

"내가 너랑 여행을 왜 가냐?"

성재는 그녀의 말을 농담으로 넘겼다. 충남은 아무렇지 않게 커피를 마시는 성재에게 잔뜩 골이 났다.

"못해! 싫어!"

그녀가 팩 토라져 소리를 지르자 성재가 놀라 주변을 살폈다.

"내일모레 검정고시 앞둔 늙은 학생한테 오빠는 지금 그게 할 소리야?"

"야, 왜 성질을 내? 너 시험 보는 거랑 내가 한 말이 무슨 상관이야?"

"상관있지! 나도 오빠 좋은데!"

충남의 직설적인 고백에 성재가 껄껄 웃음을 터트렸다. 성재 눈에는 충남이 괜한 투정을 부리는 것처럼 보였다. 그런데 충남의 안색이 심상치 않았다. 성재는 웃음을 멈추고 진지하게 그녀를 바라보았다.

"얌마, 내가 너 빤스 벗고 돌아다닐 때부터 봤는데…."

"그런 기억은 지워!"

"야, 나 진지해."

성재 딴에는 오랜 고민 끝에 부탁한 일이었다.

"나도 진지해! 왜, 내가 무식해서 싫으냐?"

충남은 분에 못 이겨 자리에서 벌떡 일어났다. 그녀의 눈시울이 붉어졌다. 성재는 난감한 미소를 지으며 그녀를 달랬다.

"야, 앉아."

"오빠가 서! 내가 왜 싫은데?"

충남의 기세에 눌린 성재가 엉거주춤 일어서며 말했다.

"난 희자가 좋아. 넌 동생. 괜히 나 좋지도 않으면서 심술맞게 그러지 말고, 네가 좀 나서서 희자랑 나 사이 좀 거들어."

성재는 충남의 진심을 알아채지 못하고 오히려 그녀의 속을 뒤집어놨다.

"둘이 주연이고 내가 조연이냐?"

싸늘하게 굳은 충남의 얼굴을 보고 나서야 성재는 그녀의 진심을 조금이나마 알아차렸다. 충남은 그동안 가슴 설레던 자신이 억울해 계속 쏘아붙였다.

"옛날에도 나한테 희자 언니한테 쓴 연애편지 전해달라더니 늙어서도…. 내가 웃겨? 만만해? 내 인생은 내가 주연이야! 어디서 거들래?"

충남은 잔뜩 화난 얼굴로 퍼붓고는 쌩하니 자리를 떠났다. 성재는 상황이 난감해진 걸 깨닫고 한숨을 내쉬었다.

"아이고, 저 꼴통. 혼자 살다 갑자기 왜 내가 좋아? 미쳤나."

그는 답답한 마음에 영원에게 전화를 걸었다. 성재가 자초지종을 얘기하자 영원은 어이없는 웃음만 실실 흘렸다. 충남의 마음이 진실이냐고 묻는 성재가 우습기도 했고, 포기하겠다던 며칠 전의 충남의 말이 진심은 아니었구나 싶어 안타깝기도 했다.

"우리 오빠 말년에 복 터졌네. 양다리 걸쳐 그냥. 그리고 충남 언니 마음이 진짜인지 가짜인지 내가 어떻게 알아? 사람 귀찮게 자꾸 말 시키면 나도 그냥 확, 오빠 좋아한다?"

영원은 농담으로 얼버무리며 통화를 끝낸 뒤 득달같이 충남에게 전화를 걸었다.

"나 갖긴 싫고 남 주긴 아깝냐? 그러다 지옥 가!"

영원의 호통에도 충남은 심술궂게 굴었다.

"내가 지옥을 갈 때 가더라도 혼자는 안 가. 지옥 갈 때 희자 언니, 정아 언니, 난희, 너 싹 다 끌고 갈 거야! 내가 평생 을로 살다가 아주 간만에 갑 잡았는데, 이 기회 놓쳐? 제대로 골려줄 거야, 내가."

"심보도 진짜…. 그렇게 장난치다 희자 언니 까무라치면? 까무라치면?"

"재밌겠네. 그때 앰뷸런스는 네가 불러라."

충남은 도리어 코웃음을 치며 전화를 끊었다.

"그래, 막가라. 얼마나 산다고 참냐, 막가, 막가."

영원이 구시렁거리는데 화랑 문이 열리고 꽃 배달부가 들어왔다.

"꽃 배달입니다."

배달부가 커다란 꽃바구니를 영원 앞에 내려놓고 바쁘게 사라졌다. 벌써 여러 차례 배달 온 카드 없는 꽃바구니였다. 영원은 카드가 없어도 꽃을 보낸 사람이 전 남편 대철이라는 걸 짐작하고 있었다. 세월이 흘러도 미련은 남는 모양이다. 그녀도 그가 그리웠다. 하지만 이젠 옛날의 그녀가 아니다. 가슴도 도려내고 몸뚱이 여기저기 수술 자국에 아직도 항암 치료를 받는 중이다. 이제 와서 그립다고 다시 만나면 뭐하나 싶었다. 그럼에도 그녀는 어쩔 수 없이 일어나는 그리운 마음에 꽃향기를 깊게 들이마셨다.

뜻대로
안 되는 게 인생

난희는 출판사에 찾아가 한바탕 소란을 피우고 왔지만 분이 풀리지 않았다. 자신이 동진을 찾아가 그 악다구니를 한 걸 알 텐데도 완이 가타부타 아무 말 없는 것도 괘씸했다. 무릎 꿇고 싹싹 빌지는 못할망정 제가 뭐 잘한 게 있다고 어제 통화에서도 뺏뺏하게 굴었다. 난희는 그게 못마땅한 한편 완이 동진에게 미련이 남아 그러나 싶어 마음이 놓이지 않았다.

난희는 엄마 쌍분네에 들러 빨래를 돌리다가 올라오는 부아를 참지 못하고 다시 완에게 전화를 걸었다. 당연히 말이 곱게 나갈 리 없었다.

"그래서 일은 끝나셨나? 왜 말씀이 없어? 아직도 꼴난 일

하셔?"

완이는 가타부타 말이 없었다.

"야, 박완! 야! 박완! 너 지금 전화 끊었어? 아님, 엄마 말 씹는 중이야? 대답 안 해?"

"들어."

완이가 착 가라앉은 목소리로 답했다. 난희는 숨을 가다듬고 물었다.

"동진이 놈이랑 통화했냐?"

"했지."

"그럼 오늘은 너랑 나랑 봐야겠네. 꼭!"

"봐야지, 오늘은."

"언제? 어디서?"

"언제든, 어디서든."

"내가 갈게. 집에 있어."

고분고분은커녕 도리어 점점 뻣뻣하게 나오는 완의 태도에 난희가 전화를 끊고 쌍욕을 내뱉었다.

"쌍놈의 기지배."

난희는 씩씩거리며 바닥에 내려놓았던 빨래 대야를 들고 마당으로 나갔다. 분풀이하듯 빨래를 털어 널어도 화가 치밀었다.

"제가 뭘 잘했다고 목소리가 싸해. 염병할 년."

마당 한쪽에서는 인봉이 땀을 삘삘 흘려가며 팔굽혀펴기

를 하고 있었다. 파를 다듬으며 그 모습을 지켜보던 쌍분이 인봉에게 다가가 뒤통수를 후려쳤다.

"밭일 안 해?"

인봉은 그러거나 말거나 고집스럽게 팔굽혀펴기를 멈추지 않았다. 쌍분이 답답함을 참지 못해 소리를 질렀다.

"자꾸가 어디가 좋아?"

"자끌린."

"자끄나, 자꾸나!"

인봉은 다시 입을 꾹 다물었다. 쌍분은 속이 터져 인봉의 머리통을 또 한 번 내리쳤다.

"밭일 안 해? 자꾸는 처녀도 아닌데 뭐가 좋아? 결혼 한 번 했다며, 뭐가 좋아? 어려서 좋아? 이 개도둑놈아!"

"인봉아, 엄마가 묻잖아. 뭐가 좋냐구!"

난희도 답답해 한마디 거들었다. 하지만 인봉은 다문 입을 열려고 하지 않았다.

"밭은 죄 갈아놨는데 밭일은 안 하고, 허구한 날 밤일만 생각하고! 농군이 밭에 씨 뿌릴 생각을 해야지, 그저 계집년한테 씨 뿌릴 생각만 하고. 그리 여자 밝혀 뭐 될래?"

쌍분의 호통에도 인봉은 한마디 대꾸도 없이 일어나 목발을 짚고 밖으로 나가버렸다.

"인봉아, 너 그 필리핀 애랑 진짜 결혼하고 싶어? 그래? 그럼 결혼해! 뭐가 문제야!"

다리를 절며 바쁘게 사라지는 인봉이 안쓰러워 난희가 소리쳤다.

"처녀가 아녀! 자꾸는!"

쌍분이 다시 파를 다듬으며 못 박듯 말했다.

"처녀 아니면 어때? 저 좋다는데. 애 괜찮으면 결혼시켜 그냥."

난희가 파 다듬는 일을 거들며 말했다. 이번에는 쌍분이 입을 꼭 다물었다.

"전 남편하고 얼마 살지도 않았다며. 늙은 놈팡이한테 맞고 살다 도망쳤다며. 안된 애라며. 열심히 식당에서 일한다며. 그리고 스물둘이면 어리지도 않아. 인봉이도 결혼하고 싶지. 다리 절어도 오줌발은 센데 왜 결혼을 안 시킬라 그래? 어? 어? 어?"

난희는 고집스럽게 파만 다듬는 쌍분의 어깨를 흔들며 살살거렸다.

"왜, 며느리한테 아들 뺏길까 봐 싫어? 그래서 그래?"

쌍분은 난희를 피하듯 벌떡 일어나 남편 호진에게 다가가 입에 산소호흡기 호스를 끼웠다. 그러곤 그의 얼굴에 대고 버럭 소리를 질렀다.

"이거 왜 안 차? 또 폐 아파 병원 갈라고 안 차? 저번에도 그러다 삐요차 타고 병원 가서 돈 썼지! 사십팔만 원! 지난겨울, 지난봄에도 철마다 때마다 삐요차 탔지! 그럼 차야지! 또 딸 돈 쓸라고 안 차? 이거 차기 귀찮으면 죽어! 왜 살아서 사람 고생시켜!"

"엄마!"

난희가 속상한 마음에 소리치자, 쌍분은 깎아놓은 무를 한입 베어 남편 입에 넣어주었다.

"먹어."

호진은 무를 받아먹으며 쌍분에게 따뜻한 눈길을 보냈다. 잠시 남편을 바라보던 쌍분이 문 앞에 세워두었던 사륜오토바이를 타고 말도 없이 밖으로 나섰다.

"엄마, 어디 가? 나 서울 가야 되는데, 아버지 놔두고 어디 가?"

난희가 애타게 부르는데도 쌍분은 내처 가버렸다. 쌍분은 대문 밖 골목길로 들어서고 있는 인봉에게 다가가 사륜오토바이를 세웠다.

"자꾸 빚이 얼마야?"

인봉은 그제야 쌍분의 얼굴을 똑바로 봤다.

"이천만 원."

"미친…. 너 팔아도 이천 원도 안 나오겠다, 이놈아! 밭일은 안 하고 밤일만 생각하는 발라당 까진 놈의 새끼! 뭐 될래, 나중에!"

쌍분은 인봉이 안쓰러워 어찌 해볼까 했는데 이천만 원이면 그녀가 부릴 수 있는 액수가 아니었다.

"밭 팔면 되잖아! 누나한테 달라면 되잖아!"

인봉이 철없이 소리치는 걸 무시하고 쌍분은 사륜오토바이를 돌렸다. 사실 그녀가 처음부터 인봉의 결혼을 반대한 것은 아니다. 좋아하는 여자가 생겼다고, 결혼하고 싶다는 인봉의 말에 그녀도 처음에는 기뻤다. 다리 아프면 어떠랴, 가정 꾸리고 살 수만 있으면 더 바랄 게 없었다. 하지만 이천만 원이라니! 난희한테 말하면 어떻게 해서든 구해주겠지만 더는 딸에게 손을 내밀 면목이 없었다. 사고로 다 죽어가는 인봉을 살리겠다고 큰돈을 아낌없이 쓴 것도 난희였고, 아픈 제 아버지 병원비도 매번 난희가 대고 있었다.

난희는 신경질적으로 오피스텔 초인종을 눌렀다. 그새 또 비밀번호를 바꿔놓은 것 때문에 화가 났는데, 초인종을 몇 번이나 눌러도 답이 없었다. 그런데 문을 열어주러 나온 완이 대낮임에도 몸을 가누지 못할 정도로 취해 있었다. 완은 문만 겨우 열어주고는 비틀거리며 화장실로 들어갔다. 집 안 여기저기엔 맥주 캔과 소주병이 널브러져 난장판이었다. 난희는 부아가 치밀면서도 걱정이 되어 화장실 문을 열었다.

"대낮부터 술 마셨냐?"

찬물로 세수를 하던 완이가 휘청거리다가 화장실 바닥에 주저앉았다.

"찬물로 목욕해, 정신 나게."

"했는데 안 되네."

"어떡하면 정신이 날 거 같은데?"

"담배 한 대 피면."

난희는 순간 자신의 귀를 의심했다. 그런데 완이가 더 기가 막힐 말을 던졌다.

"근데 담배가 없네. 엄마가 사다줄래?"

"내가 뭐, 뭘 사다줘?"

난희는 지금 이 상황을 어떻게 이해해야 할지 몰라 눈만 깜빡였다.

"싫음 말고."

완이 화장실 벽으로 고개를 돌렸다. 난희는 이걸 어떻게 받아들여야 하나 싶어 가슴이 벌렁거렸다. 그렇게 동진이 놈이 좋았나 싶어 짠하다가, 미친년 좋아해도 어떻게 유부남인가 싶어 치밀어 올랐다가, 한 번도 자신에게 이런 모습 보이지 않았던 딸이 미쳐버리는 건 아닌가 덜컥 겁이 나기도 했다. 결국에 '그래, 가는 데까지 가보자.' 하는 심정으로 화장실 문을 쾅 닫고 담배를 사러 나갔다.

난희가 담배를 사 들고 들어와 보니 완이는 베란다에 쭈그리고 앉아 있었다. 난희는 딸에게 담배를 던지고 담담히 물었다.

"라이터는?"

그녀는 대답 없는 완이를 쳐다보다가 집을 둘러봤다. 책상 구석에서 라이터 박스를 발견하고는 한 개를 집어 베란다로 던졌다. 난희는 베란다를 등지고 앉아 완이가 담배를 다 피울 때까지 기다렸다. 억울하고 화나고 배신감에 복받쳐 올라오려는 눈물을 꾹 참고 기다렸다.

담배를 다 피운 완이가 베란다에서 나와 거실 탁자에 놓인 물을 한 모금 마셨다. 난희는 더 이상 참지 못하고 완이 손에서 컵을 빼앗아 바닥에 내팽개쳤다. 그리고 딸의 머리채를 휘어잡으며 악을 썼다.

"내가 네 엄마야, 이년아! 어디서 감히! 어디서 감히! 엄마 앞에서 담배를! 담배를! 어디서 감히!"

머리채를 잡혀 휘청거리던 완의 주머니에서 휴대폰이 진동하다 떨어졌다. 그 바람에 연하가 건 전화가 연결되었지만, 완이도 난희도 그걸 알지 못했다.

"내가 너를, 내가 너를 그렇게 키웠어? 내가 널 그렇게 가르쳤니! 어디서 감히! 어디서 감히!"

난희는 바닥에 쓰러진 완의 등을 치며 꺽꺽 울었다. 완이 눈물을 삼키며 그 매를 고스란히 맞고 엎드려 있자, 난희는 제풀에 지쳐 나와버렸다.

그날 저녁, 영원은 와달라는 난희의 문자를 받고 그녀 집을 찾았다. 초인종을 눌러도 대답이 없어 문고리를 돌렸더니 문이 열려 있었다. 아무도 없는 것처럼 집 안은 적막하고 어두웠다. 영원은 현관에 놓인 난희 신발을 보고 조심스럽게 안으로 들어가 거실 등을 켰다.

"난희야?"

영원이 안방으로 가 불을 켜자 난희가 외출복 차림 그대로 넋이 나간 듯 바닥에 쭈그려 앉아 있었다. 주변엔 소주병이 여럿 뒹굴고 있었다. 난희가 마시던 소주병을 손에 들고 눈물이 그렁그렁한 눈으로 영원을 바라보았다.

"너, 나한테 유부남 만나는 년은 다 개년인 거 알지?"

영원이 고개를 끄덕였다.

"내가 내 남편 만난 숙희 년한테도 개년이라고 하고, 내가 형제 같은 너도 유부남 만난달 때, 개년이라고 한 거 기억하지? 나한테 유부남 만나는 년은 다 개년이야! 근데 다 개년인데… 내가 내 딸년은 개년이라고 할 수가 없어서 너를 불렀다! 영원아, 내가… 내가 완이 이년을 어떡하면 좋니! 어떡하면 좋니!"

난희가 서럽게 울음을 터트렸다. 영원은 친구를 안고 가만히 등을 토닥여주었다. 말로 위로가 안 되는 순간이 있는데, 지금이 그랬다. 그저 속 시원하게 울 수 있게 품을 내주는 것, 영원은 지금 난희에게 필요한 것이 그것이라 생각했다.

한바탕 울음을 쏟아낸 뒤 난희는 영원과 주거니 받거니

술을 더 마신 뒤 안방에 이부자리를 펴고 누웠다. 영원이 휴대폰으로 음악을 틀었다.

"노래 좋지? 이리 와."

"남자랑 하던 짓을 누구한테 해, 지금?"

말은 그렇게 해놓고 난희가 영원 옆에 가 누웠다.

"배운 기술 아깝잖니?"

킬킬거리는 영원를 따라 웃던 난희가 벌떡 일어나 앉았다. 웃고 떠들며 풀어버리려고 해도 가슴이 널을 뛰었다.

"내 팔자가 참 더럽지?"

영원이 난희를 안쓰럽게 보다 이내 작은 미소를 지었다.

"암 걸린 년 앞에서 팔자타령은?"

"그러네."

난희가 미안한 마음에 헛웃음을 흘렸다.

"네 팔자가 더럽다 생각될 때 내 팔자를 기억해라. 네가 아무리 힘들어도 암 걸린 내 팔자보단 낫지. 나 암! 내가 암 걸리고 진짜 좋은 게 있더라. 세상 사람 모두가 날 보며 괜히 힘을 얻어. '아휴, 난 그래도 이영원 쟤보단 낫네. 이혼에 재혼에 다시 이혼에, 말년에 툭하면 암 수술을….' 내가 이래봬도 인터넷에서 행운의 아이콘이야. 암 수술 한 번 할 때마다 사람들이 어떻게 알고 하트가 막 달려! 굿굿 하며 엄지가 척척 올라가고!"

영원이 이불을 붙잡고 낄낄 웃었다. 그녀를 안쓰럽게 보던 난희도 결국 웃음을 터트렸다.

"아이고, 좋겠다! 행운의 아이콘이라."

그렇게 한참 웃다가 영원이 이제 조용히 자자며 노래를 껐다.

"아까 술 많이 마셨어?"

난희가 새삼 걱정되어 영원에게 물었다.

"조금."

"암 걸린 년한테 내가 술 줬네?"

"나쁜 년."

영원이 장난스럽게 눈을 흘겼다.

"진짜… 나는 완이가 그럴 줄 몰랐다. 내가 그렇게 안 가르친 것 같은데…."

난희는 다시 한탄하듯 중얼거렸다.

"뭐 그게 가르친다고 되니? 우리 엄마는 뭐 자기가 첩질했다고, 나보고도 그러라 그랬겠냐? 울 엄마 살아 계실 때 평생 입에 달고 산 말이, 총각 만나라야. 그리고 넌 뭐 쌍분 엄마가 너보고 과부 되래서 과부 됐냐?"

영원의 말이 틀린 것 하나 없어서 난희는 오히려 마음이 쓸쓸해졌다.

"안 가르쳐도, 가르쳐도, 결국은 뜻대로 안 되는 게 인생이다. 완이… 담배는 끊으면 되고, 남자도 헤어지면 되지, 뭐."

"암 수술 몇 번 하더니 현자 됐네."

"그게… 그렇게 되더라고."

영원이 난희의 머리를 쓰다듬었다.

"자."

다정한 친구 목소리에 난희는 눈을 감았다. 영원이 작게 노래를 흥얼거리며 친구 등을 토닥였다.

"이거 울 엄마가 술집 할 때 부르던 노랜데, 나보고 절대 배우지 말라고 했는데… 나는 툭하면 이 노래가 생각나. 히히."

영원이를 따라 작게 미소 짓던 난희는 또 완이 생각에 마음이 심란해졌다.

언제나
지금처럼 내 옆에

석균은 식탁에 앉아 자신의 휴대폰 문자를 정아에게 읽게 하곤 껄껄 웃었다.

"고만하고, 밥 먹어!"

정아가 짜증을 내며 밥숟가락을 입으로 가져갔다.

"고만하긴 뭘 고만해! 읽어, 어서!"

석균의 성화에 정아가 어쩔 수 없이 또 문자를 읽었다.

"돈 고마워요, 아버지. 큰딸."

석균이 사위에게 받아낸 돈을 부쳐주자 순영이 보낸 문자였다.

"다시!"

참다못한 정아가 석균의 휴대폰을 빼앗았다.

"고만해! 하루 이틀도 아니고, 몇 날 며칠을 밤이고 낮이고, 뭐하는…."

"너는 나를 무시하지만, 결국 순영이가 나한테 뭐랬냐? 순영이가 나한테 뭐랬어?"

석균이 휴대폰을 다시 뺏어 주머니에 집어넣으며 정아를 다그쳤다.

"고마워요, 아버지!"

정아는 그래도 아버지 노릇 제대로 해준 석균이 고마워 귀찮아도 꼬박꼬박 장단을 맞춰주려 했다.

"내가 오세오 놈한테 눈두덩에 귓방망이 맞고. 그래도 내가 당황하지 않고, 머리가 똑똑해가지고 그놈 말을 죄다 녹음하고. 자존심 내려놓고 이성재 그놈한테 가서 무릎도 꿇고. 도와줘라, 내 딸! 그래서 자그마치 오억! 들어나 봤냐, 오억? 만져나 봤냐, 오억! 평생 가져나 봤냐, 오억! 그것도 현찰로! 내가 그거 받은 즉시 바로 순영이 계좌로 슝, 쐈어!"

손가락 다섯 개를 펴 흔들던 석균이 이내 자신의 가슴을 두드리며 자부심 가득한 얼굴로 덧붙였다.

"내가, 내가, 내가, 내가, 내가, 그런 사람이야! 자, 그래서 내 큰딸년이 감복해서 나한테 뭐랬다고?"

정아가 어이없는 헛웃음을 흘렸다.

"고맙다 했네. 평생 처음 당신한테 그게 고맙다, 했네."

정아는 그냥 져주자 싶어 기운 없는 소리로 말했다.

"너는 안 고맙냐?"

석균이 지치지도 않고 거드름을 피웠다.

"고마워."

"그럼, 꽁치!"

정아는 손으로 꽁치를 뜯어 석균 입에 넣어주었다. 석균은 그녀가 입에 넣어준 꽁치를 맛나게 씹으며 빈 밥그릇을 내밀었다.

"밥!"

정아가 솥에서 밥을 떠 석균 앞에 내밀기 무섭게 그가 또 외쳤다.

"물!"

"아우, 아우, 나도 좀 먹자! 먹어!"

막 자리에 앉던 정아가 버럭 소리를 질렀다.

"아, 그래, 먹어. 먹어. 근데 내 딸년이 나한테 뭐랬지? 기억이 안 나네? 낄낄낄."

석균이 깔깔 웃으며 밥을 입으로 퍼 날랐다. 정아가 어이없는 얼굴로 그를 보는데 초인종 소리가 울렸다. 그러곤 문이 벌컥 열리며 충남이 들어왔다.

"서울도 문 열어놓고 사네."

"넌 남의 집에 왜 식전 댓바람부터 와?"

석균이 숟가락을 놓으며 충남에게 냅다 소리를 질렀다.

충남이 다가와 그의 얼굴을 보고 또박또박 타일렀다.

"안녕! 집 찾아온 손님한테는, 안녕!"

그러거나 말거나 석균은 주머니에서 휴대폰을 꺼내 순영의 문자를 띄우고 충남 앞에 내밀었다. 뭔가 싶어 콧잔등을 찡그리는 충남을 보고 석균이 소리쳤다.

"얘 안경 없네. 정아 네가 말해줘라, 꼭! 이게 뭔지!"

석균은 웃옷을 들고 콧노래를 부르며 밖으로 나갔다.

충남은 정아 맞은편 의자에 앉아 가방에 든 서류들을 꺼내놓고 심각한 표정으로 물었다.

"언니, 이 집은 아래위층 전세 잡혀서 팔아도 오천도 안 남아. 알고 있어?"

"맞다. 딴 것도 있어."

정아가 덤덤히 서류를 보더니 자리에서 일어나 안방으로 갔다. 충남은 안방에서 서랍을 뒤적이는 정아를 보며 작은 한숨을 쉬었다. 그리고 다른 서류 하나를 내밀었다.

"이것들 찾아?"

정아가 돋보기를 꺼내 서류를 읽는 동안 충남이 말을 이었다.

"엊그제 등기소 들렀어. 오빠 집이 네 채였더라? 근데 삼사 년 전에 모두 동생들 앞으로 명의 이전하고, 지금 남은 건 달랑 전세 왕창 잡힌 언니 명의로 된 그 집이랑 오빠 명의로 된 이 집 하나. 오빤 동생들하고 결혼했나 봐. 언니랑

상의 없었지?"

충남이 안쓰러운 듯 그녀를 바라보았다. 정아는 뒤통수를 얻어맞은 사람처럼 멍한 얼굴로 충남을 보았다. 충남이 속상해서 덧붙였다.

"오빠 욕해도 돼? 되면 언니 대신 내가 욕 좀 해줄까? 개새끼! 쌍놈의 새끼!"

순간 가만히 생각하던 정아가 입을 열었다.

"오천만 남아도 팔아줘."

"순영이 돈은 됐다며? 팔아 뭐에 쓰게?"

"나 살 집 얻게."

정아는 안경을 벗고 서류들을 정리해 서랍에 집어넣었다. 놀라 할 말을 찾지 못한 채 굳어 있는 충남을 지나쳐 옷장에서 옷을 꺼내든 정아가 재촉했다.

"희자네 가자. 걔네 집 가면 맛난 거 많아. 우리 집은 누룽지밖에 없다."

매번 작은 상처들을 말없이 쌓아왔던 정아의 가슴엔 이미 커다란 불덩이가 휩쓸고 간 것처럼 새까만 잿더미들만 남아 있었다.

정아와 충남은 희자 집에 가면서 영원에게도 오라고 전화했다. 그렇게 해서 모인 친구들이 거실에 온갖 주전부리를 펼쳐놓고 이야기를 나누는데, 정아의 말에 모두 어안이 벙

벙해졌다.

"뭐, 이혼?"

희자가 황당한 얼굴로 물었다.

"어."

정아는 과일을 먹으며 별일 아니라는 듯 심드렁하게 대답했다.

"언니, 무슨 그 나이에 이혼이냐? 그냥 오빠 머리 한번 뜯고, 팔뚝 물어뜯고, 동생들 찾아가 명의 돌려달라 그러고 살아."

영원이 장난스럽게 정아의 어깨를 툭 밀쳤다.

"석균 씨가 순영이 돈도 해줬다며? 그럼 이혼할 이유가 뭐 있어?"

희자도 한마디 거들었다.

"그건 자기가 딸한테 애비로서 한 도리지. 나랑은 상관없지."

담담한 목소리였지만 정아의 진심이 담겼다는 걸 느낀 친구들이 눈을 휘둥그레 떴다.

"어머, 이 언니 진짜네."

"나는 찬성!"

잠자코 있던 충남이 거들고 나서며 말을 이었다.

"언니만 이혼하면 우리 전부 동지야! 희자 언닌 과부, 영원이 이혼녀, 나 처녀, 그리고 정아 언니 이혼녀, 난희는 과부. 딱 좋네."

"그러네."

정아가 키득키득 웃자 희자가 정아 팔을 잡아 자기 쪽으로 돌렸다.

"낼모레 죽어 우리 다. 한 번 결혼했으면 그냥 사는 거지 웬 이혼? 젊은 이혼녀는 봐준다고 쳐도 늙은 이혼녀는 웃겨. 영원아 안 그래?"

"그래 언니. 그냥 몇 년 살다 장한 엄마, 고생한 아내로 영원히 남아. 여태껏 잘하다가 결국 이혼녀는 아니야."

영원이 맞장구를 쳤다.

"앞으로 평균 수명이 백 세 된대."

정아가 그렇게 말하자 충남이 두둔했다.

"김석균이랑 앞으로도 삼십 년은 너무 기네."

이번엔 희자가 끼어들었다.

"백 세, 그건 우리 자식들 얘기야. 우린 낼모레야."

"지금이 금요일인데, 월요일 날 안 죽으면 언니가 책임질래?"

충남이 손가락까지 꼽아가며 되도 않는 억지를 부리자, 희자가 버럭 소리를 질렀다.

"화요일은 모르잖니!"

"수요일에도 안 죽을걸."

충남의 빈정거림을 뒤로하고 영원이 정아에게 다가갔다.

"언니, 우리 여행 갈까? 한 며칠 바람 쐬고 기분 전환하면…."

"기분 전환이 아니라 인생 전환할 거야."

정아의 결심이 생각보다 단단해서 모두 당황해 있는데 정아가 쐐기를 박듯 덧붙였다.

"엄마처럼 죽어서 새 되면 뭐해. 살아서 자유로운 새 돼야지. 엄마 가실 때 맘먹은 거야. 시동생들 집 줘 그런 거 아니고. 국수 먹자."

정아가 밝게 웃으며 자리에서 일어났다. 정아가 국수를 만들러 주방에 들어가자 희자가 목소리를 낮춰 말했다.

"진짠가 봐, 쟤."

"정아 언니 진짜 독 올랐네."

"저 언니 본성이야 저게. 독이 있다고, 천성이."

그렇게 한마디씩 하는데 집 전화가 큰 소리로 울렸다.

"여보세요?"

"희자야. 우리 집에 와 부침개 먹고 여행 가자."

성재였다. 희자는 대답할 필요도 없다는 듯 조용히 수화기를 내려놓고 다시 친구들 틈에 끼었다.

"정아는 내가 잘 알잖아. 쟤가 은근 황소고집이야."

"은근히가 아니라 대놓고."

"그래, 대놓고 황소고집이야. 쟤 저러면 진짜야. 내가 알아. 근데, 석균 씨가 합의이혼 안 하면 어떡하니?"

희자가 제 일인 것처럼 한숨을 쉬며 걱정하자 충남이 똑 부러지는 소리를 했다.

"법정 가야지. 이성재 변호사 끼고. 영원이 너도 가야 돼, 참고인으로."

"난희도 오라 그러자."

다 모였는데 난희만 빠진 게 서운해 희자가 번호를 찍어 누르는데, 영원이 놀라 휴대폰을 빼앗았다.

"걔 지금 심각해."

"죽은 남편이 속 썩여? 꿈에 나타나?"

희자는 지금 정아 일보다 심각한 일이 어딨겠냐는 듯 따지며 물었다. 그러자 충남이 목소리를 높였다.

"딸년!"

"입 안 닫아?"

영원이 소리쳤다. 순간 희자 얼굴에 또 걱정이 번졌다.

"완이가… 왜?"

희자가 조심스럽게 묻자 영원이 충남을 노려보며 눈치를 줬다. 충남은 일부러 그녀 눈길을 피하며 대답했다.

"안 만나도 될 놈을 만났어. 끝."

영원이 어쩔 수 없다는 듯 고개를 저었다.

"난희 어떡해. 예쁘고 착한 완이는 또 어떡하고."

희자는 자세한 속내는 몰라도 제 자식에게 생긴 일인 양 마음 아파했다. 그리고 문득 고개를 돌려 정아를 쳐다봤다.

"쟤는 또 어쩌니?"

"어떡하긴. 이혼하면 언니랑 살면 되겠네."

하늘이 무너지기라도 하는 것처럼 걱정을 해대는 희자가 우스워 충남이 핀잔을 주었다. 그런데 희자의 얼굴이 갑자기 밝아지더니 환한 미소까지 지었다.

"정아가 나랑 산대?"

"산대가 아니라, 살면 되겠다고!"

"아, 정아가 나랑 산대."

희자는 충남이 고쳐주는 말을 못 알아듣고 좋아라 미소를 지었다.

"다들 이제 그만 만날 때가 됐네. 서로 하는 말귀도 못 알아듣고, 하루 두어 마디 하면 날이 새니…."

충남이 어이없는 얼굴로 구시렁거렸다.

"언제 그래? 정아가 나랑 산다고?"

희자가 또 엉뚱한 소리를 하자 충남이 더 말해 뭐하나 싶어 건성으로 고개를 끄덕였다.

영원은 아무래도 안 되겠다 싶어 자리에서 일어나 주방에 있는 정아에게 갔다.

"언니, 그러지 마. 오빠는 어떡해? 우리가 오빨 모르는 것도 아니고…."

"이혼이 그러면 별거로 하지 뭐. 난 이제 새 될 거야. 자유롭게 살 거야, 훨훨."

"새는 언니가 아니라 김석균이 새 된 거야!"

영원이 답답해서 다그쳤지만 정아는 들은 체도 않고 국수를 삶아 식히느라 부산을 떨었다. 영원이 거실로 돌아오며 혹시나 하는 마음에 목소리를 높였다.

"진짜 언니, 나는 분명히 반대다! 이혼은 아냐! 알았지?"

정아는 들은 척도 안 하고 일손을 놀렸다.

"저 언니도 귀먹었네."

충남이 중얼거렸다. 그때 얌전히 생각에 빠져 있던 희자가 자리에서 일어나 종종걸음으로 정아에게 다가갔다.

"정아야, 너 이혼하면 나랑 살아?"

아무것도 못 들은 척 일만 하던 정아가 깜짝 놀라 희자를 돌아봤다.

"미쳤니, 내가 너랑? 귀찮게! 내가 오십 년 살 부비고 산 남편도 싫어서 헤어지는 마당에 또 누구랑. 아, 됐어. 다 귀찮아."

방금 전까지 환하게 웃던 희자 얼굴이 순식간에 일그러졌다. 자식들이 자신을 귀찮아하고 짐스러워하는 건 조금이나마 이해하고 넘어갈 수 있는데, 가장 친한 친구마저 자신을 귀찮다고 하니 이만저만 서운한 게 아니었다.

"상이나 차려! 사람 일하는 거 보고도 멀뚱멀뚱. 상 차려!"

정아가 버럭 소리를 지르는 바람에 희자는 기가 죽어 한

쪽에 둔 상을 끌어 펴려다가, 이내 그대로 두고 식탁 의자에 앉았다.

"너희들 다 가. 나 국수 안 먹어. 네 남편한테 넌 또 뭘 그렇게 잘했니?"

희자가 뜬금없이 쏘아대는 소리에 정아는 물론 거실에 있던 충남과 영원까지 놀라 주방으로 시선을 돌렸다. 희자는 서운한 마음에 계속해서 정아에게 쏘아댔다.

"맨날 사람 좋은 척 허허실실 하다 결국엔 이렇게 뒤통수 치면서! 평생을 겉으로만 순종하고, 속으론 시퍼런 칼 갈고. 친구들 동생들 다 널 보고 착하다지만 나는 알아. 넌 착한 애가 아니라 무서운 애야. 이중인격자처럼."

희자는 저 혼자 흥분해 씩씩거리더니 쿵쾅거리며 안방으로 들어가버렸다. 마음 상했을 정아를 대신해 충남과 영원이 구시렁거렸다.

"무서운 애는 무슨… 무서운 늙은이지."

"이중인격자는 또 뭐야."

"맞는 소리지 뭐. 우린 먹고 가자. 맛나다."

정아가 아무렇지 않은 듯 국수를 맛보며 말했다.

정아에 대한 섭섭함 때문에 희자는 종일 혼자 속앓이를 했다. 다 늦은 저녁까지 기분이 풀리지 않자 결국 정아에게 전화를 했다.

"내가 너한테 왜 그런 대접을 받아야 돼? 귀찮다니? 멀쩡하게 제 앞가림 잘하는 내가… 뭐, 귀찮아? 내가 평생 남한테 귀찮단 소리 안 들으려고 그 애를 쓰고 살았는데. 내 남편 바람필 때도 내가 너한테 가타부타 말하디? 난 그때도 너 안 귀찮게 다 내 속으로 삭였다."

"그래도 난 혼자 살 거야."

"나랑 사는 게 왜 싫어?"

"우린 안 맞아. 너는 밤에도 텔레비전 켜놓고 불 켜놓고 자고, 나는 그러면 꿈자리 사납고 머리 시끄러."

"너는 방에서 자고 나는 거실에서…."

"너는 내가 걸어 다니는 자리마다 테이프 들고 다니잖아!"

순간 정아가 버럭 화를 내며 그녀 말을 잘랐다.

"안 하면 되잖아!"

희자가 어린애처럼 떼를 썼다.

"왜 안 해, 그걸? 너는 그게 낙인데! 나는 뭐든 주워 먹는 게 낙이고, 넌 테이프 찍찍거리는 게 낙이고. 그냥 너는 너대로 살고 나는 나대로 살다가, 시간 나면 보면 되지. 제발 사람 좀 가만히 놔둬. 내 머릿속 짐이 한 짐이구만, 너까지 왜 그래?"

희자는 자신을 달래줄 거라 기대했던 정아가 고집을 꺾지 않자 화가 났다

"그래. 놔둘게. 여자들 의리 쓸데없단 말이 이래서 나오는구나. 너랑 나는 안 그럴 줄 알았는데. 그래, 너는 너대로 살고 나는 나대로 살자!"

희자가 착 가라앉은 목소리로 전화를 끊자, 정아는 한숨을 푹 내쉬었다.

"또 괜히 쓸데없이 제 괴로움 만들어 굴 판다, 굴 파. 사는 게 다 귀찮다니까 말귀를 못 알아듣고 따따부따…."

정아는 희자가 외로워 징징대는 걸 잘 알지만, 지금은 친구 투정이나 들어줄 마음의 여유가 없었다. 힘없이 소파에 누우며 정아가 중얼거렸다.

"엄마 보고 싶네."

희자는 불안하게 거실을 서성거렸다. 이대로라면 또 몇 날 며칠을 정아 때문에 잠도 못 자고 속을 끓일 게 뻔했다. 이 큰 집에서 혼자 그러고 있을 게 뻔해 뭔가 다른 일을 생각하자 싶었는데, 문득 여행 가자던 성재의 말이 떠올랐다. 희자가 당장 성재에게 전화를 걸었다.

"여행 가요."

희자가 다짜고짜 그렇게 말하자 성재가 당황해 되물었다.

"여… 여행?"

"네, 여행 가요."

희자는 통보하듯 말하고 전화를 끊었다.

잠시 후, 거실 테이블에서 시험공부 중이던 충남의 휴대폰에 메시지가 도착했다.

'고맙다, 충남아. 낮에 희자 만났다더니 네가 날 도왔구나. 희자가 나랑 여행 간다네. 정말 고맙다.'

문자일 뿐인데도 성재가 얼마나 들떠 있는지 고스란히 느껴졌다. 충남은 표정 하나 바꾸지 않고 희자에게 전화를 걸었다.

"언니, 낮에 만나서 말을 못 했는데… 언니, 내가 좋아 성재 오빠가 좋아?"

충남의 뚱딴지같은 질문에 희자가 멍한 표정으로 대답했다.

"너."

"그럼 여행 가지 마. 잘못하다 나랑 삼각관계 돼. 내가 성재 오빠가 좋거든."

희자는 순간 어이없었지만, 어차피 성재를 좋아했던 것도 아니어서 바로 수긍했다.

"알았어. 그럴게. 근데 너 정아가 나한테…."

"언니, 나 공부해. 끊어."

충남은 자기 말만 하고 전화를 끊어버렸다. 잠깐이라도 하소연을 하고 싶었던 희자는 작게 한숨을 내쉬고 기자에게 전화를 했다. 언제나처럼 기자는 희자의 말을 다 들어주고 중간중간 맞장구까지 쳐주었다.

"내가 너무 서운하더라고 그게…."

"아우, 서운하지 그럼. 내가 너라도 서운하겠다. 정아 걔가 너한테 그럼 안 되지. 네가 걔한테 얼마나 잘했는데."

"잘한 건 없는데…."

"잘한 게 없긴. 내가 너 인정 많은 거 몰라? 알잖아, 나는. 네가 나한테 백만 원 줄 때 너 인정 많은 거 알아봤지. 네가 나한테 백만 원 줬으면 정아한텐 오죽 퍼줬겠니? 근데, 이참에 궁금하네. 얼마나 퍼줬어 정아한테? 이백만 원? 삼백?"

"나는 돈 얘기가 아니라…."

화제가 돈 문제로 넘어가자 희자는 울상이 되었다.

"오백? 천? 설마 억 줬니?"

눈치도 없이 끈질기게 물어대는 기자한테 질려 희자는 통화 종료 버튼을 눌렀다.

그 뒤로도 희자는 아들 셋에게 연달아 전화를 걸었다. 모두들 어찌나 바쁘고 이유들이 많은지 아들 목소리도 못 듣고 전화기를 내려놓았다. 희자는 휴대폰에 저장된 전화번호부를 넘기고 있는 자신이 처량 맞게 느껴졌다. 마음 편히 통화할 사람이 없었다. 정아에게 전화하고픈 마음을 꾹 누르고 성재에게 문자를 넣었다.

'나, 여행 안 가요. 나는 성재 씨보다 충남이가 중요해.'

속이 타는지 성재가 여러 차례 전화했지만 희자는 받지

않았다. 잠도 오지 않아 거실 소파에 앉아 멍하니 텔레비전을 보고 있자니 어느새 시간은 새벽 두 시를 넘어서고 있었다. 시계를 힐끗 보던 희자가 결국 휴대폰을 꺼내 정아에게 전화를 걸었다.

"뭐해?"

"잤지."

졸음에 취한 정아의 목소리가 다정했다.

"끊을까, 전화?"

"말해."

정아가 따뜻하게 대답했다. 희자는 곤히 잠든 친구를 깨운 게 미안하고, 귀찮다는 말까지 듣고 또 전화하는 자신이 처량했다.

"전화 끄고 자지. 왜, 순영이나 애들이 전화할까 봐?"

"그것들이 애미 부려먹을 때나 전화하지, 안 해. 낮에도 나한테 전화 안 하는데 밤이라고 할까."

"잘 땐 전화 꺼. 내가 귀찮게 하잖아."

"네 전화 받을라고 안 끄는 거야."

"내… 전화?"

희자는 기분이 좋아서 되물었다.

"늙은이 하룻밤이 무서운데 뭔 일 있으면 어째. 내가 너랑 안 산다고 해서 서운했어? 근데 희자야 나는… 그냥 혼자 있고 싶어. 사방이 시끄러워서. 우린 같이 안 살아도 자주 보고 놀고, 힘들면 또 같이 있고 그럼 되니까, 굳이 같이 안 살아도…."

"같이 안 살아도 너는 나랑 있지? 언제나 지금처럼."

"그럼 있지. 늘 지금처럼."

"이제… 자."

"화 풀렸어?"

"넌 이중인격자 아냐. 석균 씨한텐 참을 만큼 참았어. 이제 너 하고 싶은 대로 해. 내가 응원할게."

"자, 어여. 잠을 잘 자야 치매 안 걸려."

"어."

희자는 정아에게 서운했던 마음이 쏙 들어가고, 마음이 따뜻해져 휴대폰을 꼭 끌어안았다. 그러다 문득 정아한테 할 얘기가 또 있었지 싶어 다시 번호를 눌렀다.

"근데 정아야… 충남이가 성재 씨 좋아한대. 너 그거 몰랐지? 아우, 난 몰랐지. 그래선 뭐가 그래서야? 내가 의리 지켰지. 내가 성재 씨랑 여행 가려다 안 간다고 했지. 내가 언닌데 양보해야지. 뭐? 양보할 만큼 좋았냐고? 글쎄…."

희자의 통화는 또 그렇게 새벽을 달렸다.

삼십 년 전,
그날의 비밀

엄마가 한바탕 난리를 치고 돌아간 다음 날, 나는 이른 아침부터 집 안을 홀딱 뒤집어 대청소를 했다. 쌓여 있던 술병을 모아 버리고, 늘어놓은 책들과 자료를 정리하고, 청소기를 꼼꼼히 돌리고 침구까지 말끔히 정리했다. 화장실도 구석구석 비누 솔질을 해 물을 뿌렸다. 묵은 것들을 버리고 청소를 끝내자 새롭게 시작할 수 있다는 다짐이 더 확고해지는 걸 느꼈다. 나는 샤워까지 마친 뒤 엄마 집으로 갔다.

오늘부터 엄마와 친구들의 이야기를 쓰기로 마음먹었다. 엄마가 원하는 일이었지만 절대로 엄마를 위해서가 아니었다. 이건 순전히 나를 위한 일이었다. 이젠 똑바로 마주 보리라. 피하거나 도망가지 않고, 끙끙거리며 혼자 속앓이하지 않고, 전전긍긍 기대거나 매달리지 않고, 두려워하거나 겁먹지 않고.

문을 열고 들어가니 엄마는 사과를 먹고 있었다. 나는 담담히 개수대로 가 손을 씻었다. 엄마는 나를 힐끗 보더니 방으로 들어갔다.

나는 거실에 앉아 가방에서 연필과 노트를 꺼내놓고 휴대폰의 녹음 기능을 켜 테이블 위에 올려놓았다. 커터 칼로 연필을 깎고 있을 때 엄마가 가게 갈 준비를 하고 거실로 나왔다.

"너 동진이랑은 헤어졌냐?"

엄마는 그걸 확인하고 싶은 모양이었다.

"우린 헤어지고 말 것도 없어."

내가 아무렇지 않게 연필을 깎으며 대답하자, 엄마가 내 앞으로 다가왔다.

"너 연하랑은 왜 안 만나고 동진일 만나는 건데?"

"엄마, 나 오늘 엄마 취재하러 온 건데?"

"뭐?"

"엄마 소원이었잖아. 소설 쓰라며. 이모들이랑 엄마 얘기. 그래서 취재하려고."

지금 그런 얘기나 할 때냐, 하는 눈빛으로 엄마가 나를 노려봤다. 그리고 다시 캐묻기 시작했다.

"너, 연하랑은 왜 헤어졌니? 둘이 좋아는 했니? 사귀긴 했어?"

엄마는 내가 일부러 대답을 피한다고 생각하는 모양이었다. 물론 전에는 그랬지만 지금은 아니다. 굳이 숨길 마음이 없다. 아니, 연하와 내 얘기는 꼭 해야 한다. 다만 때가 아니어서 미뤄두는 것뿐이다.

오늘은 그동안 내가 묻어두었던 이야기를 그녀에게 할 때다. 그리고 그에 대한 답을 들어야 할 때다.

"근데, 이야기 출발을 어디부터 할까? 엄마 태어났을 때부터가 좋은가? 아니, 엄마가 기억이 나는 나이 때부터?"

"사귀지, 너희들! 그치? 내 보기에 너희들 분명히 사귀었어. 근데 연하랑 왜 헤어졌어? 설마 그놈도 바람폈니? 전에 동진이 새끼처럼?"

엄마가 끈질기게 연하 얘기를 묻는 바람에 어쩔 수 없이 대답해버리고 만다.

"장애인 됐어. 장애인이랑 결혼하지 말라며 엄마가. 그래서 헤어졌어. 아니, 버렸지 내가. 나 엄마 말 잘 듣잖아."

나는 담담하게 말했지만 그 말이 엄마 가슴에 비수가 되어 꽂히길 바랐다. 그 일 때문에 지금껏 내가 얼마나 아파했는지, 얼마나 힘들었는지 엄마가 조금은 느끼길 바랐다. 내 바람대로 엄마는 참담한 낯빛으로 아무 말도 못하고 나를 바라보기만 했다. 입술을 달싹였지만, 너무 기가 막힌지 여전히 말이 되어 나오진 않았다. 나는 얼른 화제를 바꾸었다.

"이제 취재 시작할까? 그때는 어때? 엄마 이야기의 시작은… 내가 여섯 살 때, 할머니 집에 갔을 때, 그때부터."

나는 그때 그곳으로 다가갔다. 그때 엄마가 나한테 했던 것처럼 무방비 상태인 엄마 손을 잡고 순식간에! 오늘 내가 여기 온 이유이기도 했다. 나는 눈물이 차오르는 눈을 부릅뜨고 엄마를 쏘아보았다.

그날 엄마가 내게 준 요구르트에서 역한 약 냄새가 올라왔다.

'어, 엄마… 안, 안 먹으면 안 돼?'

나는 그때 엄마를 거부하지 못했다. 농약 냄새가 끼치는 요구르트를 받아든 나는 온몸으로 느꼈다. 나는 엄마에게 속한 사람이라는 것을. 나의 생각, 나의 결정, 나의 목숨까지도 엄마의 것일 수밖에 없다는 것을.

그날 이후 깊은 체념이 내 안에 커다란 똬리를 틀어 나를 엄마에게로 묶어버렸다. 달리는 아빠 등에 업혀 축 늘어진 어린 내가 떠올랐다. 어린 내가 내 안에서 두려움에 떨고 있었다. 나는 무기력했던 어린 나를 대신해 이제야 엄마를 똑바로 노려보았다.

"기억 안 나? 나는 너무나 또렷이 기억나는데, 그때 일. 엄마, 그때 왜… 나 죽이려 그랬어? 들판에서."

엄마는 충격을 받은 듯 그 자리에 그대로 굳어버렸다. 설마 내가 그때 일을 기억하고 있으리라고는 생각지 못한 모양이었다. 지금껏 한 번도 내 입에서 그때 일을 떠올린 적이 없었으니까. 그건 내게 무시무시한 비밀이었다. 말을 해서는 안 되는 엄마의 그림자, 암묵적으로 엄마가 내 안에 봉인해버린 비밀. 나는 오늘 그날의 엄마 그림자를 그녀 앞에 끌어냈다.